晴天二十记

QingTian Ershi ji

兰思思 著

重庆出版集团
重庆出版社

图书在版编目(CIP)数据

晴天二十记/兰思思著；—重庆：重庆出版社，2016.9
ISBN 978-7-229-11351-3

Ⅰ.①晴… Ⅱ.①兰… Ⅲ.言情小说—中国—当代 Ⅳ.①I247.5

中国版本图书馆CIP数据核字(2016)第136934号

晴天二十记
QINGTIAN ERSHI JI
兰思思 著

责任编辑：袁　宁
责任校对：刘小燕
装帧设计：重庆出版集团艺术设计有限公司·刘　颖

重庆出版集团
重庆出版社　出版
重庆市南岸区南滨路162号1幢　邮政编码：400061　http://www.cqph.com
重庆出版集团艺术设计有限公司制版
重庆市国丰印务有限责任公司印刷
重庆出版集团图书发行有限公司发行
E-MAIL：fxchu@cqph.com　邮购电话：023-61520646
全国新华书店经销

开本：890mm×1240mm　1/32　印张：8.5　字数：220千
2016年9月第1版　2016年9月第1次印刷
ISBN 978-7-229-11351-3
定价：32.00元

如有印装质量问题，请向本集团公司调换：023-61520678

版权所有　侵权必究

目录 CONTENTS

- 第一记　个人隐私 —————— 1
- 第二记　底线问题 —————— 14
- 第三记　峥嵘岁月 —————— 29
- 第四记　撮合撮合 —————— 46
- 第五记　风起云涌 —————— 62
- 第六记　祸不单行 —————— 75
- 第七记　见缝插针 —————— 89
- 第八记　摇摆的钟 —————— 102
- 第九记　兜兜转转 —————— 120
- 第十记　成本淹没 —————— 133

- 第十一记 继续生活 —— 147
- 第十二记 阴差阳错 —— 159
- 第十三记 背水一战 —— 166
- 第十四记 欢喜冤家 —— 178
- 第十五记 先婚后爱 —— 193
- 第十六记 如蜜似糖 —— 206
- 第十七记 豆豆来了 —— 219
- 第十八记 为人父母 —— 231
- 第十九记 甘于平庸 —— 241
- 第二十记 幸福花絮 —— 254
  (番外篇)

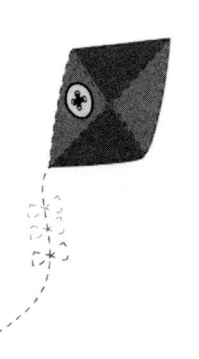

第一记：个人隐私

俞梓晴第99次咬牙切齿要跟纪明皓分手，依然起源于一件芝麻大点儿的小事。

临出差前一晚，她给纪明皓打电话，希望他第二天早上能送自己去机场，纪明皓当时还在公司加班，漫不经心地说："我明早有个会要开，你打车去不就得了。"

"我家到机场打车很贵的！"

"不是由公司报销的么，又不用你掏钱！"

俞梓晴肝火蹿心，直接挂了电话，本来还幻想着纪明皓今早会在家门口突然出现，等着自己给他一个将功赎过的机会，结果他连人影子都不见，显然没把梓晴的怒气当回事。

这会儿，梓晴坐在候机厅靠落地窗的一张椅子上，等着飞西安去参加一场公司组织的培训。她的脑子里正铺开一张庞大的excel表格，把过去这些年她与纪明皓之间的恩恩怨怨都排进格子里，逐个编排掂量，横算竖算都是自己吃亏。

不过她以前并不是这么斤斤计较的小女人，直到那个叫Tina的女子出现。

晴天日记

　　明媚的阳光透过窗玻璃照射到梓晴脸上，她掏出手机看时间，刚好八点半，离飞机起飞还有一个小时。

　　心里像堵着一个硬块，不管怎么努力都难以消化，梓晴很想找个人聊聊。她点开通讯录，逐个搜寻能倾诉心事的对象，结果发现，一个都没有。主要因为，此前她把自己的恋情包装得太完美了，一旦捅破，她得先承受对方的震惊和没完没了的盘问。

　　但总觉得该干点儿什么，于是给好友尹畅发了条不痛不痒的问候短信。

　　尹畅很利索地给她回了："单身狗的苦逼人生就是工作！工作！工作！昨晚干到凌晨一点！这会儿正在前往公司的路上！"

　　梓晴笑了笑，回她："早点睡，熬夜容易老。"

　　虽说把自己的愉悦建立在朋友的痛苦之上不厚道，但看到尹畅的吐槽，无可否认，梓晴的心情要稍微舒服一些了。

　　至少她不用像干财务的尹畅那样没日没夜浸泡在数字里，朝九晚五还是可以保证的；至少她有个条件优异的男朋友，虽然不够体贴，但也许是自己过于挑剔了。

　　梓晴叹口气，对纪明皓的不满逐渐像冬天咖啡杯上方那团白雾一样消散开去。

　　刚要把手机塞回包里，丁零一声响，又进来条短信。

　　"遇上麻烦了？"是戴穆天。

　　梓晴略觉诧异，飞快按字母："没，挺好啊！"

　　"怎么看上去愁眉苦脸的？"

　　梓晴立马抬头，左右张望了一下，满视野晃来晃去的人影子，旅客越来越多。

　　正想问，戴穆天的信息又进来了："别找了，我就坐你斜对面。"

　　梓晴再抬头，戴穆天已经拖了拉杆箱朝她这边过来了，他人高腿长，健步如飞，在人群里显得特有气势。

第一记：个人隐私

　　梓晴抓着下巴笑望他那张黝黑的脸。

　　初一时，梓晴坐戴穆天前面，那时她和他一般高，戴穆天蹿个儿似乎是初二以后的事了。

　　"知道古时候为什么管老百姓叫黎民吗？"

　　戴穆天不答，眼里闪着警惕的光芒，小学六年他已经吃够梓晴的亏了。

　　果然，梓晴奸笑两声后揭开谜底："黎就是黑的意思，老百姓成天在太阳底下干活，给晒黑啦，所以叫黎民！哦，还有个称呼叫黔首，黔也是黑的意思——戴穆天，你就是一枚标准的黎民 and 黔首。"

　　说完，她幸灾乐祸盯着他："你脸红了没有？不过你脸红我也看不出来哎！"

　　戴穆天面无表情把笔收进铅笔盒，啪的一声猛力合上盖子，起身咚咚咚跑出教室。

　　小晴的同桌既不满又担忧："戴穆天肯定生气了，俞梓晴你真是的，没事干吗老惹他呀！"

　　梓晴毫不在意："我有数，掐着分寸来的——放心啦！他皮实着呢！"

　　可不是！成年后的戴穆天一副优哉游哉乐天主义的派头，根本看不出一丝一毫心灵曾经受过创伤的迹象。

　　戴穆天在梓晴身边坐下，舒服地往后一靠："巧啊！"

　　"可不是，你上哪儿？"

　　"北京，开会。你呢？"

　　"西安，培训——你几点飞？"

　　戴穆天看一眼手表："九点十分，还有三十五分钟。"

　　"比我早。"梓晴头一歪，叹了口气，莫名哀怨。

　　"有心事？"

　　"没有啊！"梓晴振作起来，假假一笑，怪腔怪调说，"好得很！"

戴穆天笑笑："和男朋友吵架了吧？"

梓晴一下被戳到痛处，想也没想就粗声顶回去："你才和男朋友吵架了呢！"

戴穆天笑意更深，露出一口整洁的皓齿："我没有男朋友。"

"你岂止没有男朋友，你连女朋友都找不到！"

梓晴发泄完立刻就后悔了，现在的戴穆天不再是从前那个可以被她随意拿捏的男孩了，她粗鲁的态度奈何不了他，从他淡定莫测的表情就可以看出来。

时光流转，他成熟了，而自己还是脱不了小孩子心性，说白了就是任性。

"对不起。"她低声说，转过脸去的当儿才发现，心里那块郁郁的结还在。

戴穆天撇撇嘴，耸耸眉，表示不介意，但也没有要跟她继续聊下去的意思，低头摆弄一下脚跟旁的箱子，似乎想拔腿溜了。

梓晴在一种混合着愧疚懊恼和落寞的情绪下，脱口道："一起去喝杯咖啡吧。"

咖啡才喝了三口，梓晴已经卸下幸福的伪装，她承认自己与纪明皓之间出了点状况，并把困扰她多时的烦恼问了出来。

"你说，一个男人屡次三番请同一个女人吃饭，算正常吗？"

戴穆天眨巴着眼睛不置可否，梓晴头一回与他探讨这样私密的男女问题，这在从前是不可想象的，不管是梓晴还是她妈妈，都对纪明皓赞不绝口，街坊谁不知道俞家有个称心如意的准女婿啊！也怪他多嘴，提什么不好要去问候人家小情侣吵架的事，得，现在人家正儿八经请教上自己了。

"这个么……"戴穆天缓慢转动着咖啡杯，"得分情况看。"

"嗯，你说说呢，怎么个分法？"既然话已出口，梓晴豁出去了，一副

第一记：个人隐私

不耻下问的态度。

戴穆天仰头作思索状，其实脑子里一片空白："如果……他们……有，有业务往来的话就不算喽！"

他猛喝一口咖啡，心里十分想撤，但梓晴还在纠结。

"业务是有，可为什么每次都是他们两个单独吃饭呢？而且吃得老晚，给他打电话也很不耐烦的样子。"

戴穆天清清嗓子，决定不充当情感专家了："这个我也不清楚！"

"你不是男的么，男人心理你总该懂吧？"

戴穆天看不得梓晴病急乱投医，不客气道："男人跟男人也有差别的，我又不是你男朋友，哪知道他怎么想的！"

"你就不能换位思考一下？"

"这个没法换位啊！"

"你——"梓晴气又上来了，上下眼扫他一顿，"你到底是不是男人啊？"

"跟你比是差了点儿。"梓晴从小学到初中的绰号一直是"男人婆"。戴穆天收敛了笑又说，"你这话别让我妈听见，回头她准跟你急。"

梓晴狠狠白他一眼："这么多年都没有女朋友！说真的，你不会真的是……"

戴穆天神色不改："没试过，真不知道！"

梓晴在高音区发出一串邪恶的笑声。

戴穆天缩了缩脑袋："你这什么笑啊，我鸡皮疙瘩都出来了！"

"寒号鸟的笑法呀！"

"寒号鸟还会笑？"

"冷神经了就这么笑。"

戴穆天看看表，把咖啡杯举起来喝光，又放下："不跟你扯了，我该登机了。"

他一手拎电脑包，一手拖行李箱，刚要转身，又被梓晴叫住。

"等等！"

梓晴还坐在椅子里，朝他勾勾手指："过来。"

戴穆天不解地走回去："干吗？"

"过来一点……再过来一点。"

看她那一脸呼之欲出的表情，戴穆天以为她有悄悄话要说呢，可等他靠到跟前，梓晴忽然探手将他的领带给整了整。

"歪了。"

戴穆天一阵窘迫，同时略含愠意："公众场合别动手动脚，容易让人误会。"

梓晴满不在乎地左右看看，没人注意他们，她嚣张地瞪一眼戴穆天："忘了在幼儿园每天是谁给你系罩衣的了？"

梓晴的妈妈不仅勤劳能干，而且还手巧，她家有台缝纫机，妈妈只要一坐上去，漂亮的小袖套、小衬衣就源源不断被创造出来。

先是妈妈给梓晴做了一件罩衣，防止她在幼儿园吃饭时弄脏了厚外套，很快被穆阿姨，也就是戴穆天的妈妈看见，立刻买了块同样的布过来央求梓晴妈给她儿子也做一件。

罩衣的绑绳在背后，梓晴每天上幼儿园前，妈妈都会细心地帮她把每个结都打结实。穆阿姨打的结却是松松垮垮的，经过半天的爬上爬下，到吃饭时戴穆天的罩衣就像僧袍一样摇摇欲坠地挂在身上。

"小晴帮帮我。"他可怜兮兮地看着梓晴。

梓晴一扬小下巴，利索吩咐："转过来！"

三下五除二就给他弄好了，虽然手法不比他妈强多少，但再对付半天应该没问题。

每天在幼儿园门口碰面，穆阿姨都会乐呵呵地叮嘱儿子："小天，要照顾好小晴妹妹哦！"

第一记：个人隐私

但事实往往是相反的。

戴穆天直起腰，努了努嘴，低声嘟哝："都什么时候的老皇历了……"

但梓晴还是看出他脸红了。她一直没告诉过戴穆天，他脸红其实是看得出来的。

从很久以前开始，逗戴穆天就是梓晴主要的娱乐方式之一，经年不改。

喝完咖啡，梓晴抽张纸巾抹了抹嘴，她也该走了。

虽说把秘密告诉戴穆天并未得到什么实质性帮助（这种事往往如此，告诉谁都一个样儿），但一番倾诉过后，梓晴感觉神经确实放松多了——难怪心理专家建议，人该时不时放空一下。其实人和垃圾桶的区别真不大，都属于容器——她尤其满意戴穆天镇定的态度，也没八卦兮兮盘问自己不悦的问题，换成尹畅估计就难保了。不过话说回来，认识戴穆天二十几年，她似乎还从没见他有过一惊一乍的时候。

如果人等同于容器的话，俞梓晴觉得自己大致算得上陶器，那戴穆天呢？

他大概是橡皮泥做的，柔韧性十足。

戴穆天安放完行李，一屁股坐进椅子，母鸡刨窝似的找着个舒服的坐姿，准备在两小时的航程里打个盹儿。

他体型略微偏胖，他妈说那都是睡出来的，戴穆天从小就喜欢睡觉，沾枕头就着，这一点随他爸。

他爸一听他妈嘀咕就立刻反驳："躺下去就能睡着说明心胸坦荡，肚子里不搞阴谋诡计。"

好在戴穆天长得高，多出来那点肉随便往哪儿一藏就行了，不会扎眼。

手机发出提示音，有短信进来，刚好提醒他该关机了。

他扫了眼俞梓晴发过来的短信："刚才跟你说的那些事，千万别告诉你妈！那属于我的个人隐私，明白不？"

他能想象出俞梓晴发这条短信时是什么表情：后怕懊恼的基础上再加一套横眉立目的武装，很好地诠释了"色厉内荏"这个成语。

他鼓了鼓腮帮子，且不说这叮嘱纯属多余，即便他告诉老妈了，他妈又不是洪水猛兽，至于怕成这样？说来说去，女人还是虚荣心作祟。

本想置之不理，随即想到俞梓晴接下来的时光可能会在不安中度过，而且肯定会三不五时短信电话骚扰他，直到他就范为止。

为了省却不必要的麻烦，他给回了一条："。"

他没立刻关机，五秒后，怀着满意的心情等来梓晴的短信："啥意思？"

他笑笑，发出："明白，句号"然后关机。

梓晴逗他都是明着逗，他则刚好相反，比如婉转地反击她是男人婆，梓晴的反射弧长，要过好一会儿才能反应得过来，但往往那段时间以后她已经把这茬儿给忘了。

俞梓晴的彪悍他打小就领教过。

早在幼儿园时期，那会儿他五岁，她四岁的样子吧，园里组织打预防针，老师领着十来个小朋友去医务室，梓晴听说要打针，先图谋逃跑，被老师发现后捉住，她又试图在老师的怀里反抗，但人小力气弱，最后还是给两个大人打包似的扛进了医务室。

戴穆天和其他几个小朋友在医务室门外听着里面传出的阵阵哭号，个个心惊肉跳。

两分钟后，负责打针的李医生满头大汗跑出来，吩咐他们老师："这样不行！赶快去厂里找两个壮实一点的人过来，得按着她才服帖，这孩子太倔了，根本没办法扎针！"

此后的一段时间内，不光戴穆天，还有其他几位小朋友看见俞梓晴都是避着走的。

多年后，戴穆天陪妈妈去区医院看病，恰好又碰上李医生，他现在已

第一记：个人隐私

经是区医院的院长了，但仍然难忘当年在国营单位医务室工作的经历——俞梓晴的父母和戴穆天的父母都曾是那里的职工，有许多共同记忆。

扯着扯着李医生不知怎么就问起俞梓晴来了："对了，老俞家那闺女现在怎么样了？"

李医生显然对她印象深刻，抹着额上并不存在的汗感叹："那小姑娘实在厉害，给她打个针，把我十八代祖宗都骂了个遍！"

戴妈妈一撇嘴："你说小晴啊！呵呵，毕业后就在一个我也叫不出名字的小公司里做文员，这都五年了还在老位子上待着呢，我家小天都从助理工程师升到主管喽。那孩子吧，小时候风风火火，长大反而没啥动静了。"

戴穆天不爱看他妈得意的嘴脸，忍不住辩解："她现在也是行政主管了，手下管着好几口人呢！"

"哼，还不都是保洁工人和站门房的！"

戴穆天和俞梓晴还很小的时候，戴妈妈和俞妈妈的关系还是不错的。戴妈妈长得漂亮但讨厌干家务，俞妈妈长相普通却勤劳能干，随着交往的深入，两人逐渐看不惯对方，又碍于情面不好说破，彼此别扭地相处着。女人天生爱计较，两个妈妈便把丈夫到家庭财富再到孩子强弱一一纳入比拼条目。

俞爸爸与人合伙经商后，俞家的经济实力大幅度提升，将戴家远远甩在身后，为此戴妈妈憋屈了很长一段时间，直到戴穆天考入重点中学，而俞梓晴仅以平庸的成绩进入一所普通中学才算重新扬眉吐气。

戴穆天不像他妈妈那样对俞家心存偏见，他喜欢去俞家玩，尤其爱吃俞妈妈做的饭菜，每样菜都清清爽爽，眉目分明，不像他妈，老喜欢把各种不相干的食材往同一个锅子里扔，乱炖成一锅子杂烩，再不然就是领他去吃食堂。

而且俞妈妈还会做颜色鲜亮的花衣裳，把俞梓晴打扮得漂漂亮亮的，戴穆天看在眼里，羡慕得不得了。

有一回戴穆天的姨妈送他一件新外套，他妈兴兴头头要帮他试穿，他一把扯过来，从领子检查到衣摆，纯黄色，什么图案都没有！顿时愤而拒穿。

他妈没辙，只得抓着新外套去找俞妈妈，俞妈妈给他在两个口袋上分别绣了两只鸭子，又沿着衣摆上了一圈小花图案，戴穆天这才满意地把外套给穿上了身。

飞机不知怎么晃了一下，戴穆天一下子惊醒，慌忙睁开眼睛，左右望一望，视野里，过道对面的椅子上坐着位肤色雪白、长发飘飘的妙龄美女，正带着谨慎而期待的表情端详他，一只手缓缓回归扶手上。

"你是戴穆天吧？"

原来飞机没晃动，他是被美女唤醒的。

"啊，是啊！"戴穆天露出茫然的笑，美女有那么一点面熟，但不记得在哪儿见过了。

美女面对他陌生的眼神，有点窘又有点不甘心，打扰都打扰了，当然得把原委说清楚了。

"我是沈慧嘉，郑洁的同事，去年在郑洁家烧烤的时候我们见过一面。你肯定不记得我了吧？"

戴穆天作恍然大悟状，但其实对沈慧嘉并未留下什么印象，也因此他格外内疚，记不住美女实乃男人一大罪过。

"哦，对，没错，就是在，在郑洁家，我见过你——你好，沈小姐！"

戴穆天心虚时的笑颜格外迷人，温暖圆润，一丝棱角皆无，却极具杀伤力，沈慧嘉脸微微一红，再瞟一眼戴穆天惺忪的睡眼，心头那一缕暂时被人忘却的尴尬瞬间消失了。

既然打过了招呼，就没有不聊一聊的道理，况且双方仅隔着一条窄窄的过道，几乎算并排坐着。

第一记：个人隐私

戴穆天觉得于情于理都该自己主动些。

"我表姐最近挺好吧？"他歪过脸，望着颇为养眼的沈慧嘉，一脸心无城府的笑。

沈慧嘉仿佛愣了一下，笑容略含一丝尴尬："这个么，应该……还算好吧？"

戴穆天继续乐呵呵地调侃："郑洁这人吧，只要她没跟同事吵架，没向boss甩工牌就算过得不错了，你说是不是？"

郑洁的彪悍程度还远在俞梓晴之上，曾有一次，她与某同事一言不合，居然就手抄起桌上的暖水瓶往窗外一扔，吓得满办公室同仁都呆若木鸡。

另有一次，戴穆天奉母命给郑洁送点东西，到她办公室时，恰逢她正抓着话机严厉训斥老公，对表弟的出现视若无睹，老公大概在电话里顶了两句嘴，郑洁咆哮着摔下电话。坐她前面的一位男同事紧张地缩着脖子，像躲投弹似的，半天没敢动一动。

沈慧嘉再次尴尬地笑了笑。

空姐推着车子过来分发饮料，两人暂且将话题放下，等一番忙碌过去，戴穆天悠然啜着果汁时，沈慧嘉接二连三瞥了他几眼，再也憋不住似的问了一句："郑洁的事，你……真不知道？"

戴穆天听闻，眨巴了几下眼睛，猛然猜想："她怎么了？辞职了？"

"不是啦！"沈慧嘉凑近他一些，尽量压低声音，"难道她没告诉你们，她……要离婚了？"

戴穆天一口气没喘利落，呛到口风，打着嗝问："什，什么？"

他眼瞪得老大，沈慧嘉都能从那两颗闪亮的眸子里看见自己的倒影，她慌忙转开视线，声音也拘谨起来："原来你不知道呀！"

戴穆天努力想把打嗝的声音掐死在腹中，这也太丢人了，但那嗝简直像长了脾气，越抑制越响亮："我真不知——道，她没——告诉我。"

沈慧嘉招手示意空姐过来，要了杯热水递给戴穆天："你试试喝这个吧。"

戴穆天接过来连灌两口下去，果然把打嗝的毛病给治好了。

沈慧嘉柔和地笑了笑："我也经常打嗝，一喝热开水就能好。"

"谢谢！真神奇！"戴穆天感激不尽。

"那个……"沈慧嘉犹豫着说，"既然郑洁没跟你们提，我想她可能是希望能安静一阵子，我刚才说的话，你能不能就当没听见？毕竟，这算别人的隐私。"

戴穆天觉得很有意思，女人是不是都有这毛病，先把不该说的一股脑儿都说了，然后再请对方无视。

"没问题，我什么都不会说的。"他保证道。

沈慧嘉绽开如释重负的笑容。

一周后，戴穆天出完差回到家，戴妈妈迫不及待向他宣布了郑洁闹离婚的消息。

"你说这丫头怎么能这么草率呢！"妈妈搓着手，恨铁不成钢，"婚姻大事关系一辈子，怎么能说离就离了呢——小天，要不你找时间劝劝她去，你俩不是挺聊得来的？你姨妈现在一点办法都没有，快急死了！"

"啊?！我去劝？"戴穆天不情不愿，"那算哪门子事儿啊！郑洁那么有主见，不可能听劝的。"

妈妈怒了："嗨！你忘了姨妈小时候怎么对你好了！姨妈命苦，你姨父老早那么一走，就剩她和小洁了，她谁也不靠，就靠自己一个人把小洁拉扯这么大，容易么她！现在让你帮个忙你都不肯，你可不能这么不负责任！"

戴穆天一阵头大，母亲迁怒的毛病又发作了，好像郑洁的婚姻问题完全是他造成的。

第一记：个人隐私

"行！行！我看看吧，等有空我就给她打电话。"

戴妈妈这才舒缓一点："你可别拖，不然等她这个婚真离成了就不管用了！小天，来，咱俩好好给她分析分析。"

"嗯，这就来。"

戴穆天垂头丧气地喝着一罐酸奶，慢吞吞走到客厅去陪他妈坐着。他这回来得真不是时候。

没等戴妈妈把一二三四五罗列清楚，戴穆天的手机就响了，他顿时喜上眉梢，赤脚就跑去房间接电话。

一看来电显示，是俞梓晴打来的，又是个不省心的主儿。

不过管他的，只要能别听老妈上情感交流课就成，那门课他上过不是一回两回了，回回都会转到他的个人问题上来，简直就是一门"戴穆天你为什么到现在还不结婚"的专业批判课。

"戴穆天，你现在方便出来一下吗？我请你喝东西。"俞梓晴的声音没精打采的。

戴穆天心说我太乐意了。

"又怎么了？我这忙着呢！"他嗓音高八度，十分不耐烦，戴妈妈转眼间就到他房门口了。俞梓晴一听就蔫了："你很忙啊？忙就算了吧。"

"哎哎，等等！什么！这么严重？"戴穆天双眸陡然瞪圆，他妈惊恐地盯着他。

"行，你别说了，我马上到！"

"你什么毛病啊这是，我……"俞梓晴还没把话说完，戴穆天就把线给掐了。

他朝他妈摊摊手，严肃地解释："妈，你都听见了，事情很严重，我得赶紧去一趟公司！"

他妈给吓住，都没敢质疑他台词背这么快，哪里能听明白对方讲什么。

"那你赶紧的，赶紧去吧！"

第二记：底线问题

　　俞梓晴和纪明皓相恋已三年，头两年她觉得挺幸福，也从未对纪明皓有过疑神疑鬼的时候。但自从半年前第一次抓到他撒谎，梓晴对男友的信任便犹如风中沙堡，开始缓慢塌陷。

　　那天是周末，按约定，本该是两人共进晚餐的日子，但恰逢纪明皓出差，梓晴就约了尹畅出去打牙祭，为了避开市区汹涌的食客，她俩特意挑了家临近郊区的西餐厅。

　　也真是巧，梓晴割牛排正割得兴起，眼风冷不丁朝旁边一瞟，就看到纪明皓脸上挂着招牌式的微笑，正与对面的女子谈笑风生。

　　梓晴心里那个狐疑难受啊，还不能让尹畅察觉，一顿饭吃得如同在炼狱。

　　事后纪明皓向她作了很完美的解释：出差取消了，恰好有个客户（就是梓晴见到的那位女食客，据纪明皓说叫Tina）约他谈点儿事，反正也分不出身来陪梓晴，他索性就不打扰她了。

　　这个事件中，他唯一做错的就是没事先向梓晴报备，但他认为梓晴不会这么小心眼的。

　　对他的解释梓晴也挑不出毛病，但心里终归不舒服，她听说女人是有

第二记：底线问题

第六感的，但没人告诉她这个第六感的准确率是多少。

她没和纪明皓纠缠，这事就算过去了。此后，梓晴对男友的行踪开始留意起来，这么一留意，疑心不减反增，纪明皓差不多每周都会和Tina吃一顿饭，即使是客户，这频率也高得让人咋舌，梓晴不安起来。可她又抓不到任何把柄，于是心头的这一点墨渍非但清洗不掉，反而被晕染得面积越来越大。

她几次向纪明皓提出自己的疑虑，但纪明皓认为她的怀疑属于无稽之谈，纯属自找烦恼。

"Tina是我的客户，现在正是争取订单的紧要关头，请她吃饭打听点儿消息不是很正常吗？"梓晴哑口无言，忍到内出血的时候，她也想过分手，又实在舍不得，撇开纪明皓夺目耀眼的背景实力不提，他们在一起三年了，一句分手，这三年的时光就等于白白浪费了，更何况她的想法不能不说有任性草率之嫌。

梓晴被成本淹没的痛苦包围着，只能继续煎熬。

梓晴不谙酒力，两杯甜酒下肚，双颊立刻卧上了两朵红云，她醉眼迷离，用指关节叩着吧台面儿，老干部似的痛心疾首："你告诉我，暧昧的底线究竟在哪里？"

戴穆天无动于衷坐着，脸上写着与在机场时毫无二致的茫然，他不喝酒，面前摆了一杯鲜榨橙汁，当然免不了被梓晴嘲笑一通，不过力度不像平时那么狠，她可不想把唯一的听众给气跑了。

"你怎么不说话？"

"这个，我真没经验。"

梓晴不满："不需要事事都有经验呀，你就照你的原则想象一下——如果是你遇上这种事儿，你会有什么看法？"

"我的看法重要吗？我又代表不了所有男人。"

梓晴扫兴地挥挥手："你怎么这么没劲啊！"

戴穆天喝了口橙汁，放下杯子，答非所问："你当初为什么会喜欢上他？"

"嗯？"

"纪明皓身上吸引你的东西是什么？"

梓晴明白了，眼眸中逐渐蒙上了一层朦胧而温柔的色彩，戴穆天把视线从她脸上挪开。

"他……很帅啊！"

"长得像裴勇俊？"

梓晴扑哧一乐："裴勇俊已经是过去式啦！"

俞梓晴相信一见钟情，她这小半辈子里喜欢上的男人基本都是走这个路数，而对她冲击力最强的莫过于纪明皓。

纪明皓是她所在公司的高层好不容易才争取到的客户，首次来访，公司便如临大敌，清洁工作细致到库房踢脚线上的积尘。

客户到来的当天，梓晴与众多文职人员一起在办公大厅门口夹道欢迎，纪明皓走在队伍最前列，玉树临风，气宇轩昂，犀利的眼神与矜持的微笑配合得天衣无缝，立刻在她的公司赢得一大票粉丝。

梓晴作为后勤主要力量，一整天都游弋在会议室内外，干活前所未有地卖力，心里却不无怨妇情绪：她像梭机一样穿出穿进，也不知道纪明皓对自己有没有留下一点印象。

一个月后，梓晴又在签约仪式上与纪明皓重逢，没等梓晴酝酿出寒暄词来，纪明皓低首莞尔，叫了她一声："俞梓晴。"

嗓音低低的，像暗含了什么阴谋，对梓晴来说，却不亚于天籁之音，给她带来莫大的惊喜。项目合作期间，梓晴又有数次与纪明皓见面的机会，每一次相处都让她对纪明皓的迷恋成倍增加。

梓晴闭眼沉醉："他只要一靠近我，我就能感觉自己的心怦怦直跳。"

第二记：底线问题

"花痴。"戴穆天打牙缝里挤出两个字，声音极低，梓晴没听见。

再然后的故事就千篇一律了，项目结束后，纪明皓约她出去吃饭，两人东聊聊西聊聊，自然而然就过渡到了情侣关系。

梓晴总结后认为，爱情的最美妙之处在于萌芽起步阶段，男女双方有那么一点意思了，但还没机会挑破，在此期间，对方任何一个眼神，一个小小的肢体动作，一句简单的问候，似乎都蕴含着深情厚谊，令人回味无穷。

她托着腮，似在思考，但酒精让思维缓慢而费劲。

"那时候吧……我们公司好多女孩子喜欢纪明皓……白马王子什么样儿他就是什么样儿。"

戴穆天不自在地清了清嗓子，他就听不得一个"白"字。

梓晴翻了翻眼睛："我呢，就像灰姑娘，能被王子看中，那感觉怎么说呢……好比穿着水晶鞋翩翩起舞……然后又觉得，原来自己居然有这么高的身价……唔，是谁说过的，我记不得了，那个人说，女人的价值取决于她选择的另一半。"

"虚荣。"戴穆天又嘀咕了一句。

"但我也不只是因为这个才喜欢上他的，我没肤浅到只看人外表的地步。纪明皓他很聪明，非常有才华。他们公司在西南地区一直打不开局面，他去了半年就签到一个大单。"

她见戴穆天没什么反应，又说："还有啊，他工作的时候特别专注，就像在战场上指挥千军万马的将军……"

"他都为你做过些什么？"

轮到梓晴茫然了："他，他要做什么？他是我男朋友啊！"

"男朋友又不是标签，光往身上一贴就好了。"

"哦，他经常请我吃饭，给我买礼物，这些算吗？"

戴穆天想了想："我这么问你吧，假如你刚认识纪明皓的时候有个男朋友……"

梓晴笑："我没有……"

"不都说是假如了！"戴穆天顿一下，继续，"假如那时候你有主儿了，纪明皓请你吃饭，你会答应吗？"

"这个……"

"如果你去赴他的约，你觉得你男朋友会怎么想？"

梓晴被他绕得有点晕："你到底想说明什么呀？"

戴穆天瞥她一眼："这不就是你所谓的换位思考，你现在头疼的事也就是你当时的男朋友操心的烦恼！"

梓晴半张着嘴，细品他的言论，若有所悟。

戴穆天喝光了橙汁，把杯子推开，敲敲桌面唤来酒保，改要了瓶嘉士伯啤酒。

梓晴紧随其后："给我来两杯白占边，少兑水！"

戴穆天皱眉："你够了啊，喝果汁吧！"转头对酒保："给她来杯橙汁。"

"哎哎！"梓晴去抓酒保的衣袖，嬉皮笑脸，"一杯橙汁一杯白占边。"

酒保笑着离开。

梓晴终于理清了思路，回头继续刚才的话题："就算我去赴约，也不代表我和纪明皓有什么呀！"

戴穆天摊手："那你现在着急上火是为什么？"

"那不一样！"

"怎么不一样了？"

梓晴眼睛眨得比蜜蜂翅膀还快，可还真说不出到底哪里不一样了，关键问题还在于她没证据，总不能事事都拿感觉说事儿，虽说她挺信赖自己的第六感的。

"那女的，"她费力措辞，"那女的看他的眼神跟别人不一样。"

第二记：底线问题

戴穆天笑了，按他对俞梓晴的了解，要再逼问下去，她就该耍泼了。

酒保送来他们点的东西，戴穆天把啤酒倒进空杯子里，慢条斯理啜上一口，梓晴怀着悲愤的情绪将白占边一饮而尽，辛辣滚烫的滋味顿时把她呛到涕泪直流。

戴穆天及时递上果汁杯："赶紧喝点儿橙汁。"

梓晴用纸巾擦着花脸，也不知怎么搞的，泪水从眼眶里涌出来，明明她并不觉得悲伤，只是有些郁闷而已。

戴穆天说："看开点儿吧，你可以因为纪明皓的外表喜欢他，别人为什么不可以？谁让你挑了这么优秀的男人呢！"

"你这是安慰我吗？怎么听起来酸溜溜的？"

戴穆天把酒瓶子举起来看了看："一定是啤酒过期了。"

梓晴咯咯直笑，戴穆天扭头盯着她，觉得不可思议，这么个从小没心没肺的姑娘，居然有朝一日会主动找自己聊如此复杂的情感话题。

两人很快喝光了酒和饮料，梓晴亢奋起来，拍着吧台又点了两轮，戴穆天也不拦着了，这酒喝到后来跟水差不多。

"哎，我……再问你个问题。"梓晴面庞红彤彤，眼里汪满了水，目光诡谲狡黠，舌头略有些大，"我听到过一种说法……说男人只要跟女人上过床，就不拿她当回事了……是这么回事不？"

戴穆天目光顿在啤酒瓶口上，一字一句地问："你……跟他……那什么了？"

梓晴猛拽他胳膊，迫使他面对自己："你，你看我脑门上写着'愚蠢'两个字吗？"

戴穆天啼笑皆非地收回胳膊，重新缩进自己地盘。

"我妈说，女孩如果随随便便，将来肯定会后悔……这算不算男女不平等的一个表现？"

"不算。"

"怎么不算！"梓晴愤慨，"女孩子不可以这样，女孩子不可以那样，我真是听够了！"

"那你也没老老实实全部照做啊！"

梓晴把脸凑过去，笑嘻嘻地问："那你呢，戴穆天？"

"我什么？"

"你有没有跟谁那什么过？"

戴穆天没好气："我跟谁去？"

"跟你大学里那个刻骨铭心呗！"

戴穆天板脸："没有！"

"啧！啧！小天，咱俩还真是难姐难弟哎！"梓晴醉得忘乎所以，钩住戴穆天的脖子，"你可是男孩，你都27了，还没那什么，这可有点……"

戴穆天娴熟地抖抖身子，梓晴的胳膊哧溜滑下去。

"熟归熟，占我便宜照样翻脸——谁是弟弟？我大你六个月呢！"

梓晴拿手指着他："哎呀，你全忘啦？你小时候可没少喊我姐姐！"

戴穆天强硬否定："没有的事！你喝醉了。"

梓晴双目咄咄逼人："还记不记得那条花裙子？"

戴穆天的脸顿时红一阵黑一阵。

俞梓晴漂亮的打扮逐渐对戴穆天形成一种压力，是压力就总有爆破的一天。

某日早晨，戴穆天发作了，他向妈妈声称，如果不给他穿一条像俞梓晴身上那样好看的小花裙，他就不去上幼儿园了。

戴妈妈抓狂："小天，裙子是女孩子穿的！你是男孩子，男孩子不能穿裙子的，你懂不懂啊？"

戴穆天把脸往旁边一别："我不管，我就要穿裙子，我要嘛！我要嘛！"他开始拍手跺脚耍起脾气来。

第二记：底线问题

戴妈妈把道理说尽，依然没有粉碎儿子向往花裙子的心，眼看上班要迟到了，妈妈计无所出，只得一把抄起儿子就往俞家赶。

所幸俞妈妈和梓晴尚未出门。

俞梓晴扎着两条小辫子，身上则穿着那件让戴穆天口水直流的小粉花裙，正等着妈妈拿自行车载她上幼儿园去。

戴妈妈讪讪说明来意，站在门边的俞梓晴听了，诧异地一甩小辫子，转过脸来瞪着他们娘儿俩。

俞妈妈笑够了以后方说："那你等我一下，我去房里翻翻看，有没有小晴不穿的裙子。"

梓晴听说要从她的所有物里找，立刻紧张地跟进去，戴穆天则满怀期待紧随其后。

俞妈妈每翻出一条裙子，梓晴都会一把扯过来尖叫："这件我还要穿哒！"

"只是借给小天穿几天，将来他会还你的。"

戴妈妈也安慰梓晴："是啊！是啊！肯定会还你的，小晴，下个礼拜阿姨带你去吃馄饨小笼包好不好？"

经过一番艰难的讨价还价，终于确定了借出的裙子，俞梓晴心有不甘，把裙子递到戴穆天面前却死不撒手："叫姐姐！"

她这招完全是模仿妈妈单位那些手里攥着糖果逗自己的阿姨——"叫阿姨，否则不给吃哦！"天上不会掉馅儿饼，凡事必须付出代价。

戴穆天年纪虽小，于名分看得还是很重的，他脸涨得通红，扭头想走，可到底舍不得花裙子，急促地深吸了一口气，委委屈屈喊："姐姐。"

梓晴满意地松手。

这一嗓子出口，犹如泼出去的水再也收不回来了，此后，只要他有求于梓晴，这声"姐姐"是逃不掉的，直到升入小学高年级，两人不再同班，他才借着时光的力量逐渐洗刷掉了这个"耻辱"。

他一直以为梓晴忘了，没想到二十多年后的今天，她居然旧事重提，戴穆天重新品味到当年的辛酸与愤慨，顿时新仇旧恨统统涌上心头。

他恼怒地掏出钱包，抽出几张票子摔在吧台上，呼啦站起身，干脆利索，甩手走人。

出了酒吧，迎面吹来一阵风，他在风中晃了几晃，脑子清醒些了，怒气也消失得无影无踪，喝醉了的人真跟孩子没啥分别。

他叹一口气，又折返回去。

俞梓晴趴在吧台上，头发乱蓬蓬的，遮住了半边脸，手里抓着他的嘉士伯瓶子，神情落寞，楚楚可怜。

他走过去，粗鲁地将梓晴拉起："走了，回家！"

郑洁满面春风从厨房步出，手里托着茶盘，给客人一一递茶，她妈坐在沙发里抹泪。

"我能说什么呀！说离就离了，离个婚就跟吃完饭结账一样轻松！"

"那您要我怎么着，撒泼耍赖，一哭二闹？我要真那样了您不又得着急了？"郑洁把茶杯递给母亲，母亲气头上不肯接，她便往茶几上一搁，仍旧笑着，"现在讲的是丧事喜办！"

"你——"

戴穆天忍不住乐，但很快被戴妈妈用严厉的眼神遏止。他敛了笑，往沙发深处缩缩，心里怀念着软乎乎的被窝，如果不是一大早被他妈强行拽起来，这会儿他还在床上美美地睡懒觉呢！眼看母女俩这沟通驴唇不对马嘴，生生陷入了僵局，戴妈妈觉得自己有责任予以疏导，这正是她此行的目的。

"小洁，别怪姨妈多嘴，这事儿吧，还真是你处理得不合适，婚姻出了问题可以想办法解决，没必要因此就离婚呀！离婚得多大的事儿，我们年轻那会儿都没人敢随便提。你至少该跟你妈商量一下嘛！"

郑洁一脸为难，声音却颇理直气壮："姨妈，这是我和刘东之间的事，

第二记：底线问题

我们决定就好了，总不见得他要离，我妈说不离，最后这婚就不离了？"

"你听听！你听听！"她妈气得不得了，"刘东根本没想和她离，都是她的主意！刘东还给我打过电话，让我劝劝她呢——你听我劝吗你！"

郑洁脸阴下来："谁让他在外面搞七捻三了，您受得了我可受不了。"

她妈说："不就一次吗？他都承认错误保证将来不犯了！"

"这是原则问题，一次都不行！"

戴妈妈说："小洁，我也觉得你有点草率，男人在外面做事，保不齐就会碰上什么诱惑。就说我们以前那单位吧，也常有干些偷鸡摸狗的事儿的，被发现了肯定得闹，但闹完了不还是继续在一块儿过日子？要为这事离婚，那干脆还是别结婚了。"

郑洁道："姨妈，您和我妈那都是老观念了。时代不同啦，现在甭管男人还是女人，都重视自己的尊严，出轨意味着对婚姻对配偶的不尊重！我虽然是女人，可经济独立，有房有车，我又不靠他养，干吗要迁就他的污点啊？完全没必要！婚姻失败了，推倒重来不就行了！"

戴妈妈本来自恃能言善辩，想帮姐姐教训教训外甥女的，这会儿忽然发觉自己不是对手，愣了片刻方找着词儿："那万一你再找一个，还是会出去偷腥，你怎么办？"

郑洁笑："有什么怎么办？出轨就是不行，婚姻也是有底线的！"

郑妈妈捂着脑袋站起来："我头疼。"她起身去厨房，"我说不过她，不说了，我做饭去——幸好没孩子！不然——唉！"

婚后她一直催着女儿要孩子，但总不能如愿，如今这样一来，没生宝宝反而成了幸事。

她这一走，意味着对郑洁的教育完全失败了。戴妈妈没了主要观众，也兴味索然起来，再一细思事情的前因后果，不觉倒戈同情起外甥女来。

"现在的年轻人都怎么回事哟？外面的女人就那么好？"

郑妈妈在厨房恨恨地插嘴："刘东那是叫小洁给逼的！你问问她，结婚两年,她给人好脸色了没有?"

郑洁耸肩:"他认识我第一天我就是这个样子了呀。"

戴妈妈道:"这倒是,小洁的脾气我知道,虽然急躁了点儿,但还算讲理的,说来说去,还是刘东不对——哎,幸好我家小天老实,将来肯定不会干这种出格的事儿。"

郑洁笑:"那可说不准,刘东不也挺老实的。"

她这一调侃,戴妈妈莫名不安,连声否认:"不会!不会!我的儿子我知道!"又扭头向戴穆天确认:"小天,你不会的吧?"

一扭头的光景才发现戴穆天已垂着脑袋睡过去了,一脸单纯的满足相。

郑洁笑道:"小天这坐哪儿都能睡着的毛病倒是从来没改过。"

戴妈妈用力推儿子:"怎么在这儿睡呢!赶紧醒醒!"

戴穆天一个激灵醒过来,但见他妈和表姐都盯着自己。

"怎么了?"

"你怎么又睡上了?"戴妈妈愠道。

"没啊!就是闭目养会儿神,你们说什么我都听着呢。"戴穆天揉了揉眼睛。

郑洁坏笑:"那你还没回答姨妈呢,她刚问你会不会。"

戴穆天愣了一下,旋即热情洋溢地笑:"会啊,当然会了!"以为他妈又显摆自己什么呢。

郑洁笑得前仰后合。

戴妈妈狠狠敲了他一个毛栗子:"我问你将来结了婚会不会出去搞七捻三,你跟我说会!还说没睡着!你个臭小子!"

虽说心情不好,但郑妈妈还是做了一桌好菜招待妹妹和外甥。为了不让自己再度成为话题,一开席郑洁就把矛头引向表弟的终身大事。

戴妈妈又热衷又犯愁:"我急他不急啊!让他出去相亲又不肯,自己在

第二记：底线问题

外面又不好好找，眼看就要30了，还这么心定，真是皇帝不急急太监。"

戴穆天纠正："我27岁生日才刚过，离30还早呢！"

郑洁问他："你想找个什么样儿的呀？"

"这哪里说得清楚，反正找着了就明白了。"

戴妈妈急："那你倒是去找啊！"

郑洁说："你从小到大就没遇到个让你心动的？"

戴穆天缓缓摇头："没有。"

"榆木脑袋不开窍！"戴妈妈叹气。

郑洁转了转眼珠子想起来："哎，你那个从小就在一块儿的青梅竹马呢？小时候老见你俩玩在一起，现在还来往么？"

戴穆天没说话，戴妈妈先跳出来，脑袋甩得像拨浪鼓："你说小晴？不行！不行！"

郑妈妈也好奇起来："怎么不行了？你以前不老拿她和小天开玩笑么？"

"那都是他们小时候的事儿，闹着玩的！喔唷，说起来就气人哪！"戴妈妈嘴用力一撇，"你们是不知道，她妈那个势利的嘴脸！"

"妈——少说几句，吃饭吧！"戴穆天无奈地叹气。

郑洁和她妈的八卦心则完全被调动了起来："怎么呢？她妈怎么了？"

话一出口，戴妈妈哪里刹得住："一开始小晴她妈还有她爸和我家老戴不都在一个单位么，1993年厂里分流，我们老戴没下岗，他们家老俞却下岗了……"

戴穆天插嘴："俞叔叔那不是下岗，人家主动辞的职。"

"哎呀，一回事！你别打岔——后来老俞跟人合开了个什么贸易公司，专门卖服装，也是他们家狗屎运好，做着做着就发了。"

戴穆天待要说些什么，见他妈那亢奋的表情，摇摇头，低头吃饭。

"人哪，不能有钱，一有钱就容易嘚瑟，尤其是暴发户，小晴她妈就是这样，从前我们两家条件差不多，她见着我们那叫一个客气。发了财以后正眼都不瞧我们一眼了，啧啧！好像谁想图他们家财产似的。我哪里还敢乱开什么玩笑哟！嗨！好多事都不想讲，一提就生气！"

郑妈妈噘嘴："有钱人是这样的。"

郑洁不同意："就算她家大人不怎么样，也不得着孩子啥事儿！"她殷切地看着戴穆天："那你呢，你喜欢她吗？"

戴穆天尴尬："你们都在说什么呀！"

戴妈妈横眉立目对郑洁道："使不得！那丫头要嫁过来，还不跟你一德行！"

郑妈妈脸色微变，反倒是郑洁若无其事继续吃饭。

戴妈妈脸通红，恨不得给自己两下，嘴太快就是容易犯错误，讪笑着说："呵呵，我的意思是，小晴太强势，我们小天又天生好脾气，将来恐怕降不住。"

郑洁乐道："人女孩子又不是妖精，姨妈家也没唐僧，用得着小天当孙悟空降妖伏魔么！"

一番话却再次触动郑妈妈心事："你懂什么！女人如果太厉害了，男人的自尊往哪儿搁呀！刘东他不就是……"

"妈——你又来了！"

戴妈妈听大姐话语中似有贬低自己儿子抬高小晴的意思，立刻又不乐意了。

"不过话又说回来，三十年河东，三十年河西，风水是轮流转的。你看看我们小天，考取了重点高中，接着又上名牌大学，一毕业就风风光光进了世界五百强的企业！哪点比人家差了！小晴那丫头从高中开始读书就吃力，勉强上了个三流的本科，找工作还是靠她爸托关系才进去的，一个小破公司。"

郑妈妈说："她家有钱，女孩子将来不愁嫁。"

戴妈妈哼哼笑了两声："有钱也是从前的事喽！老俞那公司五年前就搞砸了，还跟合伙人打了场官司，搞得倾家荡产的，现在家里的水平还不如

第二记：底线问题

我们呢！"

"也没你说的那么惨吧。"戴穆天闷哼一声。

郑洁道："这不正好，你们两家重新回到同一起跑线上，小天还以优势胜出，就算小晴嫁过来也不敢嚣张啊！"

戴穆天忍无可忍："哪儿跟哪儿呀！人家早就有男朋友了！"

郑洁和郑妈妈面面相觑，眸中闪过了然的神色，又各自神秘莫测瞥一眼戴妈妈，后者瞧得那个憋屈哦！

"就算她没男朋友，我也不会同意小天娶她！"戴妈妈斩钉截铁地抛出定论。

郑洁正色说："姨妈，这就是你不对了，人家好好一对小情侣，不能因为您的好恶就给生生拆散吧！梁山伯和祝英台的悲剧可不能重演了！"

"老天！"戴穆天哭笑不得，"你们没别的可说了？非要做这种无聊的假设！不都说了这事儿没可能么！"

郑妈妈不知怎么心情好了不少，笑着对戴妈妈道："你看这孩子，还急了。这不正为你找对象的事儿操心呢嘛。"

"姨妈！"郑洁忽然亢奋起来，"我刚又想起个女孩来，就我们部门的，长得可漂亮了，最重要脾气还温柔，要不我给小天介绍介绍？"

戴妈妈眼睛锃亮："多大了？"

"今年25。"

"哦哦，年纪倒是挺般配。"

郑洁笑道："那女孩子姓沈，哎，小天，你们应该见过面的，就去年。"

"你是说沈慧嘉？"

郑洁喜上眉梢："对对，就是她！原来你还记得她呀！"

"哦，前阵子刚在飞机上碰到过。"

戴穆天说完，忽然察觉周遭鸦雀无声，抬头瞅瞅，三个女人正兴奋地交换眼神，他只能无奈地耸肩。

晴天日记

他说什么来着，任何时候任何地点，只要有他妈在场，这话题最后都会不偏不倚落在自己的身上。

从姨妈家回来的路上，戴妈妈又感叹起来："看来这强扭的瓜就是不甜啊！你姨妈一片苦心，给小洁找了个归宿，可惜这丫头没心没肺的，一点不懂事！"

戴穆天心说，她才不是没心没肺呢，郑洁是他见过最有心机的女孩，话不多，却极有主见。刘东是郑妈妈执意介绍给女儿的，还扬言："你这么个臭脾气，除了刘东，没人受得了你，你跟谁在一起都不如跟刘东一起幸福！"

郑洁倒也不含糊，你不让我结么，那我结给你看，用事实证明你是错误的。

不过戴穆天懒得向他妈解释表姐那点心思，这大半天的访问搞得他身心俱疲，急需回家睡一觉养养精气神儿。

戴妈妈却不放过他，口气谨慎但眼神贼亮："小天，等哪天去跟姓沈那姑娘见一见怎么样？"

"不是前几天刚见过么？"

"那你对人印象怎么样啊？"

"没感觉。"

"哎，你……"

戴穆天忙转移话题："妈——小晴他们家到底怎么你了，你要在背后这么说他们？"

戴妈妈脸一板："没怎么我，我就是给你提个醒儿，找谁也别找小晴那样的媳妇儿，她和小洁没两样，将来准把老公看得死死的。虽说我一直教你做人要正派，但万一你有点那什么意外呢？人总得给自己留条后路不是……"

戴穆天彻底无语。

第三记：峥嵘岁月

午后的阳光透过茶色玻璃照射进来，晒得身上暖融融的。

俞梓晴举起小汤勺，百无聊赖地搅了搅咖啡，又放下，再拿起手机扫一眼时间，两点整。五分钟前尹畅刚给她发短信，说已经到清舒街了，即将抵达目的地。

她是在第一份工作中认识尹畅的，两人同部门，又都是新人，难免受老员工挤对，自然而然就抱成了一团，相互取暖。虽说不久后她们就相继跳了槽——梓晴转去做行政，尹畅依然留在财会岗位上耕耘——但两人的友谊却延续了下来，多年未断。尹畅每个月会有两三天外出公干的机会，碰上流程顺利，半天的活儿一小时就干完了，遇到这种时候，她就会偷偷约梓晴出来喝茶聊天，梓晴的工作自由度高，想出来随便找个借口就成。

一小团白色的棉絮在空中飘，被阳光一照，呈现出半透明的美感，梓晴伸手一抓，摊开手掌细看，惊异地发现不是棉絮，而是一粒蒲公英的种子。

她迷糊地思索，蒲公英是什么时候开花结果的？三月末还会有蒲公英种子在空气里游荡吗？

不过蒲公英的种子意味着希望，梓晴觉得这对她来说是个好兆头。

她与纪明皓在经过几天的冷战后终于又重归于好了，至少梓晴内心焚烧的烈焰算暂时消停了。有人说没经过折腾的爱情就不是真正的爱情。从这个角度而言，他们也算爱得相当热烈了。

　　尹畅的身影终于出现在视野范围内，她高挑瘦削，皮肤很白，戴一副黑框近视眼镜，皱着眉，怀里抱一摞文件，走路匆匆忙忙的，一条羊毛织就的满是洞洞的长披肩直垂到膝盖处。

　　梓晴对她的打扮一直不敢恭维，她喜欢利索整洁的休闲装，对东垂西挂的吉卜赛女郎形象很不感冒，当然，尹畅对她也一样，时常嫌她的穿着过于中性。两人对对方的点评点到即止，总体而言还是要求同存异。

　　尹畅推门进来，脸上洋溢着笑："哎呀，让你久等了，地税今天不知怎么回事，排了老长的队伍，我都急死了。"

　　梓晴说："还好，也才两点，咱们还有时间好好聊。"

　　按惯例，两人先分享了一些各自的猪头老板最近所干的蠢事儿，这是最为欢乐的部分，紧接着又互相指点一番，无非是要以下属的英明衬托出上司不可救药的低能。

　　等公事方面的资讯共享得差不多了，就该聊聊彼此的个人生活了。

　　尹畅问梓晴跟男友相处的情况，她当然说好。

　　她俩关系虽然不错，但并非无话不谈，彼此维护着各自看重的自尊，直到有一天尹畅先憋不住，抱怨好男人都被抢光了，也没给她留点儿。于是尹畅的个人问题就成了一个讨论热点。梓晴曾给尹畅介绍过几个公司的男同事，但都没成，原因各种各样，反正就是没对上眼。而尹畅公司里所有看着顺眼的男人基本都成家立业了。

　　"市场部倒有个还单着的，可尊容实在不敢恭维，不好看也算了，还秃顶，二十几岁看上去像四十几的！"

　　梓晴说："那你想找个什么样的？总得有个谱儿吧？你只要说得出来，

第三记：峥嵘岁月

咱照着标准去找，总能找得到。"

尹畅叹气："我知道像你家纪明皓那样的属于稀缺资源，不敢奢望，只想找个各方面比我稍强一些的就满意了。"

"还是太笼统，你得细分，越细成功的概率才越大。"

尹畅边想边说："外貌不帅可以但不能难看，否则走路上回头率太高我的小心脏受不了。脾气要好，我可不想当小媳妇儿。经济条件方面嘛，能有房有车当然最好，如果没这实力，将来两人一起供房也不是不可以，但有一条，不能跟老的住一块儿！"

两人就着咖啡在纸上谈了会儿兵，尹畅又叹气："我跟你说这么多有什么用！好男人又不是能用3D打印机打印出来的。"

"你别急着叹气啊！天无绝人之路嘛！新闻里不都说了现在是男多女少！"

"你不懂，现在的剩男剩女属于结构性失调，城市里剩女多，农村剩男多，也就是说精英男太少！"

梓晴忽然猛拍桌子："呀！我怎么把那么个大活人给忘了呢！"

尹畅迷惘："什么？"

梓晴眉开眼笑："我这儿有个最佳人选，是我以前一同学：男性，27岁，长相中等偏上，外企中层管理，有房有车，怎么样，你满不满意？"

尹畅迷惑："怎么从来没听你提起过？"

"这不是太熟悉了反而成盲点了么。我也是刚使劲想才想起来，这家伙一直单身，他妈都快急出白头发来了。"

尹畅瞪大眼睛："27岁，一直单身？你是说他从没谈过恋爱吗？"

"嗯。背景干干净净。"

尹畅倒抽一口凉气，低声问："他会不会……有什么毛病？"

梓晴气乐："你才有毛病呢！"

"可27岁，条件这么好还单着不是很奇怪吗？"

梓晴教训她："你吧，平时呼天抢地找好男人，真有个好的出现了又疑神疑鬼！照这样怎么解决你自己呀？"

尹畅犹豫着，勉为其难问："那你有他照片吗？"

梓晴赶忙掏出手机翻找，可戴穆天一不是宝贝，二不是名人，她何曾想过要留张对方的照片在手机里。从头翻到尾，也只找到张初中时候的集体照，梓晴前阵子翻旧物时发现后特意留了一张，生怕将来照片丢了尸骨无存。

"这儿，看见没？虽然显得稚嫩了点儿，但模样大致没走形，现在也就是再高一截子，然后再胖个两圈儿，表情嘛，也比这上头要成熟一些。"

尹畅仔细打量初中时期的戴穆天："个子挺高的，五官也周正……怎么这么黑啊？"

戴穆天黝黑的肤色一直是梓晴取笑的重点，这会儿为了撮合成功，她立刻倒戈为戴穆天辩论起来。

"男人黑一点有什么！说明健康，强壮！老外们不还年年跑沙滩上去故意要把自己晒黑吗！黑皮肤给人安全感！"

尹畅说："我没说黑就一定不好，只不过他在人群里比较显著……看他这模样吧，也不像特别内向腼腆的人，怎么就一直单身呢？"

梓晴这时候忽然想起来："啊！他没一直单着，大学里谈过一场惊天动地的恋爱来着！"

尹畅惊悚地看向她："那女的为他自杀了？"

"这倒没有。不过那女孩很漂亮，我见过照片！"

照片是大学二年级时，戴穆天在梓晴的威逼利诱下寄给她的，小小的一张证件照，但难掩女孩清纯脱俗的靓丽形象。照片在全舍人手中来回传阅，大家一致认为这样的女孩完全就是言情小说中的女主角，男人愿意为之赴汤蹈火，至死不渝。

梓晴也给戴穆天发去了热情洋溢的祝福信，戴穆天没给她回复，她也

第三记：峥嵘岁月

不介意，当时梓晴自己也正沐浴在暖风醺醉的爱情之中。

梓晴告诉尹畅："据戴穆天说他们是和平分手的，不过我猜原因没这么简单，他越是轻描淡写，越说明对他造成的伤痛很深，正所谓欲盖弥彰。"

"也许是女孩甩了他吧。"

"十有八九。"

尹畅做了个鬼脸："估计他不够优秀。"

"才不是！不优秀能考上市一中？不优秀能考上N大？"

此时的梓晴慷慨激昂地与戴穆天站在同一立场，奋力为他辩护："他从小成绩就拔尖，我小学时还能跟他并驾齐驱，初一勉勉强强排他后面几名，但初二开始就被他甩在老后面了，同样做一道方程式，我得解半天题，他几笔就写完了！唉，那时候我才明白，智商这玩意儿真是有高低之分的，一点道理没得讲——关于他们分手的原因，我猜是因为他对女孩不够热情，漂亮女孩都是要人哄的。"

尹畅洗耳恭听。

"但戴穆天在这方面没有一般男孩子的那种殷勤劲儿，如果女孩子习惯了被男朋友捧在手心，遇上他那样的确是会失望的。你回忆回忆，为什么校园里看到的情侣总是帅哥配丑女、美妞配丑男，真正般配的小情人几乎见不着？就是因为帅哥美女都是需要被人宠着的！"

尹畅想着梓晴和纪明皓这对活生生的例子，使劲点头表示同意。

梓晴得到认可，通体舒畅："所以嘛，像戴穆天这样自身条件优秀的男人，当然不愿意矮着身子极尽谄媚之能事去讨好女孩子了！这姑娘跟别人跑是早晚的事儿！其实我也不赞成那种为了女朋友什么脏活累活都肯干，什么颜面都不顾的男人，一点自尊都没有！"

"听你把他说得这么好，你又从小就认识他，那你……怎么没跟他好上呀？"

"我？"梓晴杏目圆睁，仿佛听到天大的笑话，"哈！我怎么可能喜欢上那个娘娘腔呢！"尹畅挺直腰板，一脸了然。

梓晴笑容冻住："呃……我是说……他小时候，那什么，他小时候比较柔弱，不够……不够血性，对，血性！"

初次邂逅戴穆天，梓晴才两岁半，跟着妈妈和妈妈的小姊妹陈阿姨去一个叫谭村的农庄玩。正逢夏天，傍晚来了一个演出团在村里的谷场上搭台子唱社戏，当地人称这种娱乐活动为"小月昏"，很是热衷。在陈阿姨亲戚的盛邀下，妈妈和陈阿姨决定看会儿戏再回去。

社戏不光唱戏剧，还卖一种自制的梨膏糖，说是能治百病，一摞摞地垒在戏台前的桌子上，梓晴看了眼馋，但妈妈说那东西不卫生，不给买，梓晴怎么闹都没用。

戏演了才不多会儿，妈妈和陈阿姨遇见个老同事，三人起身到谷场边上扯闲天，妈妈本想拉梓晴一块儿去，但她被戏台上一尊道具塔给吸引住了。

那座塔用珍珠串缀而成，被两百多瓦的大灯泡一照，明晃晃亮灿灿，简直像从仙境里蹦出来的。那唱戏的女子也像仙女，穿着花花绿绿的袍子，水袖甩啊甩，身子滴溜溜地转，嗓音娇滴滴，恰似能掐出水来。

梓晴正看得陶醉，坐她前面的观众忽然扭过头来，默默递给她两块梨膏糖，她错愕地接了。

低头看一看，梨膏糖宽宽扁扁，颜色雪白，引得她口水在嘴巴里哗啦啦搅，也没问问人家是什么意思，抓起一块就往嘴里塞，薄荷的清凉顿时直冲鼻息，晶晶亮，透心凉，真叫一个舒爽。

她吧唧吧唧不停地吃，美滋滋地想，幸亏妈妈不在，否则她肯定吃不到这么好吃的东西！

正嚼得带劲儿，一个老奶奶领着个小男孩停停走走地从后排寻摸过来，脚步顿在梓晴身旁。

梓晴歪脑袋看看他们，男孩胖胖的，正瞪着眼睛瞧她手里仅剩的半块

第三记：峥嵘岁月

糖。梓晴不认识他们，转过脸来继续吃。

老奶奶疑惑地瞅了她一会儿，俯身问："小丫头，你这梨膏糖是哪儿来的？"

梓晴指指前面的人，前面的人被惊动，回首，然后失声叫："哎呀！这糖是秦奶奶买给小天吃的勒！我是让你往后传的呀！你，你怎么给吃了？"

小天闻听，立刻爆发出惊天地泣鬼神的哭声！

梓晴感觉有什么不对了，脸微微涨红，但她还是镇定地把最后一口梨膏糖全部塞进嘴里，两只小手对拍一下，去掉手掌心里的糖屑，然后无辜地看着前面，一副听天由命的样子。

小天一看，哭得更绝望了！

秦奶奶惶恐地给孙子抹眼泪："小天不哭，不哭啊！奶奶再去给你买！"

妈妈慌慌张张赶来，得知原委后，都没来得及教训闺女，赶紧向对方赔礼道歉，又亲自去戏台处买了五块糖回来赔给人家才算了事。

一年后，戴穆天被父母从奶奶家接回城里上幼儿园，还和梓晴成了同学。

虽然双方家长都笑言这是缘分，梓晴却打心眼里看不起戴穆天，同时又有点儿纳闷，戴穆天哪来那么多眼泪水的呢？她妈每次揍她，她也哭，但眼眶总是干干的，以至于妈妈下手毫不留情，打得她小屁股火辣辣地疼！

即便升入小学后，戴穆天爱哭的毛病还是改不了，据妈妈说是让他奶奶给惯出来的。

小学六年梓晴和戴穆天一直同班，头三年还是同桌，梓晴总是竭尽所能地欺负他，当然很多时候不是故意的。她常常把钢笔墨水洒到戴穆天的白衬衫上，或者写字很兴奋时猛回头，笔尖就戳进了他肩膀。

她觉得这都不算什么大事儿，可每回戴穆天都会吧嗒吧嗒掉眼泪，他一流眼泪不打紧，班主任最疼这个每门功课都拿第一的尖子生，所以不用他费吹灰之力就有人替他报仇雪恨——俞梓晴时常被骂得狗血淋头，还因此得了个"男人婆"的恶名。

男人婆就男人婆好了,俞梓晴并不在乎。

有一次,钢笔不出水,她拉起来就朝空中用力甩了两下,等她回过头去时,发现戴穆天的脸上早已开了花。她哈哈大笑。

"俞梓晴,你必须道歉!"戴穆大嗓音颤巍巍的。

"好!我道歉!不过——我是故意的。"

戴穆天又落泪了。

梓晴的第一反应是把小脑瓜探出窗户去侦察班主任的动向,还好还好,这节是自习课,老师们都去搞调研了。

戴穆天哭了足足有二十来分钟,眼看班主任时刻有回来的危险,梓晴坐不住了。

"喂!你烦不烦啊!哭一会儿意思到了就行了!你是不是还打算让刘老师骂我呀!得!得!钢笔给你,你也甩我一脸,咱两清还不行么?"

戴穆天不为所动,继续哭他的。

梓晴怒从心头起,恶向胆边生,暗忖:"行!我让你哭个够!"

她猛地按住戴穆天的头,捏着鼻子,怪腔怪调喊:"一拜天地,二拜高堂……"

她这一嚷,把全班同学的目光全吸引了过来,人人都知道梓晴又在拿戴穆天开涮了,嘻嘻哈哈凑过来瞧热闹。

"俞梓晴,还有夫妻对拜呢!"有人提醒她。

梓晴目光飞速在四周溜了一圈,发现门背后端端正正搁着簸箕和笤帚,她灵巧地把戴穆天的脑瓜往笤帚那儿一拨,"夫妻——"

"对拜"二字尚未出口,按在戴穆天脑袋上的手就被狠狠推开——老师来了。

这一次,梓晴得到的回报是两个多小时的罚站。

梓晴开始在家里吐有关戴穆天的各种槽。

第三记：峥嵘岁月

"戴穆天他有什么了不起的！不就是成绩好点儿，鼻子哭得勤快点儿么！他一哭老师就帮他，根本不分青红皂白！我，我活得也太冤枉啦！"

俞妈妈虽然和戴妈妈暗地里有点儿不对付，但她还是挺喜欢戴穆天的，也知道自家闺女什么德行——她跟戴穆天偶然在街上碰面，总是戴穆天礼貌地和她打招呼，梓晴则鼻孔朝天，目不斜视就打人家身边过去了。

"你少说两句吧！街里街坊的，让人听见多不好！再说，你们班主任把你安排在小天旁边，是让你向他学习，不是让你欺负人家的！"

梓晴自然要为自己沾上"欺负"二字作一番正义的辩驳。

坐在沙发里翻晚报的俞爸爸听不下去，幽幽地说："俞梓晴，如果你再欺负戴穆天，将来我就把你嫁给他！"

这句话嗓音不高却分量十足，梓晴吓得立刻闭了嘴。

当然，在把这段峥嵘岁月讲述给尹畅听的过程中，梓晴艺术性地掩盖了自己的"凶残"，并适当为戴穆天润了润色，避免尹畅对其产生窝囊的印象。

尹畅听得津津有味。

回忆完毕，梓晴总结："所以你看，从穿开裆裤就混在一起的两个人是最不可能产生爱情的，因为彼此把对方的底都摸得清清楚楚，可爱情是需要一点神秘感的。"

尹畅笑："他现在怎么样？还爱哭吗？"

"当然不可能啦！爱哭是小学低年级时候的毛病，现在可爷们儿了，深沉得像座大山——怎样，你考虑考虑？"

"唔，听你这么一说，我觉得他还蛮可爱的，我不喜欢那种太强硬的男人，搞不好有暴力倾向，但是……"

"但是什么？"

尹畅忽然起了一丝难堪的表情："万一他没看上我怎么办？"

以前相亲失败的经历让尹畅心有余悸，每来一次都是对自尊的重度打击。

梓晴想了想，拍桌："好办！我先不点破，找机会让你俩见个面，你觉得合适我再问他意见，这样不就能省去很多尴尬？"

尹畅莞尔："那行！又要麻烦你啦！"

这是四月的第一个星期六，气温莫名就蹿上去一大截，广播里说是什么厄尔尼诺现象。

午饭后，戴穆天携一杯清茶，若干坚果，优哉游哉上了天台。他家住顶楼，带一个露天晒台，不管是晒衣服还是纳凉休息都很便利。

星期四，他在电话中回绝了郑洁的提议——她贼心不死，还想给戴穆天和沈慧嘉创造良机。

"我侧面打听过了，小沈对你印象很好呢！只要你点个头，这媳妇稳稳地就是你的了！"

戴穆天不当回事，笑着反驳郑洁离了婚对这种事还这么热心。

郑洁理直气壮地反驳："一码是一码，难道你噎着一次，以后就再也不吃饭了？"

戴妈妈听说他不肯去见面，又气得够呛，在家里唠叨个没完，戴穆天听得头大，索性上天台躲会儿清净。

他把茶和零食搁小方凳上，又拉开躺椅，舒服地仰躺进去。

天空湛蓝，云朵不紧不慢往一个方向飘，白天的暖意还懒洋洋地停留在空气里，清风徐徐拂过面颊，真是说不出的舒爽适意。

自从离开乡下的奶奶来到城里和父母待在一起，戴穆天就一直住在这栋房子里。奶奶在他初二那年过世了。他有时会怀念奶奶，但并不悲伤，人总是要朝前走的，这由时光决定，童年的美好就像翻过去的日历，只能永远留在回忆里。

第三记：峥嵘岁月

俞家没搬走之前，也住在这栋楼的三楼，两家的父母因为存在同事关系，走得还算勤快。

小学三年级以前，戴穆天挺讨厌俞梓晴的，这人蛮横霸道，一点都没有女孩子的温柔，还特别喜欢找他的茬儿，直到三年级时的初夏，这种局面被一桩偶发事故终止。

课间休息时，戴穆天注意到楝树结了果子，青色的小圆果缀满枝头，出于好奇，他很想弄一颗下来研究研究，便捡了树下的小石块往树上扔，妄图能通过这种方式打下一两粒来。

俞梓晴正和几个同学在树下跳皮筋，忽然不知从何处嗖地飞来一块暗器，刚好砸中眉骨，血流如注。

她被老师火速送往医院救治，缝了八针，医生叹幸运，伤口往下半公分就是眼睛，一个不巧她就得成独眼龙了。

闯了祸的戴穆天被吓蒙，惶惶不可终日，躲在房间不敢出门。他父母买了好多营养品赶去医院探望梓晴。俞爸爸通情达理，反而劝戴家父母别对孩子下狠手，毕竟他不是故意的。他爸瞧他那失魂落魄的样儿，也确实下不了手教训。

隔了两天梓晴从医院回了家，戴妈妈拽着儿子上俞家道歉。

梓晴穿着睡衣坐在床上，受伤的眼睛被纱布蒙着，颇为惊悚，她的手时不时就往床边柜上伸，那里摆满了亲朋送来的各色水果。

"对不起。"戴穆天低着头沉痛忏悔，心里暗下决定，不管梓晴怎么报复他，他绝不还手。

梓晴却将几颗枇杷塞到他怀里："吃吧，我大伯母送的，可甜了！"声音一如既往地没心没肺。

戴穆天曾缩着脖子听爸爸聊起梓晴在医院缝伤口时痛得哇哇直哭的惨状，这会儿她好像全忘了。

然而就是在那一瞬，戴穆天对俞梓晴的感激之情犹如黄河之水滔滔不

绝。

　　伤口愈合后，梓晴依然如故，想欺负戴穆天时照样不遗余力，但他没再想过还手，倒不是打不过梓晴，他是怕自己一出手，别又把她哪个部分给弄坏了。嚣张就让她嚣张吧，自己忍忍就好。那种天塌下来的滋味，戴穆天绝不想再尝第二回。

　　他和梓晴关系好的时候（这种情况常常出现在暑假或者寒假，梓晴找不到别的玩伴的时候），他俩常会互相串个门，梓晴特别羡慕他家有个天台，常常溜上来，在小板凳上一坐就是半天。

　　"等我有了钱，也要买个带天台的顶楼，然后在天台上搭个玻璃房，天天睡里面。"

　　"呵呵，夏天热死，冬天冷死。"

　　"那我就买个大空调！"她沉思了一会儿，又说，"我得先赚好多好多钱。"

　　戴穆天并不能理解梓晴的雄心壮志，这或许和母亲有关，梓晴的妈妈勤劳俭省，很会持家，梓晴从小被要求厉行节约；戴妈妈则是"差不多先生"，凡事差不多就行了，因此戴穆天没有梓晴那么大的压力，一直过得挺放松。

　　过了几年，他们都算成年了，她又上天台来，在老地方坐着，口气却变了。

　　"你瞧那边！"她指给戴穆天看，"造了好多新楼房呢！外立面都像艺术品，这么一比，咱们的房子太破太老了！"

　　"舒服就好啦！"戴穆天不以为然。

　　梓晴似笑非笑："你真是不开窍，将来如果没有新房子，你连媳妇都讨不到！我就不一样了……等将来，我一定要挑个有漂亮房子的人嫁！"

　　"你是嫁人还是嫁房子啊！"

第三记：峥嵘岁月

"不用你管！"梓晴得意地笑，目光放得老远。

以前不管俞梓晴怎么捉弄他，戴穆天都能在心里很快原谅她，但那次不一样，虽然梓晴并没有取笑他，他却有种被羞辱的感觉。

这是他第二次有这种感觉，第一次是在他俩上初二的时候。

初二分班以后，他和梓晴终于分道扬镳，一个在二班，一个在七班，两栋楼，当中还隔一个大花坛。戴穆天松一口气，心说这下可以远离魔爪了。

那会儿学校时兴分快慢班，他们班据称是全年级实力最强的班级，戴穆天自恃成绩不错，但到了二班才意识到强中更有强中手，他们班有个叫吴刚的，成绩始终稳定在全年级前三，且多数时候稳居第一。

戴穆天怎么也没想到俞梓晴居然也是花痴分子之一，在他眼里，梓晴的性别一直是含糊的，很多时候，他都没意识到她也是个女孩子。

有天课间休息，戴穆天和几个同学在操场打篮球，俞梓晴忽然在场边招手唤他，他莫名其妙走过去，梓晴身边还站着个女生，大概和她一个班的。

"戴穆天，帮我个忙！"梓晴跟他说话永远都这么直接。

"说吧！"

戴穆天漫不经心拍着球，以为她又想让自己帮她做考卷了，俞妈妈望女成凤，老给梓晴买课外复习资料，她做不完就会塞给戴穆天。但这种交易通常都是在家里偷偷摸摸完成的，自从分班后，两人很少在校园里公开搭讪。

"吴刚是你们班的吧？"

"嗯，怎么了？"

"你去打听下他喜欢什么样的女生！"

"……啊？"

手里的球抛出去老远，戴穆天瞪着俞梓晴，后者面不改色心不跳迎视着他。

"你什么意思啊？"

"就这意思啊！"梓晴大言不惭，"我们班有女生喜欢他，需要弄点一手资料。"

梓晴身边的女孩转过脸去偷偷地笑。

戴穆天呆了半天方问："不会是你吧？"

"不是……呃，是我又怎么样？"梓晴口气凶巴巴的。

"这种事……你让我怎么问啊！我跟他又不熟。"

"那也比我们直接去打听方便！行了，就这么着，记住啊！打听到了赶紧告诉我！听见没？"

"哎，我……"

戴穆天都没来得及提反对意见，梓晴就拉着同伴走了。

她的同伴始终没开过口，转过身去才感叹了一句："俞梓晴，你好厉害啊，你邻居不会生气吧？"

"没事！他不敢！"

戴穆天听得那叫一个憋屈，为这事整整郁闷了一晚上。

好像就是从那天开始，他才意识到俞梓晴也是个女生，也会为某个男孩春心萌动。

几天后，等得不耐烦的梓晴在上学路段的一处偏僻地儿截住了他。

"哎，你怎么老不来找我，到底问了没啊？"

戴穆天低头，拿球鞋尖踢踢地上的小石子儿，慢条斯理回答："他喜欢温柔的、成绩好的、长得漂亮的女生。"

每一项都与梓晴的属性相反，他看见梓晴眼里闪过一丝失意。

梓晴围着他转了360度，审汉奸似的，心存犹疑："真的？"

"你爱信不信。"

梓晴发了会儿怔，随即抽抽鼻子，一甩小辫子，什么话也没说，转身

第三记：峥嵘岁月

扬长而去。

等她的身影成为一个小黑点了，戴穆天才慢吞吞地往前走。其实他根本没去问，全是胡诌的，但他并未感到一丝内疚。

初中毕业后，他和梓晴渐行渐远，先是俞家搬去了附近一个新开发的高档小区，紧接着就是高考，梓晴考在北方的一座城市，戴穆天则留在了南方。

大学期间，两人偶尔会通通信，但因为离得远，基本不见面，就连寒暑假彼此都不太走动——戴妈妈对俞家的成见越来越大导致两家人日益生疏。

所以，当大三第一学期的国庆长假，梓晴忽然出现在戴穆天的宿舍门口时，他别提有多吃惊了！

见了面，梓晴的头一句话就是："戴穆天，你还好吧？"眼里满是怜悯。

戴穆天不知所措，一张脸黑红黑红的，还没从惊愕中回过神来。

"我挺好啊——你怎么跑这儿来了？"

"你不是失恋了么？我特地过来看看你。"

梓晴一脸同情的表情几乎可以等同于温柔，戴穆天的脸红得更厉害了，声音低得近乎嗫嚅："我没事……"

"还说没事，你看你都瘦了——哦，我给你带了好吃的！"梓晴低着头在硕大的背包里翻找。

一股温暖的情绪从戴穆天心底升起，忍不住陶醉：不愧是穿同一种款式的罩衣长大的发小，虽说小时候蛮不讲理，但这么多年的情分在呢，千里迢迢跑来探望自己这种事可不是一般朋友干得出来的。

他不觉偷眼细瞧梓晴，小时候圆圆的脸现在还是圆，只不过略微拉长了些个，浓密刘海下的眼睛还是那么大，表情依旧一惊一乍的，但除了这些他熟悉的细节，戴穆天还是从梓晴的眉眼之间找到一些长大的痕迹：她脸上从前那些横竖分明的线条如今明显柔和了，被年轻女孩特有的妩媚所替代；初二以后，梓晴的个子没再长高，始终徘徊在他肩膀往上一点的位置，但干瘦的身形却日趋圆润；更让戴穆天觉得陌生的还是她举手投足间发出的微妙气息，一低首，一转眸，都蕴含了少女说不尽的韵味，不再像从前那样风风火火。

他分神之际，梓晴已从包里取出一袋大包装的开心果塞给他："给！你最爱吃的！"

戴穆天狼狈接住，随即又是一包。

"还有沙嗲牛肉！你口味没变吧？"

戴穆天感动得不知说啥好了，只觉得身子发热，脸部发烧。

"你，你一个人来的？"

梓晴咧嘴一笑："不是，我和吴刚一起来的！他刚才上厕所去了——喏，他过来了！"

吴刚走到跟前，很有风度地与他握手："嗨，穆天，好久不见！"

戴穆天神奇地感觉身上的热意不翼而飞，他笑笑说："真是天大的惊喜！"

"哈哈！俞梓晴说你失恋了，非常痛苦，一定要我过来探望探望你，不过你小子看上去气色不错啊！"

戴穆天只是笑笑。

晚上，由戴穆天做东，在学校北门外的小饭馆里宴请这对小情侣。

吴刚告诉戴穆天，他和梓晴在一起没多久，他瞥一眼梓晴，笑着说："我都没想到俞梓晴同学初中就对我有意思了。"

梓晴小鸟一样望着吴刚傻笑。

他俩在一起的事儿戴穆天并不意外，梓晴早在信中告诉过他了，不过他还是能够想象在其过程中梓晴付出的努力。

第三记：峥嵘岁月

尽管戴穆天再三解释他跟女友是和平分手的，梓晴却一厢情愿地认为他是被人甩了，身心都遭受严重创伤，啰啰唆唆不停地安慰他。

"有气别憋在心里，想哭就哭吧！"梓晴特真诚。

有个念头他至今印象深刻，当时他望着倚在吴刚身旁笑得傻呵呵的俞梓晴，不仅不习惯还觉得别扭，忍不住想：她这走火入魔的状态是不是得等摆脱了吴刚以后才会恢复正常？

转眼就升大四，他们都为前程奔波，愈加疏于联络。

毕业前夕，戴穆天回家办理就业手续，他被一家做医疗器械的外资企业录取了。在公交车上，他意外地碰见俞梓晴，她已经在某家公司实习了。

戴穆天随口向她问候吴刚，梓晴却告诉他，他俩早就分手了。

"什么时候的事？"戴穆天吃惊。

"去年年底。"梓晴轻描淡写。

戴穆天算了算，他俩在一起连半年都没到。

"什么原因？"

"他提出来的，嫌我不够温柔！"梓晴终于咬牙切齿。

"……那你就，不能温柔点儿？"

梓晴冷冰冰地说："这种事，装得了一时，装得了一辈子么？"

戴穆天失笑，点点头："也对。"

见梓晴依旧神色愤愤，他又道："我请你吃饭吧，算回礼。"他这时想起梓晴送的安慰大礼包来了。

"不用！我又没你那么脆弱。"

戴穆天一窘，隔一会儿，继续安慰她："你也别难过，正所谓旧的不去新的不来……"

"这话倒是让你给说对了！"梓晴嘿嘿一笑，"改天我介绍你认识一下刘鹏吧——我新交的男朋友。"

第四记：撮合撮合

暖风熏得闲人醉。

戴穆天闭着眼睛躺在椅子里，迷迷糊糊即将睡过去时，手机不和谐地响起来，又是俞梓晴那丫头的骚扰电话。

"嗨！在忙什么呢？"梓晴的声音听上去挺欢快。

"不忙什么，在家待着呢！"

"今天天气不错哦！"

"你有话直说，别拐弯抹角的！"

"那正好，出来见个面聊聊天吧！"

戴穆天存心刺刺她："今天不星期六吗？纪明皓没约你？"

"他加班呢——来不来啊，你？"

"干什么？你又想喝酒发牢骚啊！恕不奉陪！"

上回陪梓晴喝酒，结果她醉得一塌糊涂，戴穆天费了老大的劲儿才把她弄回家，还被俞妈妈好一顿抱怨，虽说不是针对自己，但他也是负有连带责任的，颇不自在。

梓晴笑嘻嘻地说："今天不喝酒，咱喝咖啡，行了吧？"

"你到底怎么了又？"戴穆天有点头大，"就不能找别人当垃圾桶么？"

第四记：撮合撮合

"这回我保证不倒垃圾！"

戴穆天越发觉得诡异，警惕性十足："说吧，究竟什么事儿，不说明白我不去。"

梓晴的耐心终于到头，恶狠狠道："你哪来那么多废话！呐！给你最后一次机会，到底出不出来？"

"……我没说不去啊，你……在哪儿啊，什么时候？"

到了约定的咖啡馆，戴穆天才发现原来梓晴不是一个人，身边还坐着个瘦瘦高高的女子，其貌不扬，脸色略显苍白。

梓晴特热心地给两人作了介绍，戴穆天懵懵然入座。

尹畅大方地朝他伸手："你好，戴先生，初次见面，请多多关照。"

戴穆天慌忙接住对方的手，摇了摇，又松开："你中文说得真好。"

尹畅一愣，随即笑起来："我是中国人呀！"

梓晴翻了个白眼："他就爱装傻。"转头对戴穆天说，"尹畅在一家日资企业做财务。我们刚才聊了半天你小时候的趣事，尹畅对你很感兴趣，想要认识认识你，我就打电话把你给请出来了。"

戴穆天心说，你那是"请"吗，分明就是恐吓。不过反正他在家也是听他妈唠叨相亲的事儿，两害相权取其轻，还不如就这儿坐着自在呢。又听说俩女孩一直在聊自己，多少有些别扭，身子在椅子里动了动，讪笑："你又胡说八道毁我名誉了吧？"

梓晴得意："你问尹畅！"

尹畅笑道："没，她尽说你好话来着——你俩小时候可真逗！"

梓晴问戴穆天："你想喝什么，我去买？"

他忙站起来："我自己去吧。"又问，"你们还要什么吗，我一并带过来。"

梓晴也不客气："我看他们橱窗里那个苹果派和焦糖咖啡蛋糕不错，你给我们俩各来一份吧。"

戴穆天领命而去。

尹畅不安:"这不太合适吧?第一次见面就花人家的钱。"

"没事啦!他赚得比咱俩加起来都多,又没有女朋友,平时都没机会花钱,咱们正好帮他花掉一点儿。"

戴穆天手臂搭在吧台的圆弧沿上等咖啡,眼睛时不时往梓晴的方向瞟一眼,琢磨着梓晴此番将自己拉出来的用意。

两个女孩不知在聊什么,时不时就捂嘴大笑,还频频回眸瞄自己,尹畅的目光更是含着别样的意味,一趟趟往自己身上扫,他很快就明白是怎么回事了,心说,真是才出狼窝又入虎穴。

梓晴对相中的蛋糕赞不绝口:"这蛋糕真甜,我从小就喜欢吃甜的东西。"

戴穆天喝着咖啡说:"这个我可以作证,四年级时她有个好朋友过生日,带了块生日蛋糕到学校来,她都等不及,还上着课呢,就乘老师转过身去写板书时偷吃。"

梓晴锋利的眼神刮过来,他临危不惧:"你别抵赖啊,我坐你斜对面,全看见了。"

"我没说要抵赖,但是戴穆天,我就不明白了,怎么我干的坏事儿你都记得一清二楚的?"

"彼此彼此。"

尹畅听得有趣:"还有吗?再说点儿出来我听听。"

戴穆天想都不用想,张口就来:"她上课从课桌的缝隙里偷看言情小说;老师不让课间在教室里踢毽子,她还带头踢结果被罚站;跟男生打架把人书包从三楼直接扔下去……林林总总,不胜枚举。"

梓晴气愤:"你怎么不说我和陈辰打架是为了帮你啊?他抢你铅笔,还

第四记：撮合撮合

抄你作业！"

"是啊是啊，幸亏你帮我把他书包给扔了，他不敢向你挑战，就把我书包也一并送下楼去，我那只新买的文具盒当场粉身碎骨！"

梓晴气得嘴都歪了："所以说你这种人就活该随你被人收拾去，帮了你还要被你记恨！狗咬吕洞宾不识好人心！"

尹畅羡慕："你俩真好啊！我怎么就没个从小一起混到大的朋友呢！自己记不得的事儿对方还能帮我记着！"

梓晴在高音区发出怪笑。

"寒号鸟又回来了。"戴穆天乐道。

梓晴对尹畅说："还是算了吧，你瞧他都怎么说我的，你乐意这样被人评价啊？"

戴穆天道："又不是只有我一个人这么觉着，你小时候确实蛮人嫌狗憎的，连你妈都说你凶。"

他俩的纠纷多发季通常在暑假，因为住得近，周围又没有别的同学可以一起玩耍，两人只能勉为其难凑在一起，但常常会为一点鸡毛蒜皮的事儿翻脸。

比如说，正画着画呢，梓晴发现她要的红色水笔不见了，扭头一看在戴穆天手上，立刻不客气地抢过来："给我，我要用呢！"

"我也要用！"戴穆天正哼哧哼哧给红太阳上色，脸也涨成了红色，"这笔是我的！"

梓晴瞪他："这是我家！所有在我家出现的东西都归我管——我爱什么时候用就什么时候用！"

戴穆天气得双唇哆嗦，拾掇拾掇东西就想撤，俞妈妈听到争论走出来，皱眉吩咐女儿："小晴，把笔还给小天！"

梓晴嘟嘴："我不！我还没用完呢！"

俞妈妈一把将笔夺回来塞给戴穆天，还用力戳一下女儿的脑门："死丫头!"

戴穆天淡定地喝着咖啡:"要不是你爸管着,你能把天都给拆了。"

"只要我成绩好,我爸才懒得管我呢!"

"呵呵,你那成绩,我不说也罢。"

尹畅在一旁逗:"说嘛说嘛!"

戴穆天笑着扫一眼梓晴:"平时马马虎虎,期中差强人意,期末好得惊人。从这一路往上攀爬的曲线中,不难看出你爹收拾你的力度是层层加码——你不能否认,你的成绩完全是你爸在你背后举着棍子给逼出来的吧?"

尹畅大笑,梓晴吹胡子瞪眼,一时竟找不到辩护词,因为戴穆天描述得基本正确,连她自己细细一回忆,也忍不住想笑。

"我小时候是有点混账,不过我一直觉得吧,一个人的坏脑筋是有额定量的,就像我,小时候把那点坏水全掏光了,现在身上基本只剩真善美了。"

尹畅说:"我是真没看出来你是个爱使坏的人。"

"这正说明我已经改邪归正了呀!"

戴穆天嗤之以鼻:"这只能说明你的机灵劲儿都在小时候用光了。"

梓晴有点恼,这人怎么回事,偏要和自己拧着来?!冲他一立目,正要好好与他计较一番,忽然想起此行的使命来,忙收住凶恶的嘴脸,笑眯眯道:"咱们能不能别聊过去了,聊聊将来怎么样?"

戴穆天就怕她转话题,赶紧反驳:"聊过去有什么不好,了解过去,才能展望未来么。"

尹畅也说:"我觉得很好玩啊!"

"那,那就别说我了,尹畅,说说你小时候吧。"

尹畅眨巴着眼睛:"我小时候可没你们那么有趣了,我爸妈忙工作,老把我一个人锁家里,无聊死了。"

第四记：撮合撮合

"啊？那你一个人在家都干些什么呀？"梓晴边问边拿眼睛睃戴穆天，那厮似乎有点走神，眼睛东瞟西瞟的，一点不专心，她暗自着急。

尹畅凝神思索："我翻家里的书看，哦，对了，有一回，也是暑假，我翻到一本《琼瑶全集》，看得很带劲儿，谁知没注意时间，让我妈下班回来给逮了个正着——这还了得，万一看早恋了怎么办，赶紧收掉，不许再看。"

"呀！看到一半没下文那滋味不好受吧？"

梓晴在桌子底下拿脚尖踢踢戴穆天，他回过头来不解地扫了她一眼。

"可不是！所以第二天等他们一走我就翻箱倒柜找那本书，我妈藏得可真好，我浪费了一个上午都没找着，别提有多泄气了！"

梓晴认同："肯定难受！"

"过了几天，我一个人在家玩气球，气球飘到书柜顶上去了，我拿个椅子垫脚上去抓，结果你们猜怎么着？"

戴穆天插嘴："书没找着，但找到你妈妈的私房钱了。"

尹畅扑哧一笑："才不是！我找着那本书了，原来我妈把它藏柜子顶上了。我大喜，取下来接着看，看完再放回去，假装什么事也没发生，就这么着把全集给读完了。"

"看来哪个小孩子都不省油啊！"梓晴感叹，眼珠转了转，又启发尹畅，"你不是说想认识戴穆天同学么？现在人也见着了，咱也聊了这么一会儿了，你觉得他怎么样？"

尹畅拿牙齿咬咬下唇，盯着戴穆天笑："很有趣啊！"

她眼睛直勾勾的，像鱼钩那样带着弯儿，扎在戴穆天身上就取不下来了，他如坐针毡。

梓晴又转过脸来问戴穆天："你觉得我朋友怎么样？"

"挺有意思的。"戴穆天干咳两声，将椅子往身后挪了挪，开始动起抽身的心思来。

有人拍拍他的肩，他回头，是郑洁。

郑洁似笑非笑扫一遍众人，目光重又落在表弟脸上："你有约会啊？难怪我叫你你都不肯出来了。"

戴穆天顿时尴尬不已："呃，不是啊，我也是顺便……"

郑洁并不听他解释，双眸锐利地盯住梓晴："你是小晴吧？"

梓晴对郑洁仅残存了一丝印象，毕竟好多年没见了，不过她脑子活络，就这零点几的百分比也足够让她认出对方来，忙点头笑："是啊，你是郑姐姐吧？"

郑洁一听特别高兴："还认得出我来，说明我还没变老！"

"姐姐不也一下就认出我来了？"

郑洁伸手在额前一比画："你小时候就留刘海，现在这刘海跟那时候一模一样，很好认。"

梓晴憨笑："姐姐和我们一块儿坐吧。"

郑洁摆手："不了，我还有点儿事，得走了——你们是在聊什么正经事儿还是……碰巧撞上的？"

梓晴瞅瞅戴穆天那一脸不自在，便解释说："没正事儿，你不也看见了，就喝喝咖啡瞎胡扯呢！"

郑洁朝她莞尔，那神色让梓晴觉得莫名其妙。

"你们接着聊吧，我走了，拜拜——"

郑洁一转身，戴穆天情不自禁松一口气，这口气还没缓过来，郑洁却又走了回来。

"小天，你现在有空的是吧？"

"嗯，怎么了？"

"能送我去一个地方吗？这儿打车不是很方便。"

戴穆天无奈，硬着头皮站起来。梓晴也有些失望，本来还计划好让戴穆天送尹畅回家的，这样可以给双方再创造一个相互交流的机会，这下子看来泡汤了。

第四记：撮合撮合

郑洁坐在戴穆天车上，他有点惴惴不安："你这是要上哪儿呀？"

"送我回家。"

"哦。"戴穆天大大松了口气，就怕郑洁出其不意拉他去相亲。

郑洁频频拿眼睛看他，要笑不笑的样子，他被瞧得不舒服："你什么意思啊？"

"你挺能和女孩子周旋的嘛！"

"有吗？不就随便聊聊而已。"

"没搅了你好事吧？"

"没，你救了我一命！"

郑洁乐："你承我的情就好。其实我在旁边瞧了你们好一阵了，那架势，摆明了俞梓晴想把她那个朋友推销给你嘛！"

"喂，话别说那么难听！"戴穆天心说，果然姜还是老的辣。

"这儿又没别人！我是觉得那女孩配不上你，怕你头脑发热给人家摆布了，这才又回来把你给拖走——不过小晴倒是真的大变样了。"

"变了吗，没觉得啊！"

"你那是成天跟她在一起不觉着，她小时候满脸横肉的，现在清秀多了，果然是女大十八变，越变越好看。哎，她真有男朋友了？"

"这还能有假？"

"可惜了。不然你俩还真挺合适，都知根知底的。"

"呵呵，就算我乐意，我妈也不答应啊！"

郑洁正色道："这你就不明白老人家的心思了。孩子没结婚前，她们一心就想让孩子结婚，你找什么样的她都不会有意见，要闹啊，得等结婚后才闹，不过那时候也晚了。反正你们婚都结好了。"

戴穆天笑了笑："你就是为了让姨妈闭嘴才和刘东结婚的？"

郑洁哼了一声。

"你不觉得,这样对刘东不公平?"

"有什么不公平的?一个愿打一个愿挨!结婚前我就警告过他,如果不幸福我会要求离婚。"戴穆天叹了口气,没说话。

两人一时沉默。

下车前,郑洁才又说:"小天,你脾气比我好,肯定不会像我这么三心二意,所以你要找个脾气和你一样好的,否则将来容易受欺负。"

戴穆天都不知道说什么好了,看来郑洁一定是不够了解俞梓晴,才会说出刚才那一番话来。

戴穆天一走,梓晴就追问尹畅感觉如何。

尹畅说:"我觉得他哪里有你说的那么娘气了?"

"娘气是他小时候的事儿了 ——这么说,你对他有意思?"梓晴心情大好,眼看这事成功了一半。

"这个么……"尹畅吞吞吐吐,"梓晴,说实话,我觉得吧,你跟他倒是挺合适的,我……他不会喜欢上我的。"

梓晴仰天:"你说什么呢!我要能跟他成事儿早就成了,还用等到现在?"她一拍桌子,"行了,只要你满意,其他事包在我身上!"

"我还是觉得……算了吧。"尹畅头脑比她冷静,"你别白忙活了。"

梓晴成竹在胸,拍拍尹畅的胳膊,笑眯眯道:"一切有我。"

星期天一大早,梓晴陪妈妈去医院拔牙,那颗坏牙折磨了俞妈妈小半个月了。母女俩到了社区医院门口,迎头就撞上戴穆天的妈妈。两位妈妈好久不见了,免不了要有一番寒暄。

戴妈妈是一个人来的:"我给老戴配点儿药,药快吃完了。"

"老戴的糖尿病怎么样啊?"

"控制得挺好,血糖一直在5以下。"

第四记：撮合撮合

"哦，那真是不错。"

"主要他不乱吃东西，能管住自己的嘴。"

"小天怎么样？有女朋友了吗？"

"他呀，追他的人太多，他都看不上，真没办法！"

俞妈妈一针见血："那就是还没有了？得抓紧啊！年纪一天天大上去了，你看我家小晴，谈了都快三年了。"

"三年了还不结婚啊？在等什么呢？"戴妈妈目光转向梓晴，"小晴，你可别犹犹豫豫的，女孩跟男孩不一样，拖啊拖的可就拖老了呀！"

这一场嘴仗，双方算打个平局，但俞妈妈心里的郁闷显然要胜过戴妈妈，一坐到诊疗室门外的椅子里，就气鼓鼓地质问起女儿来。

"你和纪明皓究竟怎么打算的？到底什么时候把事儿给办了啊？"

梓晴心里更憋屈："这种事我怎么跟他开口去！总得他提出来才行啊！"

"有什么不好开口的，你们都在一起三年了！谈个恋爱就谈三年，大好时光全叫你们给谈没了，你俩要肯听我的，现在孩子都在地上跑啦！"

这还是俞妈妈首次表达对纪明皓的不满，平时也就是旁敲侧击地催催，大约是刚才被戴妈妈给刺激到了。

梓晴闷闷地不接茬儿。

俞妈妈忽然把她拉到跟前："死丫头，你没跟他那什么吧？"

梓晴跺脚："哎呀，没有！要我说多少遍你才信呢！"

俞妈妈还不放心，训诫道："女孩子家一定要自爱，否则男人会看你不起，他看不起你就不会想着要和你结婚了。"

梓晴心里并不完全赞同妈妈的观点，但说来奇怪，尽管她谈了三次恋爱，但居然没有跟其中任何一个有过最亲密的那种关系。

和吴刚在一起的那短短几个月，梓晴的心思全花在怎样讨好对方上了，但两人充其量也就拉拉手，抱一抱。吴刚是天生的学习狂人，没事就爱在实验室泡着，就连周六周日都经常脱不开身，梓晴后来受不了，给他摆了几次脸色，结果就被人给蹬了，果然学霸都是最傲骄的一类人。

刘鹏是她初入职场期间开始交往的，为人成熟稳重，教了梓晴不少如何在职场中处事的道理，梓晴的精明也是在这种言传身教中被一下子训练出来的。她把初吻交给了对方，而对于进一步的要求，她觉得火候未到，迟迟没肯妥协，后来刘鹏被调去北京总部，两人的异地恋持续了一段时间后终于无疾而终。

至于纪明皓，他符合梓晴关于男性魅力的所有幻想，在恋爱的初级阶段，梓晴意乱情迷，纪明皓是有机会提出要求的，不过他那会儿极欲给梓晴留下完美的印象，举止特别绅士，彬彬有礼。等到他有所欲求时，梓晴对他的迷恋已逐渐冷却下来，再加上俞妈妈老和尚念经似的一遍遍在她耳边重复，梓晴便也一而再再而三地无视他的暗示。

俞妈妈忍着牙疼给女儿出主意："不行！这事儿不能再拖了，一会儿你不是要和他一块儿吃饭去么？你给我问他要个准主意！就今天！"

中午纪明皓请梓晴吃牛排。

闲聊中，纪明皓问她："你们公司最近是不是有什么大动作？"他曾经是梓晴公司的客户，对他们那儿的人事结构都很清楚。

"是啊，高层大换血，来了好多陌生面孔。"梓晴并不热心这些，作为小喽啰，上面的明争暗斗暂时还波及不到她这个层面。

纪明皓一笑："马国军这下待不下去了吧？"

"他没走，还在原来的位子上待着呢，他现在没以前那么爱出风头了。"梓晴知道纪明皓以前不太喜欢这个人。

"那赵源呢？"

"他呀，他被调去另一个部门，还升了一级呢。"

纪明皓蹙眉不语，过一会儿才摇头评价："狗屎运不错啊！"

梓晴说："赵源有赵源的长处，他执行力挺强的，以前……"

第四记：撮合撮合

纪明皓却无心听她讲，耸肩道："比如说几粒老鼠屎掉在一锅粥里，然后用一把勺子去挑这些脏东西，但总有遗漏掉的，他们就像被漏掉的老鼠屎，因为运气好，始终能在锅子里待着。"

似乎只要一提到职场上的是是非非，纪明皓就会一扫平日的儒雅，变得犀利刻薄。

梓晴不悦："你是不是觉得所有人都不如你？"

"不是啊！只是打个有趣的比方，你干吗这么紧张？我知道赵源以前是你上司，也挺照顾你的，但他真的是个小人，我这么说他有错吗？"

梓晴低下头，专心对付盘子里的食物。

纪明皓笑："好吧，我有错。我原来只是想逗你玩玩的。"

梓晴暗道：可是一点都不好笑。

她一边心不在焉割着牛肉，一边假作不经意地说起："我妈今天问我，为什么咱俩还不结婚。"

纪明皓嘴部的咀嚼动作短暂停顿一下后又继续，若无其事道："我上次和你提过吧，年初我们公司就在考虑，要我下半年去美国待一段时间，回来可能会升到更高的位子上去，所以结婚的事，我想等我从美国回来后再说。"

梓晴把刀叉往盘子里重重一搁，忍耐到了极限，总是会有爆发的时候。

"你去年也是这么说的，到广州待了小半年才回来，你老这样跑出去，我们在一起的时间越来越少，再这么下去，我们之间还能有感情吗？"

纪明皓对她发脾气仿佛有点意外，怔了几秒方笑道："我对你的感情一直没变。"

但他轻松的口吻没能缓解两人之间渐趋紧绷的纽带，梓晴阴着脸不吭声，重新拾起刀叉，满怀仇恨似的用力切割盘子里那块肉，看得纪明皓心有余悸。

梓晴在心中努力作着自我调整，她劝自己不要朝纪明皓掀桌发火，就

算看在三年前他们美妙邂逅时每一秒都心动的分上,她也不该自毁形象。她也很难想象纪明皓会怎样应对那种局面,他温文尔雅得如同从不知道世界上还有泼妇这一回事。

但压制自己本来的脾性着实不是件容易的事,饭后梓晴就觉得自己肠胃不适,像用气筒打了很多气进去。

为了缓和气氛,纪明皓提出去看场电影,梓晴勉为其难答应了。因为她始终冷着脸,这次的约会纪明皓倒是对她表现出了久违的体贴,梓晴的愠怒在双方的努力下渐渐挥发掉,她接受了还要继续这样耗一阵子的局面。

她想她还是很爱纪明皓的,又有哪个女人不爱这样一个精英似的人物呢?

电影散场已近黄昏,纪明皓说:"时间还早,不如我们去超市买点东西,晚上在我那儿吃晚饭,你说好不好?"

这当然是一种隐晦的试探与暗示。

梓晴说:"我妈让我回家吃晚饭,有个亲戚找我说点儿事。"

"哦,那就算了。"纪明皓云淡风轻,"我送你回去?"

"不用,我自己回家好了。"

"也行,我想起来有点东西落在公司,正好这会儿去一趟——你自己小心一点。"

两人就此作别。梓晴无心闲逛,直接乘公交车回家。

车上人还不算多,梓晴在窗边谋到个位子,把脑袋顶在窗玻璃上,失落如潮水在心际泛滥开来。

她和纪明皓的结局究竟会是怎样的呢?

她不敢想下去,使劲晃晃脑袋,还是想点儿别的吧,这个问题暂时是不会有答案的。

梓晴知道,戴穆天除了爱睡觉,还有另外一个爱好,就是打篮球。她

第四记：撮合撮合

原来住的那个小区楼下不远就是个篮球场，戴穆天没事老爱在那儿练身手，尤其是黄昏的时候。

吃过晚饭，梓晴给他打了个电话，一问，他果然在篮球场那儿转悠消磨呢！

"你别走开，我这就过去找你哈！"梓晴当即与他约定。

"昨天还没聊够啊？"戴穆天一副老大不乐意的口吻。

"是没聊够，你不是中场被你表姐拽走了嘛！得了，别浪费电话费了，我马上过来！"

梓晴的新家离旧小区并不远，走着就能到，大约一刻钟后，她在篮球场见到了戴穆天，他穿一身蓝色的运动短装，正独自一人煞有介事地运球、投篮，那认真劲儿好像在参加比赛似的。他其实已经看见梓晴了，但还是歪过脑袋去单手将球送进篮筐，角度有点偏，球绕着框架滚了一周，落在外面。

梓晴说："你这水平越打越臭了哦！"

戴穆天跳起来接住球，在地上拍着，玩游戏似的忽前忽后："我业余玩玩的，无所谓水平——你有多少年没来这儿了？真是稀客啊！"

俞家的老房子一直处于出租状态，俞妈妈常说要把它给卖了，但始终也没兑现。

"知道我找你是为什么吗？"

"我又不是你肚子里的蛔虫！"戴穆天说着，又是一个鱼跃，做了个很漂亮的投球动作，这回球准确落入篮筐。

"明人不说暗话——你觉得尹畅怎么样？"

"挺好啊！"

梓晴喜上眉梢："那做你女朋友你觉得怎么样？"

戴穆天脸上一丝笑意也没有："我觉得好的女孩多了去了，总不见得每一个都要追来做女朋友吧？"

"我又没问你别人，你别扯远！你就说尹畅吧，你到底是愿意还是不愿意？"

"不愿意。"

"嗨！这是为什么呀？"梓晴急了。

戴穆天把球收住，朝一边走去，走了几步，回身见梓晴还愣愣地站着，便向她一努嘴巴："过来呀。"

梓晴皱着眉头跟过去。

篮球场边上有半圈不锈钢栏杆，白天是居民晾晒衣服棉被的好工具，这会儿太阳下山了，只剩下稀稀拉拉几件无人认领的衬衫在傍晚的微风中飘荡。

戴穆天屁股蹭着栏杆坐下。梓晴小时候胆子大，看见他跳上去坐她也绝不含糊，但现在谨慎了，主要是多年不运动了，掂量着一旦坐上去说不定有摔下来的危险，只得忍住跳上去的欲望。她仰视着戴穆天，心里的别扭进一步加强，便夺过戴穆天手上的球，当皮球一样使劲拍打。

戴穆天问她："你昨天下午把我喊出去是想撮合我跟你那位朋友吧？"

梓晴一听他口气，似乎又有戏，忙回答："是啊！"

"你这算不算有求于我？"

梓晴歪脑袋想了想："算吧。"

"既然有求于我，是不是得对我态度好点儿？"

梓晴一琢磨，对啊，可不就是这么回事，点头。

戴穆天微笑，知错能改是俞梓晴为数不多的几个优点之一。

"你现在心情平静了没有？"

"平静了。"

"那好，咱们就心平气和谈谈这个问题。"

梓晴赶紧靠近他身旁，仔细听讲。

戴穆天开始循循善诱："是我找女朋友还是你找女朋友？"

第四记：撮合撮合

"当然是你找啦！"

"那不就行了。我找当然得我做主，你觉得我跟她百分百匹配，可我不这么觉得，你也不能霸王硬上弓来勉强我吧？"

梓晴沉默半晌，方郁闷地问："尹畅她有什么不好？"

"跟她好不好没关系，她不是我中意的类型。"

"那……你究竟喜欢什么样儿的呀？"

她倒不是想不通，就是心有不甘，也没想到戴穆天找女朋友的心气儿还挺高。

戴穆天望着天边憧憬："能让我心动的。"

冷不丁，梓晴的爪子就探到他胸前了，他大惊，赶忙往后躲："你干吗呢！"

梓晴咬咬嘴唇："我摸摸你有没有心。"

戴穆天被逼得跳下栏杆，朝左右张望，脸微微有些红，且含着羞恼："俞梓晴，跟你说多少回了，公众场合别动手动脚！让纪明皓看见更不待见你了！"

梓晴本只是想开个玩笑，被他刺了一下，脸随即沉下来，戴穆天察觉了，顿时有点忐忑："我开玩笑的，你没往心里去吧？"

梓晴眼里流露出迷茫："我也不知道怎么回事，感觉自己就像只兔子似的乱蹦跶，结果却跟你这完全不蹦跶的人也差不多。"

虽然从吴刚到刘鹏再到纪明皓，每一个她都认真爱过。

戴穆天默默地瞟了她一眼："你不是还有纪明皓吗？"

梓晴苦笑着摇摇头，什么也不想多说。

幸福似乎离她越来越远，她有种感觉，和纪明皓的这场恋爱也终将走向破产。

戴穆天第一次在梓晴脸上捕捉到如此苦涩的笑容，他恍惚地想，原来每个人都会长大，没人能没心没肺过一辈子。

第五记：风起云涌

　　俞梓晴在结婚问题上的妥协退让惹恼了俞妈妈，有些不满放在心里不说也就罢了，一旦说出了口，再想往回收面子上也搁不住了。

　　"你小时候那点儿机灵劲都跑哪儿去了？真是越大越没出息！他说半年后再说你就等他半年？那他也没明说从美国一回来就立刻结婚呀！万一到时候他还不想结你怎么办？"

　　梓晴闷闷不乐："那我也不能拿刀逼人家结婚吧？"

　　"你告诉他，他纪明皓再是个香饽饽，也不能这么耍人玩——去美国前，务必把这事给我确定喽！行就行！不行也早点儿讲明白！"

　　梓晴心说，你嘴上说得挺痛快，怎么不直接跟纪明皓拍板去呀？恶人都得我来做！

　　不过，只怕妈妈见着纪明皓本人就没这么大脾气了，他们这一辈年纪的人，都是背后喉咙响，一到阵前立刻哑炮。

　　当然了，她也知道妈妈是为她着急上火，她自己对纪明皓的态度也是不满意的，也隐约明白症结所在，只是从没敢跟妈妈提过，一方面说出来自己都觉得丢人（想当初纪明皓头回上他们家，全家那热情劲儿，不亚于接待海外贵宾），另一方面还是因为她没有证据，也许真的都是自己胡思乱

第五记：风起云涌

想。

梓晴辗转反侧了几夜，意识到逃避不能解决问题，如果纪明皓对她并非真心，那么她死皮赖脸缠着他又有什么意思。

主意拿定后，她给纪明皓打了电话，想约他第二天下班后见个面，好好聊一聊，不巧又赶上纪明皓要出差。

"明天一早就走，星期五回来，不如我们星期五晚上见吧。"

"那……好吧。"梓晴叹了口气。

晚上，她把原来准备第二天谈判的问题又一一在脑子里过了一遍，结果导致思绪亢奋，一夜未眠，到凌晨三点才迷糊过去一会儿。再一觉醒来，也才六点，楼下一辆汽车不知为何不停地摁喇叭，想来她是被喇叭声惊醒的。

再想睡已经睡不着了，昨晚的烦恼重又涌入脑海。

梓晴是急性子，一想到要等四天才能把这些让人焦虑的问题抛出去，她就觉得无法忍受。

一个念头突然冲入脑中：为什么不现在就去找他问清楚？他不是还没上飞机呢吗？自己这也不是考试，需要准备复习的，她不过就是问对方要个结论而已，而她相信这个结论早就在纪明皓脑子里摆着了。

越想越觉得可行，梓晴一下子有了动力，爬起来火速穿衣。

俞妈妈见女儿一大早就整装待发的模样，大为惊讶："你起这么早干吗？"

"去解决问题！"

"那吃了早饭再去啊！"

"来不及了！"

梓晴匆匆出门，打了辆车，直扑纪明皓的寓所。心里仍然沉甸甸的，但想着马上就能给问题找到解答，她烦躁的心情才有所和缓。

纪明皓住在公寓群的最南端，前面有个网球场，球场和楼前的马路中

间隔着一个停车场。梓晴搜寻纪明皓的别克车,还在,她略略放心。纪明皓每回出差都是先把车开去公司,然后由公司的车送他去机场的。

梓晴深吸一口气,往纪明皓居住的那栋楼走去。

还没到楼前,楼下的自动门滴滴响了两声,玻璃门由内被推开,一个女子娉娉婷婷跨出门来,左右望了望,径自朝小区正门走去。

梓晴脚下生了根,拔都拔不动,身子却像筛糠似的哆嗦起来。当心中久存的怀疑变为真实时,很难分得清那是一种怎样复杂难辨的滋味,然而,痛苦依然是首当其冲的。

大约20分钟后,纪明皓拎着箱子出现在梓晴视野里,他依然那么神采奕奕,自信笃定。然而,当看见站在自己车子旁边的梓晴以及她脸上的表情时,纪明皓立刻明白了怎么回事,一张脸顿时惨白。

他走过来,与梓晴对视了数秒,明白任何虚假的寒暄都没有必要后,他说:"我可以解释。"

"有意思吗?"梓晴哑声怪笑:"你只需要回答是或者不是——Tina昨晚是睡在你这里的吧?"

纪明皓不吭声。

梓晴端详他英俊如往昔的面庞:"都到这份上了,我唯一希望的是你能对我诚实一点。"

"……是。"

得到答案后,梓晴瞬间居然有点不知所措,她想,自己是不是该像电视剧里演的那样,给纪明皓来一巴掌?

最终,她并未抬手,忽然觉得这一切真是没意思透了,原来她以为自己会声讨他、怒骂他,让他觉得无地自容,而现在,她只想尽快转身,离开这儿,再也不用见到面前这个人。

她连再见都没说就打算离开,扭转身的那一刻,纪明皓忽然抓住她的胳膊:"梓晴!"

第五记：风起云涌

梓晴不看他，而是盯着胳膊上的那只手，纪明皓随即仓促地松开她。

"你来找我，是不是有话要说？"他的嗓子沙哑得像被盐腌过。

"原来是，现在没必要了。"她背对着他说。

"……你，决定了？"他居然不敢说出分手二字。

"对！"梓晴轻轻笑了笑，"我们分手。"

她跨出去第一步时，眼泪从眼眶里涌出来，但她始终没有回头。

这一天显然没法上班了，情绪稳定一些后，梓晴给公司领导打电话请了一天的假。她也不知道要去哪儿，便随性跳上一辆公交车，由着车子拉自己在这座城市里转来转去。

城市的早晨忙碌嘈杂，公交车上挤满了人，梓晴百无聊赖地研究着出现在视野里的每一张面孔，以便暂时忘记自身需要面对的处境。

公交车到底站了，所有人都被赶下去。梓晴随人群下车，茫然四顾，发现是个自己不认识的地方。

以前老觉得这座城市小，现在才明白，是自己太狂妄，真正渺小的是个人，卑微地占据着一点点地方，却误以为可以拥有全世界。

她不断行走，穿过一条街，再到另一条街，看商店橱窗里的陈设，看老人搀着蹒跚学步的孩子行走，看千篇一律的车流，仿佛她仅仅是一台记录时事的摄像机。

但悲伤还是会来，它插在上一波凝神与下一波凝神的缝隙之间，姿势强硬，锐不可当。梓晴不明白，如此卑微渺小的人，为什么会有这样饱满而汹涌的痛苦？

痛感让她一次次面对失去纪明皓的事实，而这事实又给她带来更深的恐慌，她失去的不仅仅是一个男朋友，还有她赖以为傲的安全屏障，是否从今天开始，她也得像尹畅那样为单身生活长吁短叹了？

到不得不回家的时候，她已经行走得精疲力竭，黄昏的金色光线照得她迷迷糊糊的，神经也在一天的自我折磨中趋于麻木。她找不着北，站在街边等了半小时，终于招到一辆出租车，将自己送回了家。

俞妈妈和往常一样在厨房做饭，那里随时发出各种锅碗瓢盆碰撞的声音，香气在房间里四溢，梓晴终于感觉到饿。

但当妈妈带着熟悉的探究神色出现在她面前时，她忽然又觉得一阵厌恶和烦躁，她还不愿向任何人讲述早上的细节，更不想听到任何盘问，看到任何惊诧的表情。

梓晴草草冲了个澡，拎上包再次准备出门，俞妈妈意外的神情简直像是从早上照搬过来的。

"哎，你怎么才回来又要走啊？"

"出去一下。"

"你晚饭还没吃呢！"

"在外面吃过了。"

"你上哪儿去呀？"

梓晴一只脚已经踏出家门，她转身面对母亲，语速极快地交代："我和纪明皓分手了，就今天的事，不要问我为什么，我现在什么都不想说，反正分了就是分了！"

俞妈妈吃惊地半张着嘴："哎，那你……"

梓晴已经甩上门走了。

俞妈妈追出去，刚好看见电梯门缓缓合上，她着急上火地喊："小晴，你赶紧回来！你这是要上哪儿呀？"

电梯没有开，而是按部就班下行。

俞妈妈又冲回家里，给老伴打电话："老俞，你赶紧回来！出大事儿了！"

俞爸爸这两年好容易过上四平八稳的生活，一听老伴的口气，腿一软，差点没跪下来："怎，怎么了？"

第五记：风起云涌

"小晴她，她和纪明皓分手了！"

"就这事儿？"俞爸爸一口气缓过来了。

俞妈妈气不打一处："这还不算大事儿？她刚回来跟我提了一句，饭都没吃就出门了！万一，万一想不开，我……"

俞爸爸笃定道："不会的，小晴随我，不会动那种傻念头的。"

"这谁能担保，哎呀总之你赶紧回来！"

俞爸爸抛下搓了一半的麻将赶回家，但也不过是陪着老伴一块儿犯愁，他也不清楚梓晴会上哪儿去，他们给梓晴打电话，她把手机给关了。

"完了完了！"俞妈妈一阵绝望，随即哭开了，"她肯定是想不开了！"

"不会的！小晴不是那种人嘛！你看你，尽瞎想！"

话虽这样说，让老伴这么一哭，俞爸爸心里也开始没底，"那什么，我这就出去找！先上他们单位看看去，看有没有人知道她下落。你别着慌，给她几个朋友打电话问问，说不定她找朋友发牢骚去了呢！她不是跟那谁，那叫尹畅的关系不错嘛！"

老两口分头行动开了。

俞妈妈照着梓晴贴在房间墙壁上的联络表打了一轮电话，没人跟梓晴在一起，也没人知道她的去向，正当她准备放弃的时候，位于联络表最底端的戴穆天忽然跳进视野，连带着想起几周前他把喝得醉醺醺的梓晴送回家的事儿来。

她立刻给戴穆天也打了个电话："小天，我是小晴她妈妈呀！有个事我想问问你。"

戴穆天听出来俞妈妈很着急，忙问："出什么事儿了，阿姨？"

"小晴上回不是跟你一起去喝酒来着？她是不是和你说什么了？"

"这个……"

"她是不是有什么不痛快都告诉你啊，小天？"

"也没有，只不过是……"戴穆天一时口拙，不明白俞妈妈这是兴师问罪还是别有他图。

"小晴今天和纪明皓分手了!这会儿不知跑去了哪里,我到处找她,可她连手机都关了,这真是要急死我!"俞妈妈说着说着都哽咽了,也顾不上有被戴妈妈嘲笑的嫌疑了,把事情原委向戴穆天和盘托出,她只求女儿能平平安安回来。

戴穆天听得愣住,细细一想,也没什么好意外的,那晚在篮球场边,梓晴的神色似乎已预示了这个结局。

俞妈妈紧跟着叮嘱:"小晴说不定会和你联系,你一定要想法子拖住她,让她,让她千万别干傻事儿!"

戴穆天忙安慰:"不会的,阿姨!小晴她可能是想一个人静一静……您别担心,我这就出去找她,您等我电话!"

俞妈妈好容易抓到根稻草,便再也不肯放,感激涕零:"好!好!你肯定有办法的,我等你啊,小天!"

戴穆天走进酒吧,时间尚早,酒吧里客人不多,稀稀拉拉散在各个角落,他一眼就瞥见梓晴,正坐在吧台边的高脚凳上往肚子里灌酒。

戴穆天的心总算放下,不急着上前,先给俞妈妈打了个电话报平安。待收好手机,但见梓晴一扬手,又一杯酒被吞了下去,姿势豪爽得让戴穆天直皱眉。

他上去拍拍梓晴的肩膀:"嗨,悠着点儿喝,你钱带够没?"

梓晴转过脸来,醉眼迷离地笑:"怎么是你?你怎么知道我在这儿?"

戴穆天暗想,我还不了解你么。用过一种牌子的牙膏觉得不错,就会一直买这个牌子,去过一回的饭店盛赞物美价廉,以后吃饭肯定回回都往那儿钻。表面上胆大包天慷慨激昂,实则骨子里胆小懦弱,害怕新事物新变革。嘴上却说:"你妈告诉我的。"

"……哦。"梓晴脑子里发浑,也没质疑她妈怎么会知道。

第五记：风起云涌

"你妈还说，你和纪明皓分手了。"

他分明看见梓晴的眉间痛苦地抽搐了一下，垂下脑袋，嘟哝："她嘴怎么这么快！"

"她很担心你。"戴穆天朝酒保招招手，要了杯果汁，又转头望着梓晴，"分手了又不是世界末日。"

"你说得轻巧！"

梓晴举起杯子又想喝，被戴穆天夺下："等会儿再喝，我钱带得也不多。"

梓晴不屑地朝他"切"了一声："放心啦！我有的是钱！你那份我也替你结了，今儿个姐姐高兴，你敞开了喝！"

"那不行！回头你酒劲儿过去了，肯定得跟我一笔一笔算清楚。你这人吧，出尔反尔外加小气，什么事都干得出来。"

他听见梓晴咯咯的笑声，似乎很开心的样子，扭头去看时，却被吓了一跳，那丫头一张笑脸上却挂着两条眼泪，神色扭曲诡异。

戴穆天不敢乱开玩笑了，小心翼翼问："你……没事吧？"

梓晴摇摇头，收了笑，改成纯粹的哭泣，也不垂头掩饰，就这么对着戴穆天，毫无征兆地大哭起来。

她越哭越凶，戴穆天尴尬地坐不住，手忙脚乱找了一叠纸巾递给她。

"你，你能不能别哭了，你这样，别人还以为是我欺负了你呢！"

梓晴哭得停不下来，一抽一顿地说："我，我要哭舒服了才停得下来。"

戴穆天无奈："那行，你哭吧，声音能不能放小点儿？"

梓晴愤怒地摇头。

酒保过来干涉："兄弟，怎么回事？"

戴穆天瞧瞧四周，果然有不少围观者，他下意识地往梓晴身旁靠了靠，替她挡掉部分视线，朝酒保解释："没什么，喝醉了，想起点伤心事，一会儿就好。"

酒保耸肩，表示理解："常有的事！你好好劝劝吧。"

"嗯，正劝着呢！主要是你这儿的酒太劲道，她扛不住啊！"

梓晴对周遭置若罔闻，完全沉浸在泪水的世界中。

戴穆天很少看见她这么放声大哭，唯一一次还是在很小的时候，那会儿他俩还在幼儿园呢，有一天俞叔叔来接他们回家，半途心血来潮带他们去吃小笼包。

那家馄饨店现在早就如尘埃般消失了，不过店堂里的布置和热闹的场景戴穆天至今记忆犹新，这当然全赖梓晴所赐。

俞叔叔将他们安置在靠墙的一张桌子旁，嘱咐他们好好坐着别乱跑："你们一走位子就会被别人抢掉噢！"

店面的墙上挂着一幅巨大的字画，仿佛是首诗词，起首四字写得雄浑有力，戴穆天好奇地辨认着那上面的内容："大江东去……"那时候他爸爸已经开始教他识字了。多年后，他正是靠着这四个字查出那首词是苏轼的《念奴娇·赤壁怀古》。

梓晴在对面朝他伸舌头做鬼脸，一点没有表现出对未成年文化人应有的尊重，她的眼睛眨巴眨巴地在人群中搜罗父亲的身影，戴穆天凭经验知道，开吃前的梓晴总是安静而乖巧的。

俞叔叔给每人买了一碗馄饨外加两个小笼包，两个小伙伴吃得很香。但毕竟年幼胃小，一碗馄饨下去就差不多撑饱了，在俞叔叔的鼓励下，戴穆天吃下一个小笼包，把另一个小笼包给了叔叔。

梓晴一边打着嗝，一边紧紧护住碟子里的小笼包，俞爸爸只要一问："你吃得下吗？"

她就使劲点头："吃得下的！"

"可是哥哥都吃不下了呢！"俞爸爸有点担心，"你还是别吃了吧，小心撑着了，你妈肯定得怪我！"

"我——吃——得——下——的！"梓晴小脑瓜一点一点地强调。

第五记：风起云涌

结果一个小笼包下去她的小肚子就突起来了，撑着的感觉着实难受，她勉为其难看着爸爸把小笼包夹进自己的碗里。

戴穆天当时瞅着梓晴直愣愣的表情时就有种不好的预感，但他也说不上来具体是什么。

等俞爸爸朝着包子一口咬下去，梓晴惊天动地的大哭声也在同一时间爆发开了。

"哇——小笼包我要吃的呀！这是我的小笼包呀——哇哇！"

瞬间，满店堂的人都把嫌恶指责的目光投向俞爸爸：居然连小孩子的东西都抢！

戴穆天永远难忘俞爸爸当时那张涨得通红的脸，在梓晴的哭声中由红转紫，由紫转灰。

俞爸爸后来发誓，凡是属于梓晴的东西，哪怕是馊掉或者扔了，他也绝不再碰！

恸哭也是一种很耗神的运动，再加上酒精的作用，梓晴终于精神萎靡下来，她觉得犯困，从未有过的困。

结完账，戴穆天扶她出了酒吧，将她塞在车子后座上，梓晴倒头就睡，他长舒了口气，耳根总算清净了。

夜晚的街道显得格外温柔，所有狰狞的棱角都被黑暗掩藏，人心在这样的氛围里很容易柔软涣散，同时也觉得疲倦。

戴穆天开着车，时不时朝后视镜里瞟一眼，梓晴睡得很香，连姿势都没变换过，他打消了想听点儿什么的欲望，默默地望着前方的路，神色静寂。

到了小区门外，梓晴依然沉睡未醒，戴穆天犹豫了片刻，终究不忍叫醒她，重新启动车子，驶入一条小道，靠边暂停。

车子里凝滞的空气让他很难安静,他怕自己随时会打个喷嚏把梓晴吓醒,干脆推门下车,在附近来回踱步。

橙色街灯下,影子被拉得老长,戴穆天低头看着那不断移动的长影,感觉自己像个傻子,幸好周围没什么行人。

他抬头,看见几只飞蛾绕着灯泡疯转,这才意识到初夏即将降临。

快要十一点时,俞妈妈又给他打来电话,他忙告诉对方:"我们马上就到了。"

挂了电话,他决定不再等梓晴自然醒了,她极有可能就这么一直睡到天亮。

"俞梓晴,醒醒!我们到家了!"

梓晴推开他,继续睡。

戴穆天清了清嗓子:"你妈在家等你呢!赶紧起来回家!听见了点点头,没听见摇摇头!"

梓晴被他摇晃得披头散发,吃力地睁开一只眼睛:"戴穆天,你当我傻子啊?"

戴穆天笑:"醒了就好,赶紧出来!"

一进家门,俞爸爸和俞妈妈就像欢迎贵宾一样分别站在门两侧,脸上挂着近乎谄媚以及过分谨慎的神色。

梓晴走路还不是很稳,不得不让戴穆天一路搀扶上来,这会儿俞妈妈赶紧把女儿接过来,一句责备的话没有,唯恐刺激到她。

"来!小心点儿,跨门槛!对喽,真乖!"

俞爸爸感激地对戴穆天道:"小天进来坐一会儿吧。"

"不了,叔叔,时间太晚了,你们早点儿休息吧。"

俞爸爸搓着手:"今天这事多亏了你,我们都不知道该怎么……"

"叔叔别客气,都是多年老邻居了。"戴穆天说着拔腿欲撤。

第五记：风起云涌

"那等你有时间，来吃顿饭吧。以后也常来家里玩！"

"好的，叔叔！"

等俞妈妈安顿完闺女出来，戴穆天已经走了。

她毫无逻辑地埋怨起老伴来："你怎么不把他留下来啊？"

"我留他下来做什么？人家也要回去睡觉的嘛！"

俞妈妈一拍脑门："我真是急糊涂了！"

老夫妻俩给门上了锁，走回客厅，俞爸爸叹："小天人真不错，小时候看着有样式，长大了更是出息。"

"唉，是啊！也没他妈那股子酸劲儿。老戴真是福气好！"

"我请他过几天来家里吃顿饭，到时候你准备两个好菜！"

"我有数！"

见俞妈妈不回房间，而是在沙发里坐下来，俞爸爸劝："该睡觉了，不早了！"

俞妈妈说："睡不着！我这大半天心一直怦怦怦地跳，到这会儿才算好一点。"

俞爸爸只得陪她坐着。

女儿回来了，最主要的麻烦算是解决了，俞妈妈开始纠结次要麻烦。

"老俞，你说说看，小晴她为什么要跟纪明皓分手啊？"

"这个……你得问小晴啊！"

"我哪儿敢跟她开口啊！你是没看见她晚上回来时那张脸，阴得像马上就要下雪了！一个不巧给刺激着了，别又出去寻死觅活！"

"她没有寻死觅活，只不过是去喝了点儿小酒嘛！"俞爸爸一个劲儿想大事化小，"现在不好好的，我就说嘛，小晴性格爽朗，顶多闹闹脾气，不会出大事儿的。"

俞妈妈仍然不放心："你不懂！现在的年轻人谈恋爱跟咱们那时候不一样，好日子过惯了，冷不丁遇上点矛盾就容易想不开，不是有很多人都因为失恋跳楼了？那些人的父母不也个个都想不通怎么回事？"

俞爸爸听得也紧张起来："你快别说了，闹得我浑身都冷飕飕的。"

俞妈妈自己把自己恐吓一番后，猛然间一个激灵："不行！我得赶紧看看她去。"

她蹑手蹑脚走到梓晴房门前，先拿耳朵扒拉在门上听了会儿，随即悄然拧开门把手，探个脑袋进去张望。

梓晴趴床上睡得正香，一条被子有半条让她给蹬到了地上。俞妈妈摇头，这睡姿，还跟小时候一样差。

俞爸爸在她身后伸长了脖子也朝房里瞄了一眼，低声说："你看看，这样子像想不开的吗？你就放心去睡吧！"

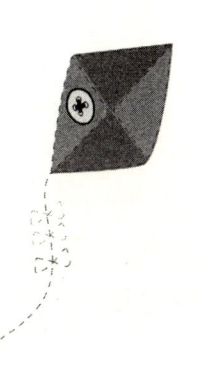

第六记：祸不单行

俗话说：情场失意，赌场得意。这话似乎并不适用在俞梓晴身上。

失恋的痛苦还没消磨殆尽，又一场风波朝她席卷而来——由于业绩连年下滑，公司新换的管理层开始大刀阔斧改革，不仅紧缩开支，还实施了裁员计划，而梓晴恰好列在裁员名单上，惨遭淘汰。

梓晴在这家公司干了快四年了，其间也有过升迁的机会，但她没有抓住，不是没能力，而是不愿意。

俞妈妈认为女孩子还是要以婚姻和家庭为重，而梓晴环顾四周，发现职场中的单身女性的确个个都是工作狂，她担心自己将来也走上被剩下的老路，于是未雨绸缪，工作只出七分力，对职责以外的琐事也是能躲就躲，只想在中间水平上飘着，就等将来一结婚回家带孩子。

可惜人算不如天算，纪明皓迟迟不肯结婚，末了还给她迎头一击。这也罢了，公司方面也因为她多年不思进取，觉得这个人可有可无，索性除掉了事。

清算完赔偿金，梓晴便被发配回家。

虱子多了不痒，债多了不愁。反正靠赔偿金还能过一段日子，而新工作，只要你不是太挑剔，总归能找到。

俞妈妈仍然只得了个女儿失业的结果，却不知女儿失业的根源在于她平时的言传身教，所谓知其然而不知其所以然。当然，前阵子担心梓晴自杀的阴云仍然未散，妈妈便依旧采取抚慰政策，旨在让女儿宽心。

纪明皓不知从哪里得着了消息，给梓晴打来电话，想约她出去聊聊，梓晴自然拒绝了，以前纪明皓不仅是她男朋友，也是她职业上的领路人，会给她在工作方面出谋划策。

人的心理是一种很奇妙的现象，言听计从永远只会发生在崇拜者与被崇拜者之间，一旦关系被打破，偶像的光环便不复存在，他的言论听起来也就变得漏洞百出，不值一提了。就像现在的梓晴，哪怕纪明皓把全世界的真理都捧到她眼前，她也不屑一顾。

谷底生活也不全是糟粕，至少梓晴现在不必再为有可能接到公司电话而头疼，作为后勤保障人员，成天操心别人怎么吃喝拉撒绝不是件愉悦的事儿，更何况这帮人有的爱吃咸，有的爱吃甜，且人人认为自己才是真理。

她可以一觉睡到自然醒，躺床上把一天的时间安排妥当了，再心心定定起来换衣服、洗漱，等她出门时，大多数人都各就各位，街上一点儿也不拥挤了。

她可以选择逛街、看电影，上公园看看花花草草，或者不到处乱走，拿本书去咖啡店里坐上大半天，享受一下恬静的读书时光，仿佛回到学生时代。

偶尔放空的感觉不赖，只要你别冷不丁撞上让你不愉快的人或事。

有天早上，她拾掇利落了出门，打算去看场刚上市的电影，小区门都没出就撞见了纪明皓，他似乎在她家楼下徘徊良久了。

梓晴的目光刚一扫到他，立刻就像触电似的赶忙弹开，以往她那么迷恋纪明皓俊朗的面庞、翩然的风度、潇洒的举止，可现在呢，她连多看他一眼都觉得憎恶。可见恨与爱一样，都会蒙蔽一个人的客观视角。

第六记：祸不单行

纪明皓没有在她的目光下气馁，仍然走了过来，试图打破僵局："梓晴，我们能不能，冷静地谈一谈？"

"没什么好谈的！"梓晴快步走。

纪明皓紧步跟上："我和Tina，不是你想的那样。"

哈！这句台词简直就是万金油，谁都能拿来用一用！

"纪明皓，你太看得起我了，你说我愚蠢也好，脑子简单也好，我做不到像你们这种聪明人那样透过现象看本质，我只相信我眼睛看见的。"

纪明皓风度不复儒雅，额头上微微出汗："我们真的该坐下来好好谈，你现在对我有意见我能理解，但我很想把事情原原本本告诉你，我不希望你一直这么不开心。"

"谢谢你的好意，不过我没兴趣听！"梓晴忽又转身，"还有，麻烦你以后别再来找我，我希望你能弄明白分手的意思！"

话说到这份上，纪明皓只得放弃，眼睁睁看着梓晴走远，他呆呆站在原地，过了许久，才幽幽长叹一声。

梓晴出来得巧，刚好赶上一辆前往市区的公交车，她上车，车子里空得很，她的心情稍微愉悦了一些。

她选择坐在最后一排的高阶上，往前看，所有人都矮自己一截，有种俯视苍生的超脱感。

梓晴转过脑袋，看到玻璃上映出自己混杂着忧伤与愠怒的脸，她的心再次被酸楚占据，刚才对纪明皓横眉冷对的快感也不复存在。

人是恋旧的动物，即使已经走到结局，过往种种也不可能灰飞烟灭，它们紧缩在记忆深处，在意识薄弱的间隙，坏坏地窜出来捣一下乱，让本就一团乱麻的心绪纠缠得更加复杂。

往事如尘埃，在不平静的心上袅袅起舞，记忆还如此新鲜，怎能不让人心痛。那些难忘的时刻：一个缠绵的眼神，一句意味深长的寒暄，一个缓慢的转身，一次超过正常时间范围的凝眸，以及，紧跟在所有这些暧昧后面的捅破窗户纸的那一刻……

毕业两年后，戴穆天不知道哪根筋搭错，忽然召集了一次初中未分班以前的同学的聚会。

此前，梓晴已经和他有阵子没联络了，只除了跟刘鹏分手不久后，她心血来潮给戴穆天打了个电话，谁知他手机还关机了，转头她就把这茬儿给忘了，直到一星期后，戴穆天主动打过来，问有什么事。

梓晴那时候心情已经恢复了，轻描淡写地把分手的事儿说了说，又打听他有没有女朋友了。梓晴倒不是那种看别人过得不好自己就高兴的人，不过听说戴穆天还单着，她心里多多少少是觉得舒爽的，那种滋味好比在天涯遇上与自己一样沦落的人。

接到聚会电话，梓晴兀自奇怪："你选这个阶段的同学来聚是怎么回事？好多人都多久不见了，还能聊得起来吗，你干吗不找你高中同学？"

戴穆天解释："我们高中同学经常聚啊！这回我挑的都是从小学就跟咱们一起升上来的家伙，人不多，就那么几张老面孔，你都熟悉，不会闷着的。"

"好吧，随你，反正你操办，我就去吃一顿，哈哈！"有得吃梓晴总是开心的。

那天的聚会安排得挺别致，是在一艘渔船上吃湖鲜。

和久违的同学见面是格外能见证时间威力的机会，很多同学都走形了，包括那些曾经被公认为美女和帅哥的，相形之下，反倒是戴穆天变化不算大，模样在一众男生中算很顺眼的了，连以前被梓晴诟病不已的黑色皮肤都掩盖不了这个事实。

梓晴便朝他挤眉弄眼："戴穆天，大浪把金子都冲走了，剩下的这些里

第六记：祸不单行

头，你现在也算得上咱们班帅的了！"

立刻有人反驳她："穆天本来就是帅哥啊！"

梓晴错愕："有这事？"

"你那时候的注意力都放吴刚身上了吧？"

"嗨嗨！你别哪壶不开提哪壶啊！"梓晴笑骂，随即怀疑地瞪着戴穆天，"不对啊，他们怎么会知道？一定是你说出来的吧？"

戴穆天说："你别冤枉我！"

孟欣笑道："俞梓晴，穆天的嘴巴从来都是上了锁很牢的，他可没八卦过你。你那么张扬地满校园追吴刚，早就不是什么秘密了！"

如果不是有了几年江湖历练，梓晴窘得都想立马跳船离开。

船先朝湖心开，航程中，长水空茫，白鹭翩翩。梓晴先跟着一帮人在船舱里打牌，扭头时看到太湖美景，立刻抛下牌友，跑船头拍美景照去了。

戴穆天恰好也在，问要不要给她来两张留个纪念。

"你手艺怎么样？"梓晴颇为狐疑地看看他。

"比你好一点儿吧。"戴穆天刚刚已经欣赏过她的杰作了。

才摁了两张，梓晴就抢过去审视，抬头时满脸惊喜："戴穆天，你水平不错啊！再给我来两张！"

孟欣在一旁抽烟，坏笑着说："穆天只有给喜欢的人拍照才拍得好，不信你换个人试试！"

戴穆天脸微红，梓晴跟他从小一块儿长大的，知道他对所谓"绯闻"特别反感，就冲孟欣瞪眼："你别胡说八道！我跟戴穆天什么关系？从小一起穿开裆裤长大的！我们是铁骨铮铮的兄弟情！不懂别乱说话！"

孟欣诧异："啊？我从没听说男人能和女人当兄弟的呢！"

戴穆天反诘："你没听说的事多着呢！"

梓晴稀奇地发现戴穆天脸虽红着，神色却颇为愉悦，忍不住叹，毕竟成年了，知道如何周旋了。

中午，他们的船又回到湖畔，美美享受了一顿湖鲜，大伙儿商量着上岸后找个KTV去唱唱歌，晚上再找家火锅店涮一涮，给这场聚会画上一个圆满的句号。恰在这时，梓晴接到纪明皓的电话，她惊喜得都有点不知所措了。

电话里，纪明皓寒暄几句后便直扑主题："你现在有空吗，我想和你见个面。"

梓晴抑制住激动的心情，问："是不是公司的项目有什么问题？"

"不是。"纪明皓的笑声在她耳边响起，"我约你是为私事……我有话想和你说。"

梓晴的胸腔瞬间被喜悦涨满，多日的等待终于就要开花结果了。

见她迟迟不出声，纪明皓有些迟疑："你是不是现在不方便？"

梓晴回过神来，忙说："没！我有时间，你说吧，在哪里，我立刻过来！"

约好见面地点后，梓晴去向戴穆天打招呼，他坐在船舱靠窗的一张椅子里，头冲湖面，不知在想什么。

本以为打完招呼就能走，岂料戴穆天一副很不乐意的样子："你要上哪儿？"

"去见一朋友。"梓晴喜滋滋地说。

"很重要么？"

"呃……"梓晴琢磨着，毕竟八字还没一撇，低调点儿总是没错的，"一般朋友吧。"

"既然这样，你就不能改天？"

"啊？为什么呀？"

"刚才你不是答应得好好的，要奉陪到底，这些同学都多少年没聚了。"

梓晴这才注意到戴穆天的脸黑沉沉的，像在生谁的气，她又纳闷又不

第六记：祸不单行

满:"不就一个聚会么,以后还可以约啊！你犯得着这样要求我吗？"

她收拾好自己东西,又跟大家也打了声招呼,径自出了舱门,往岸上去了。心里到底还是有那么一丝不安,到了岸边的路上,不觉又回头瞥了一眼,戴穆天站在船头,双手插在裤兜里,神色莫测注视着自己,但目光一与她对视,立刻就转身回去了。

梓晴去赴约的路上,始终想不明白戴穆天为什么会这样,她打算晚上打个电话给他问问,也许是哪位同学一不小心惹到他,他把怒气撒自己身上了也有可能。

然而,在接受了纪明皓的真情告白后,幸福的滋味挤掉了梓晴脑海里所有的思绪,同学会和戴穆天都彻底抛在了脑后,之后的一段时间内,她更是完全沉浸在与纪明皓的甜蜜恋情之中,无暇琢磨戴穆天的无逻辑行为。

华灯初上的时分,戴穆天照例已陪着俞梓晴坐在酒吧的老位子上了。

这几天,梓晴借着失恋的名义随心所欲,爹妈担心她想不开只能由着她去。至于戴穆天,自那晚"拯救"梓晴后也被顺理成章地卷了进来,不仅要陪梓晴消遣烦闷,还得充当俞家二老的耳目。俞妈妈三不五时会来电打探闺女的心理动向,只要知道女儿是跟他在一起,她立刻就放心了。

梓晴美美地啜了口血腥玛丽,如品酒师那样闭目回味着,这几天,她几乎把酒吧里供应的各类酒水都尝了一遍。

"味道不错,一会儿得再来一杯！"

戴穆天不满地瞥她一眼:"差不多就行了。再这样喝下去,你早晚有一天会变成酒鬼。"

梓晴下巴往外一抄,口吻习惯性蛮横:"人家心里不爽,喝几口小酒都不行?"

"别拿心情说事儿！适当发泄一下可以,但不能天天泡在酒水里。"

戴穆天说着,把她面前的酒杯拿开,让酒保给换成了果汁。梓晴待要

发怒，他冷冷地说："不听话我就走，你一个人喝死在这儿吧。"

梓晴顿时气瘪了，她现在就剩下这么一个能说说心里话的朋友了，他要再甩手一走，自己不是更寂寞了！她瞧一眼戴穆天的神色，跟往日相比多了几分冷峻，仿佛随时会拂袖而去，赶忙加以抚慰。

"还是你这种打小就认识的哥们儿好，随叫随到，靠得住！"

戴穆天一眼就识破她心思，哼了一声："用不着讨好我，哥们儿总是在倒霉的时候才会被想起来，你志得意满那会儿可从没想到过我。"

梓晴要紧表忠心："你别冤枉我啊，我不论好事坏事都会想到要跟你分享来着！"

戴穆天笑笑，不再驳她，过了会儿问："你怎么不找你那位闺密聊聊？你们平时走动得不是很勤快吗？"

"你说尹畅？"梓晴神色萎靡，"唉，也真是邪了门，我刚一失恋她就脱单了，现在忙着和男朋友约会呢！"

尹畅的恋情也是巧，她大学时一男同学跳槽进了她所在的公司，也还是单身，同学初来乍到，尹畅少不得尽一尽地主之谊，接触的机会一多，感情不知不觉就产生了。

"蝴蝶效应。一只蝴蝶在加利福尼亚上空扇动了一下翅膀，一个月后，在得克萨斯州就产生了一场龙卷风暴。"

"你尽胡扯！"

"真不是胡扯。看上去没什么联系的两个事物之间说不定就存在千丝万缕的必然关联。就拿你这事儿来说吧，假定世界上情侣的对数是恒定的，比如规定好了只能有一百万对，而对数又恰好满了，那些单身的人就只能继续单着，不管怎么努力也没用。突然之间，你失恋了，这就等于说对数产生了空缺，自然就需要新的情侣去填补这个空白了。"

梓晴笑："那为什么是尹畅不是别的什么人呢？"

"因为她和你是朋友，走得近啊！"戴穆天自己都被自己的理论折服

第六记：祸不单行

了，得意扬扬地举杯喝了口果汁。

"那为什么不是你？你不也是我朋友？"

戴穆天耸肩："这和每个人心理有关呗，谁的脱单心理越迫切，谁找到另一半的速度就越快。"

"看不出来你还挺能瞎掰的！"

梓晴笑了半天才缓过来，手上转动着饮料杯，幽幽地问："你知道我为什么要和纪明皓分手吗？你从来没有问过我。"

戴穆天沉默着，没答话。

梓晴便慢慢将那天早上发生的事都说了出来，这个秘密她埋在心里很久了，因为不想再让自己经历一遍痛苦，但此刻，她忽然有了诉说的欲望。

戴穆天静静地听完，依然没说话。

梓晴道："你刚才提到蝴蝶效应，让我想起来另一个名词：成本淹没。"

她面对正前方笑了笑："难道我之前一点征兆都没察觉吗？当然不可能。女人在恋爱关系中是有第六感的，能够分辨男人身边出现的什么样的女人是无害的，而什么样的又是存在危险的……我第一次见到Tina，就觉得她不同寻常，她注视纪明皓的眼神和以前的我差不多。她又长得那么漂亮，我没法不产生怀疑。"

戴穆天终于开口："不是所有漂亮女孩都会造成威胁。"

"这我同意，问题在于男人，我曾经也强迫自己打消疑虑，相信纪明皓的为人，但结果你都知道了。让男人对漂亮女孩无动于衷，就像拿肉包子去打狗一样不靠谱！"

戴穆天听得扎耳，不停地清嗓子。

梓晴继续说："可我为什么要忍到亲眼看见的那一刻才罢休呢？"

"成本淹没，你刚才说了。"

梓晴苦笑："说得是。这是我谈得最长的一次恋爱，我投入了我全部的感情，所以我不甘心，不甘心就这么白白耗费三年的时间，总觉得还是可以维持下去的,然后就一天天拖着,直到……"

痛苦的潮水再度泛上心头,她娴熟地举杯,扬手一口喝下,但辛辣的口感被甜腻的滋味所替代,这才想起来酒被戴穆天换成果汁了。

"我能不能……再来一杯威士忌?就一杯。"

"不行。"戴穆天口吻平静但不容置疑。

"好吧。"梓晴审时度势,只得放弃。

戴穆天并不看她,语气带着一丝迟疑:"你现在……还……喜欢他么?"

梓晴笑:"你说呢?我像那种死皮赖脸的人吗?"

"难说,我不是没见过你撒泼耍赖。"

"那都是我小时候才会干的勾当!没法跟这事儿类比!"梓晴不高兴,"总之,这一页就算彻底翻过去了,从今往后,我要开始新的生活!"

一股热流随着她信誓旦旦的话语同时灌入心田,她觉得自己霎时好像又充满了斗志,尽管她的处境一点儿没变:仍然是失恋外加失业。

"休息够了?"

梓晴重重点头:"嗯!该东山再起,出去找份事儿做做了!"

振奋了不到五分钟,她又陷入沮丧:"可是我所有的经验加起来也就够我再找份打杂的差使,一天到晚伺候人的日子真是受够了!"

"那你想干什么啊?"

"唔……开个店怎么样?"梓晴完全是临时起意。

"做什么买卖?"

"你猜!"

戴穆天思考了几秒:"卖吃的?"

"还是你了解我!"梓晴一拳捶在戴穆天肩膀上。

梓晴双眸锃亮,神情仿佛被点着了一样兴奋:"哎,你还记不记得咱们小学门前那条路上,原来有个粮店?"

"啊?你不会是想卖米吧?"

第六记：祸不单行

"不是！不是！我是说粮店早晨炸的那油条特别好吃！"

"没印象了。"

戴穆天摇头，梓晴却被回忆诱惑得口水直流。

"我有时候早饭来不及吃，我妈就会给我钱去买油条充饥，那油条炸得，哎哟，咬上去嘎嘣脆，又香又咸。你不知道，有阵子为了天天吃油条，我故意早晨赖床上不肯起来呢！"

戴穆天忍不住笑："你倒确实干得出这种事儿来——这么说，你想卖炸油条？"

梓晴又不确定起来，眼神颇迷茫："你觉得，炸油条有前途么？尤其现在添加剂问题闹得沸沸扬扬的，好多人都不敢买外面的油条吃。"

"依我看，你不如开个馄饨店——馄饨你也爱吃吧？"

梓晴忙点头："爱吃！爱吃！"

"这就好办了，卖不出去的还可以留着晚上自己吃。"

"能赚很多钱吗？"

"你想发财啊？那这样好了。"戴穆天给她出谋划策，"你每碗馄饨卖一百块，每天只卖50碗，卖完就没了！这人都有个猎奇心理，再加上软广告的作用，一传十，十传百，保你生意兴隆！"

梓晴脑子还算拎得清，白了他一眼："逗我玩呢，是吧？"

戴穆天吃吃地笑。

"唉，我也是说说的，天生没那个承受力，怕失败。而且家里肯定也不答应，你不知道我爸生意垮了以后，我妈有多忌讳做生意这个词儿。"

创业的热情一下子过去，梓晴托着腮，重新回到最初那没精打采的模样。

戴穆天扭头，看到她一脸迷惘之色，厚厚的刘海下面是一双同样无神的眼睛，黑而长的眼睫毛缓慢地眨动着，散发着一种慵懒而迷糊的气息。他心里的某个地方不露声色地动了一下。不知怎么的，郑洁遇见梓晴时说的那句话陡然窜入脑海。

"你小时候就留刘海,现在这刘海跟那时候一模一样,很好认。"

戴穆天问梓晴:"你……眉毛那儿的伤疤还在吗?"

"嗯?"梓晴愣了片刻方回过神来,手探进刘海里抚摸着疤痕,"在啊!医生说一辈子都消不掉的。"

提起这茬儿,她忍不住又喷责起来:"都怪你啊!害我这么多年都只能留着刘海,老土死了。"

戴穆天想说:你留刘海的样子挺好看的。但自己琢磨着这话说出来也有点没心没肺,便没张口。

梓晴笑:"那会儿你吓坏了吧?我爸说你出门都是靠边走的,特别没存在感。"

戴穆天尴尬地笑笑。

"我本来想骂你一顿,可你站我床跟前向我说对不起的时候,那样子真可怜,好像被判了重刑一样。我琢磨着我要是骂得你以后都不肯理我了,我也挺寂寞的。所以决定放你一马。瞧!事实证明我还是挺明智的,不然咱俩今天就没可能坐一块儿喝酒啦!嘿嘿!"

戴穆天怔怔地盯着她,眼神有些异样,忽然突兀地说了一句:"给我看看。"

"啊?"

"我想看看那个疤。"

"……哦。"

梓晴虽然觉得他这个要求有点奇葩,不过想到他是伤疤的始作俑者便也觉得没什么好奇怪的,当即用手指去撩刘海,孰料戴穆天速度比她快,已先她一步拨开她额前的发丝,细细打量着那道童年时由他亲手造成的伤痕。

随着时间的流逝,疤痕也在变小变淡,失去了原来那狰狞的模样,但

第六记：祸不单行

它还在那里，白而细长的一条，提醒着他曾经给梓晴造成的伤痛，回忆瞬间打开，他的眉心不由自主抽搐了一下。

"是不是很疼？"口气是从未有过的疼惜。

"当然疼了！"

梓晴被他凉凉的指尖抚摸着，有种说不出的别扭，虽说两人平时称兄道弟惯了，但这种肌肤相触的暧昧却极少发生在他们之间。她往后退了退，想要躲开，可戴穆天忽然整只手都张开，揽住她后脑勺，不让她往后退。梓晴错愕惊诧之际，他已经倾身靠过来，俯首在那道伤疤上轻轻印了一吻。

极为轻柔的一吻，充满疼惜的味道，却如一把锤子重重给了梓晴一击。戴穆天松手时，她还呆若木鸡瞪着他，仿佛没明白发生了什么。

戴穆天的脸泛出红色，他扭过头去不看梓晴。

两人许久没有说话。

戴穆天一口接一口地喝着饮料，很快杯子就空了，他瞅瞅梓晴的杯子，同样是空的。

"要不要再来一杯？"他哑着嗓子问。

"不要了，我想回去了。"

"……好，我送你。"

尴尬的气氛始终盘旋在两人之间，戴穆天本来可以几句话就化解掉的，但不知为何，他没有那么做，他让这异样的氛围持续着，也感受着梓晴难得的沉默。

车子停在梓晴家小区外的路边。

梓晴终于忍耐不住："戴穆天，你知道你刚才在干什么吗？"

戴穆天想，谴责终于还是来了。

他没吭声，熄了火，又上了手刹。

梓晴这时候已经找着一个方向了，连珠炮一样朝他开火："你平时都怎么教训我的，全都忘了啊？什么男女授受不亲！什么公共场合不要动手动脚，容易引起别人误会！可你刚才的行为比我过分多了！你，你居然……我以前就算占你便宜也不过是给你来两拳，或者隔着衣服碰碰你……"

"你觉得吃亏了？"戴穆天转过身去面对着她。

梓晴更生气了："你那么做合适吗？不要以为我失恋了你就可以乘机……"

她话没说完，戴穆天已经凑过去，在她还没来得及躲闪之际，在她唇上啄了一口。

"扯平了，这是我的初吻。"

"你……"

梓晴简直无语，火冒三丈地推开车门准备下去，戴穆天及时拉住她的手，她回头冲他怒气冲冲地嚷："你就不能正经点儿！"

"好，我很正经地告诉你——俞梓晴，我喜欢你。"

他的神色异常凝重，抓着梓晴的手还微微有些发抖，但他的双眸始终直视着她，没有一丝一毫逃避躲闪的意思。

梓晴一下子呆住。

第七记：见缝插针

戴穆天第一次对俞梓晴动心，是在初中毕业那年的暑假。

因为中考成绩平平，俞梓晴仅被一所普通高中录取，这让对她寄予厚望的俞家父母十分失望。戴家的气氛和俞家正好相反，戴穆天以全年级第五的成绩被市一中录取。戴妈妈成天哼着小歌进进出出，俞妈妈因此更觉添堵。

在双重压力下，梓晴再没心没肺也高兴不起来了，整个暑假期间她都显得颇为忧伤。戴穆天几乎见不到她的踪影。他也想过去找梓晴聊聊，但又怕梓晴多心，以为自己是故意去她跟前显摆的，细思之下只能放弃。

有天下午，戴穆天正独自在家午睡，突然听到敲门声，他迷迷糊糊下床去应门，没想到是俞梓晴主动找上门来。

"你在睡觉啊？"梓晴上下扫了他一眼，也没等他回答就兀自接下去道，"能下去帮我个忙吗？"

"哦，你等我换件衣服。"戴穆天很高兴，人也一下子精神了。

梓晴也是一人在家，房间里正开着风扇，呼呼作响，仅有的几件家具全被移动了，一副大动干戈的样子。

"我想把这张床往里挪一点儿，太阳晒得我热死了！"梓晴的房间朝

西，西晒确实厉害，尤其到了八月。

两人谋划定了位置，当即一个在前一个在后，呼哧呼哧把床搬动了起来。

戴穆天边忙活边与她搭讪："这是你自己的主意？"

"嗯——"

"你妈不会说你吧？"

梓晴哼一声："要说就让她说去吧，这一个多月不知道数落我多少回了，我耳朵都生老茧啦！"

戴穆天听出她话语中的怨愤，当即不吭声了。

顺利挪好床以后，他又帮梓晴把移出来的写字桌、衣橱等一一搬好。

衣橱的款式很老了，做工又粗糙，背板只是钉了块三夹板，连油漆都没上，戴穆天一不留神，夹板边沿的碎屑扎进了手掌，他皱眉"哧——"地叫唤了一声。

梓晴在另一边听见，立刻把脑袋伸出来打量他："怎么了你？"

"没事，好像扎到了一根刺。"

他坚持把衣橱搬至该在的位置上才松手。

扎进手掌的刺大大小小总有五六根，掌心还微微沁出几滴血来。梓晴取了根缝衣针来要帮他挑刺，被戴穆天拦着："我自己来就好了。"

梓晴便把针递给他，在一旁看着他挑，眉心不住地拧来拧去，后来大约实在看不下去他笨拙的样子，一拽他胳膊。

"过来！坐下！"

她把戴穆天安排在光线充足的窗口，自己也拖了张椅子在他对面坐着，捧住他的手掌，低眉为他挑刺儿。

戴穆天无事可做，视线时不时掠过梓晴。

梓晴穿一件白底小碎花连衣裙，扎着马尾辫，这么热的天，脑门前依

第七记：见缝插针

然是一排浓密的刘海。

她侧光而坐，垂眸时，睫毛的阴影落在眼睛下方，表情专注，又带着一丝忧郁的意味。尽管戴穆天看到的是以往就非常熟悉的那张圆脸，但这张脸上的构造似乎发生了翻天覆地的变化，不再如儿时那样时常闪过让戴穆天烦恼的狡黠，她突然间变得如此安静，沉着，充满少女与生俱来的甜美气息。

戴穆天忽然就有些手足无措。这是他第二次意识到梓晴是个货真价实的女孩。

手掌被梓晴抓着，他觉得浑身都燥热起来，空气正变得稀薄。他感到喉咙一阵焦渴，不自禁地咽了口口水，孰料声音大得超出他想象，仿佛用力吞下去了什么难咽的东西，连梓晴也察觉了，抬眸瞥了他一眼。

"你没事吧？"

戴穆天羞愧得脸都红了，慌忙转开眼眸，语无伦次地转开话题："你，你现在不戴隐形眼镜了？"

梓晴初一开始眼睛近视，戴了一学期边框眼镜后，嫌边框眼镜不好看，吵着换成了隐形眼镜。于是戴穆天常常在课间时分看见她仰着头往眼睛里滴眼药水，说是能起到滋润作用。

有天午休，戴穆天打完篮球回教室，发现梓晴慌慌张张埋头在地上找着什么，一问，原来是一片隐形眼镜不见了。

他也帮着找，但那小小的透明薄片并不是那么容易就被发现的。

梓晴的同桌提醒她："会不会还在你眼睛里，只是移到别的地方去了？"

梓晴一听有道理，立刻仰着脑袋，一根手指在眼睛里扒来扒去，戴穆天在一旁观看得脸都扭曲了。

后来戴穆天去办公室交数学练习册时，那枚始终找不到的眼镜软片才很神奇地从俞梓晴的本子里滚了出来。

晴天二十记

梓晴觉察出他的异样,但并不在意,漫不经心地说:"戴着呢!不然怎么给你挑刺儿!"言毕,将他的手一甩,"都挑干净了,你家有创可贴的吧?回去贴一块,过两天就好了!哦,对了,谢谢你来帮我啊!"

适才的温柔恬静有如幻景,一下子在戴穆天面前消散殆尽。

然而,消散不掉的是那份刹那之间感受到的心灵悸动,此后还会时不时跃入戴穆天的脑海,让他心慌意乱一番。

紧张的高中生涯不久便开始,两人都不住校,只是彼此放学时间不相同,所以很难碰着面儿。但天下无难事,只怕有心人。戴穆天不久就发现,大多数时候,俞梓晴放学回家的时间都比自己晚。

于是,他一回到家就拼命做功课,然后抱着个篮球去楼下球场,以健身为名,实则是想见一见梓晴。

梓晴的同学都不住这区,所以她每次都是孤零零的一个人回来。两人打招呼的方式视梓晴的心情而定。

心情好的时候,她会主动叫戴穆天的名字,并驻足与他聊会儿天。心情不好,她往往选择对佯装打球的戴穆天视而不见,打他身边扬长而过,留下他失落回眸的身影。

有这么一天,戴穆天望眼欲穿地等到天完全黑了,梓晴的身影还是没有出现,他出了一身汗,觉得有些乏,把球夹在右胳膊下准备回家了。

恰在这时,身后忽然传来轻轻的脚步声,他耳朵极尖,倏地转身,只见梓晴背着书包,半垂着脑袋,一步一步缓慢地走过来。

戴穆天怔怔地望着她,不知为什么,明明是很平常的一个夜晚,他却感到如此饱胀的喜悦和欢乐,也许他等得太久,以至于她意外的出现如同恩赐一般。

他怀着满腔柔情往回走:"俞梓晴!今天怎么这么晚!"

自己都没注意到这样的问话如何危险地暴露了内心,然而,梓晴依旧是粗枝大叶的,她完全听不出戴穆天话语中微妙的变化。

第七记：见缝插针

她停住脚步，低着头，踢踢脚板能够到的一片马路牙子，嘟嘟哝哝地说："戴穆天，我恨死你了。"

戴穆天闻言吃了一惊："我，我怎么你了？"

她抬起头，眼眸里怨气冲天："为什么你每次考试都考那么好？我妈一天到晚拿你和我比！可咱俩有可比性吗？明明你初二开始成绩就远远好过我了！"

按照俞梓晴要强的性格，她当然不会认为自己比戴穆天差。然而，时至今日，她不得不承认所谓智商上的差异还是有的，这一点，她在初二时其实就已经感觉到了。同样的一道代数题，她左拆右分，费了老鼻子劲儿才解出来，可戴穆天拿到手里，落笔刷刷几下就完成了，仿佛那些数字天生就刻在他脑子里了。

戴穆天一时语结。

"这一次全市统考，你考年级第七，我都排到两百名以后了，我妈天天烦我！我都快给她烦死了，真不想回家！"

原来如此。

戴穆天挠挠头发，竭力安慰她："其实，我成绩还行不见得是我自己的功劳，也和我们学校的辅导教材有关系……哎，要不，我给你补补课怎么样？就拿我们学校发的教辅资料？"

他为自己这灵光一闪的主意感到激动，因为这意味着以后俩人又能经常见面了！

梓晴也觉得这建议挺靠谱，很高兴地同意了，两人又极有效率地把补课时间商定妥当。戴穆天陪她一块儿上楼时，发现她的脚步较刚才轻快多了。他因此也觉得身心愉悦，无论如何，给予带给人的快乐并不比得到少，更何况是为了梓晴。

可惜，这个绝妙的想法并未付诸实施，不久，俞家搬走了，虽然和老小区相隔不远，但要见面就没有从前那么方便了。而戴妈妈一听说戴穆天

要给梓晴补课的想法，立刻使劲摇头。

"你自己功课都忙不过来，怎么还能把时间浪费在那丫头身上呢？读书也是要看天分的，小晴她读书就是不行嘛！你给她补多少课都没用！"

俞梓晴十七岁生日那天，戴穆天终于找到合适的借口去找她。

那天是星期六，梓晴上午在学校还有几节补习课要上。戴穆天在校门口等到近十二点，才看见梓晴和几个女同学一起走出来。

他手里拎着个塑料袋，袋子里装着他打算送给梓晴的生日礼物——一个会跟着音乐旋转的小天使。他不确定梓晴是否会喜欢，是店员向他推荐的，说女孩子都爱买这个。想起梓晴在阳光下那少女特有的纯净安宁的脸蛋，戴穆天觉得她即使以前不一定喜欢，现在也应该会喜欢的。

梓晴见到他时有一瞬的意外，随即挑挑眉，朝他走近，两个女生跟在她后面。

"你怎么在这儿？找我吗？"

"嗯……"当着那么多人的面儿，戴穆天不好意思说要给她庆生，把袋子递过去，"那什么，给你送点儿东西过来。"

"是什么？"梓晴好奇地接到手里就要打开。

"别！"戴穆天忙拦住，尴尬地望望她身后那两个好奇的女生，"一会儿再看吧。"

梓晴看上去挺高兴："也行——对了，我这会儿请她们去吃饭，你来不来？"

戴穆天犹豫着："我……吃过了，你们去吃吧。"

梓晴也不勉强："那我们走啦！哦，谢谢你的东西！"她提起袋子的同时，朝戴穆天神秘地眨了眨眼睛。

接下来的一周，戴穆天有些心神不宁，他很想知道梓晴对礼物的看法，然而那丫头什么反应也没有。

第七记：见缝插针

又一个周末到了，他忍不住想再去找她，这一回，他没再傻傻地去学校等，而是直接上了俞家的门，当然不是白去，他随身携带的是上半个学期他们班复习资料的复印件。

俞妈妈在家，听说戴穆天是专门送参考资料来的，又高兴又热情，把他引到梓晴的闺房，特别叮嘱女儿："好好听小天给你讲！不懂的赶紧趁这会儿问！"

俞妈妈一走，梓晴就抱怨开了，把一摞摞课外辅导书推到戴穆天面前："你看看这些，还有那些，都是我妈让人给我选的，我做一辈子都做不完！你还来给我雪上加霜！"

"之前咱们不是说好了么？"

"可你后来不是说你没空嘛！我妈就紧赶着给我买了这些东西，做得我都快崩溃了！"

梓晴把下巴搁在书堆顶层，一脸沮丧："好多题都超难的，我妈还把答案给撕了，想抄都抄不了。"

戴穆天瞧她这么可怜，想了想说："要不然，我现在帮你做掉一些？"

"好啊！"梓晴腰板一下子挺直，脸上同时闪过好几道光芒，末了神神秘秘地示意他压低嗓音，鬼鬼祟祟说："我先去把门关上，这要让我妈发现了，非把我皮给揭了。"

这是戴穆天印象中梓晴待他最温柔的一段时间了。

他挥汗如雨地解题，梓晴趴在他身旁的书堆上满意地看着。

"戴穆天，你累不累？累了就歇会儿。"

"不累。"

"那你渴不渴？我帮你去泡杯茶吧。"

"暂时不用。"

"你以后能不能每个礼拜都来帮我一次这样的忙？"

"这个我没法保证，得看有没有时间。"

"时间像海绵,挤啊挤的不就有了……你做题真快,一会儿就写完这么多啦!喂,你的脑回路肯定和平常人不一样吧?"

"你这是在夸我还是损我?"

"当然是夸你啦——呀,我忽然发现你写作业的样子很帅呢!"

戴穆天的脸又不自禁红起来,心里有点乱扑扑的,一时之间连题意都读不清了,为了掩饰,他故意抽了本资料甩在梓晴面前:"你也做一会儿,别总那么色眯眯地盯着我看。"

梓晴瞪起眼睛:"谁色眯眯了……"

"你妈不是在外面吗?万一她突然进来,看见你这么游手好闲会怎么想?"

梓晴嘟哝着翻开资料书,戴穆天耳根总算清净了一些。

"上个礼拜,我送你的东西,你看了吧?"他故作漫不经心地提起。

"看了。"梓晴咬着笔杆,正冥思苦想。

"你……喜欢吗?"

"嗯?哦,你说那个音乐盒?我送人了!"

"……"

梓晴抬眸:"本来我还挺高兴的,以为是你们学校的卷子呢!谁想到是个玩具盒子,刚好我同学喜欢,就送她了——哎,你为什么要挑那么个玩意儿送我呀?"

戴穆天失落得无以复加:"那天不是你生日么?"

"那是我阳历生日,我妈说了,以后都给我过阴历生日,所以你送早了。还有啊,你以后要送我生日礼物,与其买那种玩具,不如给我来两盒德芙巧克力呢!"

"你就知道吃!"

"民以食为天呗!"梓晴摇着头,"你又不是第一天认识我,从小我就不喜欢什么洋娃娃之类的玩意儿。"

戴穆天现在明白了,一个小时候就爱和自己抢木枪玩的小女生,长大

第七记：见缝插针

了依然不会对女孩子的玩具感兴趣。

    整个高中期间，他借着给梓晴补习的机会，勉强与她保持联络，因为他的时间也实在有限，这样的机会真的不多。

    高三下半学期，学习更加紧张，分分秒秒都被老师和家长看紧，戴穆天好不容易逮着个机会与梓晴见了一面，乘势问她高考意向。

    "我想报N大的英语系！"梓晴颇为神往。

    "你不是认真的吧？"戴穆天知道那学校不太好考。

    "当然认真了！虽说分数线高，但做人总得要搏一搏嘛！我三门主课里就数英语最拿得出手了！而且，听人说那儿的帅哥特别多！"

    "你有几分把握？"

    梓晴皱眉思索："三四成吧。"

    "这么低？"

    "哦，我还打算报D大，也在N市，那学校我有八九成把握。N市可是我最喜欢的一座城市！"

    于是戴穆天暗暗记在心里，填报志愿时，放弃了原来的北上计划，改为报N大的电力工程专业。戴家父母见他改来改去都是重点大学，也就随他改去了。

    他想着，只要能和梓晴在同一座城市读书，那么他就可以顺理成章出现在她身旁，天长日久的，自己的心意她迟早能懂。

    高考成绩不久揭晓，结果可想而知：戴穆天如愿入读N大，俞梓晴则阴差阳错被分去了一所远在西部的三流学校去读了个财务专业。

    但戴穆天并未就此死心，他以写信的方式与梓晴保持住那一缕如蛛丝般细弱的联系。

    午夜梦回，他时常会想起梓晴。

她在远方还好吗？

是否还依然扎着马尾辫，留着前刘海？

她的目光有没有被半路杀出的某个帅哥所吸引？

然而，思念归思念，他始终没有勇气在信中直白地表达自己的感情，也许火候未到，也许他怕梓晴一口拒绝，这样的结果可能性不是不大。

梓晴也给他回信，信中的语气一如她平时说话时那样，干脆爽利，有什么说什么，好像戴穆天是她众多闺密中的一个。

她告诉他宿舍里正风靡看韩剧，她迷上了裴勇俊，一连用了无数个"超"字来形容裴勇俊的帅。

戴穆天好奇之余，也偷偷看了一两集，主要是想了解梓晴对"帅"字的定义。

屏幕中的裴勇俊，头棕色的长发，戴副超大的边框眼镜，笑起来有点娘娘腔的意思。

戴穆天心里琢磨，原来那丫头喜欢这一款的。

眼镜他是戴不上了，从小到大视力都超好，头发倒是可以蓄一蓄。

留了大半年，终于把自己整成了长发飘飘的形象，一入寒假，他迫不及待约梓晴出来见面。

两人约在一间茶餐厅，戴穆天先到，正坐在沙发里看手机，梓晴从他身后转出来。

"嗨，戴穆天！"

打完招呼也不坐下，前后左右全方位打量他。

戴穆天估摸是头发的问题，心里有点得意有点期待又有一丝忐忑，他故作漫不经心地调侃："很久没见过帅哥了吧？"

梓晴忽然伸手一撩他的长发："鸭屁股长成这样，是不是该剪剪了？你在学校很忙吗？连头发都没时间剪？"

"……"

第七记：见缝插针

戴穆天后来不止一次想，他曾经应该是有过机会的——在梓晴与吴刚重逢之前。但他没有珍惜。

有一天，他收到梓晴的信，与往日一样怀着愉悦的心情打开，两分钟后，浑身上下就似被泼了一大盆冷水。

梓晴和吴刚恋爱了。

不仅如此，梓晴还怂恿他赶紧去找个女朋友。

就是在那段心里极其憋闷的时期，戴穆天认识了陈晓媛。

他和陈晓媛选修了同一门计算机课，陈晓媛时常在开课前几分钟才姗姗来迟，那时偌大的阶梯教室里已人满为患，而她的出现总能引起男生们压抑的惊叹，因为她长得实在漂亮，肌肤胜雪，明眸皓齿，身段柔软，神情娇俏。

刚开始，戴穆天并未多注意她，感觉到她的存在还是因为周围老兄的羡慕妒忌恨。

戴穆天喜欢清静，总是占据靠角落的位子，隐没在人群和隔墙之中。而陈晓媛十次有九次会坐在他前面的位子上。漂亮姑娘在哪儿，哪儿就人多，有几回他差点想逃课，后来有同学不无嫉妒地点醒他，陈晓媛对他有意思。

他被俞梓晴和吴刚的恋情正搅得心烦意乱，索性顺应了民意，不费吹灰之力就把陈晓媛追到了手。

后来他和陈晓媛分手，梓晴还特地拉着吴刚来安慰他，其实他当时最不愿意见到的就是眼前这两人。

而且他也没向梓晴说谎，他和陈晓媛的分手对双方而言都是种解脱，在彼此相处的那平淡无味的一个学期里，除开当了半年的饮食供应商，以及时不时为对方提供诸如打水、陪护上下课等琐碎劳力外，两人基本没什么共同语言。

学期末，陈晓媛告诉他，自己喜欢上了别人，希望分手，戴穆天顿感如释重负。

　　此后，他在意兴阑珊之中，与梓晴渐渐疏远，直至不再联系。
　　毕业前夕在公交车上与梓晴的那次邂逅，当戴穆天得知她和吴刚分手了，胸中顿时重新被喜悦充盈，以为自己的春天终于来了，而梓晴却早已选好了备胎。
　　再然后，梓晴又和刘鹏也分手了。
　　消息是戴穆天偶然从同学那里听说的，他已经很久不与梓晴来往了，为了能使见面机会显得自然一些，他精心组织了那次同学聚会。
　　这一次，他打定主意要向梓晴坦白心意，他觉得，无论是时机还是火候，都刚刚好。
　　一切都进展顺利，直至梓晴接到了一个电话。
　　从她看到来电显示的那一刻起，密切关注着她的戴穆天就隐约有种不祥之感，梓晴的脸庞像瞬间被点燃，喜悦和期待跃然于面上，她还特地跑到船舱外的甲板去接。
　　出于一种连自己都不齿的企图，戴穆天偷偷靠过去，假装闲坐在窗边的一张椅子里，而外面的梓晴讲电话的声音他听得一清二楚。
　　梓晴刻意变得温柔的嗓音让戴穆天断定那一定又是个新出现的男人。就在他品尝着失落彷徨的滋味时，梓晴蹦跳着过来向他辞别，她喜气洋洋的表情突然之间就触怒了他。
　　他近乎强硬地挽留，虽然明知这一招对梓晴并不管用，但他无法心平气和看着她再次离开。最后，梓晴当然还是离开了。
　　他站在船上，望着她离去的背影，有种奔过去把她拽回来的冲动。
　　但那又能怎样呢？梓晴从来不吃这一套，最后无非是两人吵上一架，给同学们一点八卦的谈资。

第七记：见缝插针

不久就传来梓晴再次陷入爱河的消息，新男友叫纪明皓，就是在船上给梓晴打电话的那位。

这些年，他屡屡拒绝相亲，原因很简单，他还没有忘记梓晴。也许只有彻底将她从自己的生活中赶出去，这事儿才完结得了。

可总是在一段寂静之后，梓晴又会恼人地给他打来电话，完全不顾他的心情，与他东拉西扯，絮絮叨叨，有时嘚瑟嚣张，有时又为芝麻大点儿的琐事烦恼。

他能做什么呢？除了一件件为她耐心开解。当然也有很烦的时候，真想冲着电话那头的梓晴来一句：以后别再跟我说这些破事了！我管不着！

但他做不出来。

他听着梓晴在耳朵边聒噪，就好像还和小时候一样。这么多年，他习惯了她的颐指气使，习惯了她陪在身边，哪怕是不分青红皂白地数落他，指挥他，把他当成一个没有脾气的听众。

而他也正如梓晴希冀的那样，哪怕听到的消息再琐碎，再扎心，他顶多也就是保持沉默，从没下得了狠心换一下台。

他们的联络时断时续，但始终还在，而梓晴渐渐成了他心里一个特殊的存在。

戴穆天不是没考虑过俞梓晴的心思：她是怎样看自己的？她对他有哪怕一丁点儿那方面的想法么？如果他把心意告诉梓晴，她会怎么想？

而答案常常是消极的。

梓晴对他是那样不设防，这完全不像一个喜欢对方的女孩的表现，况且，以梓晴的性格，如果对他有意思，肯定会表现出来，可惜一次也没有。

她总是忙着和别人谈恋爱，而他连个见缝插针的机会都逮不到。

现在，机会就在眼前，这或许是个难得的缝隙。

但是，她能接受吗？

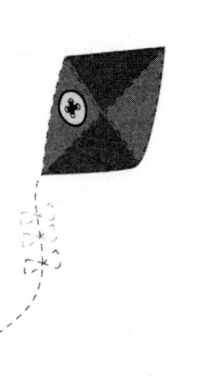

第八记：摇摆的钟

俞妈妈推开房门，把脑袋伸进来："咦？今天没出去？"

"嗯。"梓晴正缩在床上假模假式看书。

"这两天小天都没来找你？"俞妈妈一脸纳闷之色。

梓晴合上书本："妈，我就不能一个人待着吗？"

"我没说你不能，行了，你看书吧。"

门都快关上了，俞妈妈忽然又回身："我的意思是，你要是闷了，就找小天玩玩去，别一个人在那儿瞎琢磨。"

梓晴有点恼："戴穆天什么时候成救世主了？"

"你看你这丫头，做人要讲良心，你寻死觅活那会儿要没小天，你……"

梓晴一骨碌从床上爬起来："谁寻死觅活了？这是他说的？"

俞妈妈见她脸色都变了，忙道："小天可什么都没说你！是我担心你有什么好歹，求了他过来帮忙的。小天比你稳重，和你又认识这么久了，所以……"

"你除了让他来劝我，没说别的？"

"嗯！那还能说什么别的呢？我那会儿都快急死了。"俞妈妈忽然有点

第八记：摇摆的钟

醒悟过来，"你和小天，没什么事儿吧？"

"没事。"

"吵架了？"

"没有。"

"你呀，打小就拿人家逗乐子，现在彼此都长大了，再不能欺负他了，尤其你还是个女孩子家，一定要注意言行……"

眼见俞妈妈越扯越远，梓晴不觉又烦躁了。

"哎呀，说了没什么了都！你让我静一会儿行不行？"

"行，行，你好自为之吧。"

妈妈一离开，梓晴也无心看书了，那本书打开来时是哪一页，现在还是哪一页。

她把书甩到一边，靠在床头愣愣地出神。

俞梓晴从没对戴穆天有过什么非分之想，所谓非分之想，就是那种把对方当成恋爱幻象的念头。

她始终认为，爱情之所以美丽，是因为相爱的两个人之间有一定距离，距离产生神秘感，神秘感是两性吸引的基本前提。

而她和戴穆天之间没有距离，没有神秘感，因此也不可能产生爱。

她反复而仔细地回忆，在从小到大的成长过程中，她是否对戴穆天有过怦然心动的感觉，哪怕只是一瞬。

没有，一次也没有。

但她忽然摇头，不完全是，似乎有过那么一次。

那是他们上初三的时候，有天下午，她偶然经过篮球场，那里正在举行篮球比赛，场边里里外外围着好多啦啦队成员，以女生居多，加油声此起彼伏，热闹得一塌糊涂。

梓晴对篮球没兴趣，脚步都没停留，直接经过，就在那时，有个女生忽然歇斯底里喊了一嗓子:"戴穆天加油!"

梓晴不由自主回头,正好看见戴穆天腾空跃起,准备投球的瞬间。

他半仰着头,面对太阳的方向,光芒把他的脸部轮廓勾勒得如画中一般英俊,表情自信舒展,完全不像她印象里的戴穆天,她听到自己的心弦铮然响了一下,像有只手轻轻拂过。脚步不觉停了下来。

戴穆天漂亮地将球投进篮筐,掌声和欢呼声雀跃四起。他转过头来时,看见了梓晴,先是一怔,随即向她眨眨眼睛,咧嘴微笑。他的笑容始终是单纯明朗的,可以往前一直追溯到他心满意足穿上梓晴的小花裙的那一刻。

一瞬间,美妙的乐符消失了,他还是梓晴认识的那个戴穆天。

梓晴朝他做了个鬼脸,转身走了。

仅仅就那么一次,神情恍惚的几秒,产生的前提还是在她把戴穆天当成一个陌生人的基础之上。

同理,戴穆天对她,应该也能够完全免疫才对。

镜头闪回:

那夜,戴穆天车内。

梓晴听完戴穆天的表白,茫然了片刻后,第一反应就是把手伸向他的脑门。

"你干吗?"

"摸摸你有没有发烧,是不是正说胡话呢!"

戴穆天脑袋一偏,躲过魔爪:"我什么毛病都没有!俞梓晴,我刚才说的话,不是在和你开玩笑!"

梓晴心乱如麻,她头一回遇到这种状况,完全不知该如何处理。

以往总是她率先喜欢上一个男孩,在人后头死追猛打,好不辛苦。不过她从没有过怨言,在她的概念里,像自己这种性格偏男性的女孩,好像

第八记：摇摆的钟

在爱情里主动一点是天经地义的事儿，冷不丁身边这位发小忽然亮出底牌，搞得她一个措手不及，真是惊喜没有，惊吓不少，那种感觉，颇有几分类似后院起火的慌张。

"你，不会是……"她咽一口唾沫，"受什么刺激了吧？"

戴穆天无语地瞪着她。

"我的意思是，我以前老欺负你，你肯定是错把……"梓晴绞尽脑汁想着该怎么表达，真是词到用时方恨少，"错把受虐当爱情了吧？"

"在你眼里，我就那么弱智？"

"不是，我绝不是这个意思。"梓晴一边拿手乱比画，一边继续搅动脑汁来对付，"你的智商很高，这我一直知道，但再高的智商也有犯错误的时候，尤其，尤其是在这样月黑风高的夜里，人很容易冲动，说出一些连自己都会后悔的话来，也许是因为你觉得寂寞，也许，也许仅仅因为月色太朦胧……"

戴穆天打断她的语无伦次："你究竟想表达什么？"

梓晴举起双手，做了个休战的手势，她闭上眼睛，静了片刻，又重新把眼睛睁开，这会儿觉得思路比刚才清晰多了。

"我的意思是，你并非真的爱上我了。你看，你也不小了，我又刚巧失恋，所以你可能觉得咱俩同是天涯沦落人，说不定能凑一块儿试试。"

她深吸了口气，看看戴穆天，后者的表情也比刚才平静多了，显示出平日的理性光芒，她稍觉安心，神色也自信起来。

"但这绝不是爱情。"她咬字清晰地强调，还下意识地点了点头，仿佛自己都被自己的观点所折服，"妥协、凑合都不等于爱情，一旦咱俩开始，以后的路就只有一条：互相不满意，直到连朋友都没得做。"

戴穆天任由她把话说完，也没有提出什么反驳的意见，梓晴更加心定。

"你刚才八成是冲动了。不过没关系，就凭咱俩多年的哥们儿关系，我不会计较的，过了今晚，咱们都把这事儿忘了吧，以后依然是朋友——

嗯?"

她热切地盯着戴穆天,期待他的回复。

许久,戴穆天抬起眼眸,安静地注视着她:"如果我坚持呢?"

梓晴的脸短暂扭曲了一下,沉默寡言的人通常都比较固执,她怎么忘了这一点了?

但她今晚的脑浆差不多都消耗完了,她觉得自己再也组织不出更加合乎逻辑的语句来劝降他了,她急需休息,或者说,急需避开眼前这个棘手的麻烦。

她拾起自己的包,推开车门,戴穆天没有拦着她。

"你回去再好好想想。哦不,我是说今晚咱们谁都别想了,等睡一觉,你再想想这事儿究竟是否妥当,好吧? 我回去了,我妈该着急了!"

她像避瘟疫一样匆匆逃下车,头也不回地往家冲。

那晚之后直到今天,前后差不多一周了,戴穆天连个电话都没给她来过。梓晴的想象中,他大概正在面壁反思。如果反思已毕,那么说不定他正在为说了那样的话而羞愧难当。他脸皮本来就薄,这下子该怎么自处呢?

梓晴一念及此,那点本就不强烈的怨意立刻化为同情。

"这没什么的,我以前那么对你,你不是都原谅我了?"她对着手机自言自语,好像戴穆天能听到似的,"我也会原谅你的。"

这么一唠叨,她小时候的斑斑劣迹忽然——涌到眼前。

那时候,只要戴穆天有什么好东西,两天后必然就会出现在俞梓晴手上,他要是不高兴,梓晴就会板脸骂他小气。

"以后不和你玩了!"

这句话对性格内向的戴穆天来说可是个很严重的威胁,谁让他朋友不多呢! 可小孩子总是希望自己能有固定玩伴的,俞梓晴作为朋友,虽说差强人意,但也总算聊胜于无啊!

第八记：摇摆的钟

凭着这样一个潜在威胁，梓晴在戴穆天那儿屡屡得逞，一次比一次霸道。

最过分的一次是什么呢？

对，要数买烟花那档子事儿了。

那事发生在两人二年级时的寒假，临近过年，戴家的一位亲戚登门拜访，并给了戴穆天十块钱压岁钱。

按常规，小孩子的压岁钱都是要上缴给家长的，但戴妈妈为了在亲戚跟前秀大方，笑眯眯地没有接儿子递过来的红包。

"你自己留着吧。"

戴穆天信以为真，把红包往自己口袋里一揣，喜滋滋地出门玩儿去了。20世纪80年代，小孩子手头能有十块钱就算得上款爷了。

然后，他在楼下碰到正闲极无聊的梓晴，再然后，他没管住自己的嘴，告诉了梓晴他口袋里躺着一张崭新的十块钱呢！

"一会儿得交给你妈妈吧？"

看来每个小孩子的压岁钱流向都是大同小异。

"不是！我妈说了，这钱归我了！"戴穆天昂着脑袋，骄傲地宣布。

"真的？"梓晴眼珠子转动起来，"那你能花这钱么？"

"当然能了！"

梓晴一蹦三尺高："太好了！不如我们去买点儿烟花，晚上就在这儿放好不好？"

看见小伙伴这么兴奋，戴穆天也特别高兴："好！"

两人连蹦带跳去了沿街一家杂货铺，那里有一整个专柜都是用来展放烟花的。

"小朋友，看看要什么？"杂货铺的大叔乐呵呵地看着俩孩子。

梓晴小手一挥："叔叔，给我们一样来一个！"

戴穆天吃惊地瞪着她。

大叔乐坏了:"好,好,你等等,我来算一下价钱!"

戴穆天怯怯地朝梓晴靠过去,压低声音:"会不会很贵?"

梓晴胸有成竹:"放心吧,不会超过十块钱的。"

结果花掉了九块八。

梓晴将大叔找给他们的两毛钱塞到戴穆天手里,得意地眨眨眼睛:"我说什么来着!"

戴穆天低头望望手心里躺着的那两毛钱,欲哭无泪,抬头看,梓晴已经走远了,他急急忙忙拎着一袋子烟花跟上。

客人一走,戴妈妈就找儿子要十块钱,戴穆天结结巴巴表示钱没有了。

"啊?怎么会没了?是不是在哪儿弄丢了?"

他慢吞吞地把手从背后伸出来,手里拎着一袋子烟花,低声说:"都买这个了。"

"你,你这孩子……怎么这么没谱儿啊!"戴妈妈急得泪花都出来了,"知道大人挣钱多不容易吗,啊?你倒好,一小时没到,钱花个精光。"

"还剩两毛……"

"哎哟,气死我了!我怎么生了你这么个败家子儿啊!"

戴穆天羞愧地勾着头,任凭妈妈数落。

还是戴爸爸开明,劝妈妈道:"好啦好啦!你不都说那钱是给孩子自己花的嘛!"

"我那只是说说而已。"

"既然说了就要守信,如果舍不得,就别假装大方。再说,钱花都花了,过节头上,就别给孩子找不自在了。"

那天晚上,烟花还是如期燃放了,附近的好些大人小孩都跑过来围观,梓晴当然是最开心的那个。美丽的烟花没能挽救戴穆天的心情,他把挨骂的事告诉了梓晴。当得知他并未供出自己这个幕后主使时,一向霸道的俞梓晴感激之余,当即与戴穆天签下为期一学期的和平共处条约,说明

第八记：摇摆的钟

白点儿，就是她在接下来的新学期不会再故意欺负戴穆天了。

这就是戴穆天花了九块八得到的结果，很显然，比看烟花要值得得多。

在回忆完自己对戴穆天的种种恶行之后，梓晴更加确信那天晚上他所谓的表白要么是一次超出底线的玩笑，要么是……他脑子出什么问题了。

理清了思绪，梓晴不再茫然无措，她静静地等待着戴穆天主动找上门来说明情况或者——道歉。

接下来的星期六，戴穆天果然出现了。

戴穆天主动上俞家找梓晴，俞妈妈顿时喜上眉梢："小天，你一直不来，我都怕是不是小晴那丫头又哪里惹你不高兴了呢！"

"没有，阿姨，我上礼拜出了趟差，昨晚上刚回来。"戴穆天接过俞妈妈递上来的热气腾腾的茶。

"这样啊，小晴也不和我说一声！"

"我没来得及告诉她——小晴呢？"

"哦，她和她爸爸去超市了，马上就回来，你先坐会儿！"

戴穆天捧着茶杯坐在沙发里，他有多少年没这么正儿八经上俞家的门了？从上大学开始算起，怎么也得有六七年了。

俞家的变化不大，窗明几净，纤尘不染，几件家具明显旧了，但被拾掇得妥妥帖帖，一点看不出寒酸的样子，显然都是俞妈妈的功劳。

俞妈妈很快端着果盘从厨房里出来，放在戴穆天面前，招呼他吃，戴穆天不饿，但却不好扫了她的兴，象征性地拿牙签戳起一块苹果。

俞妈妈说话的口气可谓推心置腹："小天啊，阿姨一直想和你说声谢谢来着，这回小晴的事要不是你……"

"这没什么，阿姨您别放心上。"戴穆天听不得别人与自己客气，尤其对方还是长辈。

"不，不，你让我把话说完。我知道，她从小到大没少跟你过不去……"

戴穆天脸微红："那都是小时候的事儿了。"

"小时候的事才更记得牢呢！你俩到今天还能做朋友，全亏你度量大，不和她斤斤计较。这次她和纪明皓分手，要不是你帮着开导，我真不知道她会怎么样。小晴吧，她其实没几个实心朋友，就她那个脾气，唉……所以呢，阿姨希望你能经常说说她，我有时候也想跟她说点道理，可我们大人的话她听不进去了呀！"

"放心吧，阿姨，我会的。"

俞妈妈欣慰地笑："就算往后你俩各自结了婚，我也希望你们还能经常走动走动，你俩都是独生子女，没什么兄弟姐妹，又是一块儿长大的，跟亲兄妹也没多大区别嘛，你说是不是？"

"呵呵。"

俞妈妈眼眸里忽然闪过一道光："小天，阿姨问问你，关于小晴和纪明皓分手的原因，她有没有告诉过你？"

戴穆天本来还纳闷俞妈妈这么远兜远转是为了什么，原来是在这儿等着自己呢！

"这个……"

俞妈妈听他那意思，显然是知情的了，神色越发雀跃："你放心，我什么都不会往外说的。"

戴穆天此次来访并没有给俞妈妈抖梓晴私料的心理准备，可面对她热切的目光，一时之间拒绝的话又说不出口。

"她……没有很……明确地跟我提过……"

他像被人勒紧了脖子一样呼吸艰难，一边虚晃枪头，拖延着时间，一边希望下一秒奇迹就能出现。

奇迹还真发生了，俞爸爸和梓晴拎着大包小包，有说有笑打门外进

第八记：摇摆的钟

来，戴穆天顿觉脖子上一松，呼吸瞬间恢复畅通。俞妈妈当然不敢当着女儿的面继续追问下去，只能掩饰了失落，起身去查看父女俩的战利品。

梓晴对戴穆天的出现并不意外，彼此打过招呼后，她朝戴穆天眨眨眼，示意他到自己房间去，俞家二老对此已经习惯，不闻不问，一心操办午饭去了。

关了房门，梓晴和戴穆天再次单独相对。两人的目光碰撞到一起，又同时分开，以往自然无比的气氛如今已不复存在。

戴穆天有些失落，又明白这是必然结果，他清清嗓子，视线重新落在对方身上。

"梓晴……"

"我知道你想说什么。"梓晴难得一上来就对他使用如此温柔的语气，"谁一辈子没干过几件蠢事呢？我现在还常常犯一些愚蠢的错误，不过，每次我因为自己很笨觉得难受时，就会反问自己：你以前犯过的傻还少吗？这么一想，立马又心平气和了。说白了，人得为自己找一条能舒舒服服生活下去的路。所以呢，戴穆天，你不必道歉，我原谅你。"

戴穆天听着她自以为是的开导，本来还有些紧张的情绪反而很好地缓和下来了。

"那么，你觉得我和你一样，也是在干蠢事了？"

梓晴宽容地笑笑："难道不是吗？"

"我觉得……这是我做过的最正确的事。"

他说完，定定地望向梓晴，如果他们这是一场球赛，那么此刻他已经把球传出去了，就等着看对方表现了。

梓晴对这超出自己预想的脚本颇为烦恼，温柔的神色一下子收敛得一干二净："喂，戴穆天，开玩笑也要有个底线！"

戴穆天站起来："你从哪里看出来我开玩笑了？"

这时候他才明白,最困难的不是如何让梓晴爱上自己,而是得先让她相信自己的诚意。

他一站起身,梓晴就紧张,立刻朝他摆手:"你别过来,有话坐着说。"

戴穆天走到离她最近的一张布艺凳子边,坐下,叹一口气:"这是你家,我不会对你怎么样的。"

可他依然察觉到梓晴的警惕,她往另一边稍稍挪过去,以便离他远一些,这敌对的动作让戴穆天觉得难过。

如果把与梓晴的友谊比作坦途,那么他现在的追求就仿佛是在攀登高山,但他并不因此而后悔。后悔的滋味在每一次他丢掉失去爱上她的机会以后,已品尝得太多,他不愿重蹈覆辙,哪怕这是一条不归路——他和梓晴最终没能走到一起,他们的友谊也不可能再复原成昔日的模样。

"我只是希望你明白,我对你是认真的。"

梓晴低头:"这几天,我也一直在考虑这个问题,我想不通事情怎么会变成现在这个样子了。明明我们不可能……"她迅速地瞥了他一眼,"那么你是……什么时候发现的?"

"很早以前。"

梓晴怔了片刻:"可你从来没告诉过我。"

"你没给过我机会。"

梓晴顿时有点恼:"你要我怎么给你机会?我从来都拿你当兄弟看的!我还以为你和我一样!"

"事情总是在慢慢起变化。"

梓晴一脸不知该怎么办好的烦恼。

"小晴……"他叫回她小时候的昵称,"你知道我不像你,喜欢看小说,会讲许多有趣的故事。我嘴笨得很,不太会和人周旋,小时候就是这样,家里人说我做不了靠嘴皮子吃饭的活儿,所以我现在当工程师,整天和机器打交道。"

第八记：摇摆的钟

他顿了一下，看见梓晴在凝神听他讲，记忆中，她从来没对他这样专注过。

"我不会对你讲动听的故事，我也讲不了太多甜蜜的话，我只能告诉你，我对你讲过的每一个字都是真的，我从来没欺骗过你……小晴，我喜欢你，从很久以前，一直到现在。"

梓晴的表情一刹那间仿佛有被融化了的错觉，但很快，烦恼再次占据她的面庞。

"可我，我很难接受，戴穆天，你能明白我的意思对吗？我是说，一直以来，我们都……而且我又刚刚和纪明皓分手，实在是……"她歉疚似的摇着头。

"没关系，我等着你。"

"不！你还是别等了，我不见得适合你，我老是欺负你。"梓晴忽然有些伤感，"我不知道自己是怎么回事，我总是做错事，笨手笨脚的，不光对你，我……"

戴穆天从她忧伤的神色中看出，她的思绪又一次飘远，失恋和失业的痛苦重新涌上心头，打击着她的自信。

"也许别人会嫌你不够温柔，不够能干，但我不会……因为，我早就习惯这样的你了。"

梓晴的眼泪再也控制不住，从眼眶中流出，肆意冲刷着她的愧疚，她的屈辱。

戴穆天安静地望着她，他知道自己接下来干不了什么了，他需要等待，需要足够的时间，让梓晴慢慢思考，作出抉择。

俞妈妈咚咚地敲门："小晴！小天！吃饭啦！"

梓晴慌忙抹干泪水，低声警告戴穆天："这事千万别让我妈知道！"

戴穆天沉吟几秒，他能有什么选择呢？

"好。"他郑重地点了点头。

星期天一大早，戴穆天正蒙头大睡，妈妈推门进来骚扰他："儿子！别睡啦！赶紧起来！今天美罗搞促销，陪妈大采购去！"

　　他翻个身："您就不能找爸去？"

　　"嗨！老头子力气哪有你这个小伙子大呀！我养儿子是为了什么，还不是在这种关键时候能派上用场啊！"

　　"那您直接去找个搬运工不就行了，养儿子多费劲啊！"

　　戴妈妈笑骂："赶紧起！别躺那儿跟我贫嘴滑舌了！你再这么睡下去，都快成小胖猪了，将来看你怎么找老婆！"

　　戴穆天无奈，只得拖拖拉拉地起了床，反正只要他妈想办的事，他再怎么抵抗也是没用的。

　　美罗商场人满为患，戴穆天提着六七个袋子跟在妈妈身后，老太太犹有余勇，准备再赶往夏季用品柜去厮杀一番。

　　"妈，你买这么多东西回去干什么！家里都有，买回去也是找地方堆着。"

　　"留着慢慢用呗！又不会坏的喽！反正迟早用得上，往后你结了婚自己过日子也得留神着，东西要在便宜的时候买，不能等要用了才下手！你是不当家不知柴米油盐贵啊！当然啦，这些都是你媳妇该操心的事儿！"

　　挤到目的柜台前，戴妈妈一头钻到凉拖鞋的架子跟前，细心挑选起来，戴穆天无所事事，把购物袋往柱子旁一靠，悠悠地出起神来。

　　也不知道梓晴这会儿在干什么，是不是还在烦恼，迟疑着拿不定主意？

　　一股温柔的情绪缓缓盈满胸腔，他的手在裤兜里动了动，碰到手机边缘，真想立刻给她打个电话问问，即便她还没决定，两人不着边际扯会儿闲天也是好的。

　　可是不行，他说了要给她时间的，他得有耐心，这么多年都等过来

第八记：摇摆的钟

了，最后这一刻，怎么也得坚持住。

  细思起来，真是有点不可思议，两个从小一块儿玩到大的伙伴，忽然之间，其中的一个爱上了另外一个，他想把他们的友谊转变成爱情，可行么？会顺利么？

  他正胡思乱想，忽然听到有人叫他："戴穆天！"

  抬头一看，居然是沈慧嘉。他忙直起身子来，礼貌地打招呼："好久不见，沈小姐。"

  沈慧嘉温柔地朝他笑笑："你也来购物？"

  戴穆天指指母亲，又指指脚下的一堆袋子："陪我妈来的，当苦力来了。"

  沈慧嘉握着嘴笑："我就说，这里百分之八十都是妇女，你站这儿特别显眼，我老远就认出你来了。"

  两人正说着话，戴妈妈偶然从拖鞋丛中抬了抬头，发现儿子跟前站着个如花似玉的姑娘，向日葵一样仰望着儿子，一下子就来了劲头。拖鞋也顾不上了，赶紧挤过去打探消息。

  戴穆天少不得要给两边做个简单的介绍。戴妈妈得知这位居然就是郑洁口中的沈慧嘉，心情当场就沸腾了，再加上沈慧嘉嘴甜，阿姨长阿姨短地与她攀谈，戴妈妈对她的印象分直线上飙。

  沈慧嘉一离开，戴妈妈就开始撺掇儿子："傻小子，这么好的姑娘你还等什么！赶紧给妈弄回来呀！"

  戴穆天含糊其辞地打发他妈："哪有那么好弄的。"

  "能看出来，小沈她对你有意思，就只等你出手了！"

  戴穆天乐："您拿什么看的？"

  "你别和我打岔！我说的话你听见没有？"

  "我听着呢，可我们真不是那么回事儿啊！妈您想多了。"

  "哼，我眼光很准的！"

这一路太极拳一直打到家才停止，戴穆天以为妈妈只不过是说说而已，孰料两天后，郑洁给他打电话来了。

"小天，晚上有没有空？一起吃个饭吧。"

"你这是唱的哪一出啊？"

郑洁咯咯笑："姨妈求我当说客来了，我不能不从啊！"

"沈……慧嘉？"

"聪明！"

戴穆天刚要找托词，被郑洁止住。

"你别急着躲，先出来谈谈嘛，我也好久没和你见面了，有点好事儿要告诉你呢！"

"你……不会带沈慧嘉一起出现吧？"

"放心，没那么快！我都没和小沈提过这事，怕一说就没有回旋的余地了。"

戴穆天这才放心，晚上欣然赴约。

毋庸置疑，这顿饭的主题自然还是戴穆天的终身大事。他一边享受美食一边听郑洁给自己洗脑，郑洁说话做事都很直爽，目的明确，简单明了。

简述完沈慧嘉的种种优势后，郑洁见戴穆天依然无动于衷，便有些怒其不争的意思。

"小天，你倒是给我说说看，你究竟对她还有什么不满？眼光也不能太高，天上的仙女毕竟只是传说，做人还是要现实一点你说是不？"

"我没什么不满意，可我对她真没感觉，这种事也不能勉强吧。"

郑洁的耐心差不多到头了，狠狠白他一眼："如果不是因为你是我弟弟我才懒得管你！小沈人真的不错，好姑娘不是这么让你浪费的！"

戴穆天笑着摇摇头。

郑洁忽然灵光一闪，阴恻恻盯着他："说实话，你是不是心里有人了？"

第八记：摇摆的钟

戴穆天一惊，嘟哝："不知道你在说什么。"

"得了！你刚才那表情我看出来了，很不同寻常，你肯定是有人了，对不对？行啊，小天，姐姐我掏心掏肺为你的大事奔波，你居然还瞒着我！赶紧交代！"

郑洁的强势可不是盖的，万一得罪了她，戴穆天就别想有清净日子过了，他叹了口气，把自己追求梓晴的事儿婉转地说了出来。

郑洁听得瞪大了眼睛："原来你真的喜欢上那丫头啦！难怪人常说近水楼台先得月呢……那俞梓晴什么态度？"

"她还在考虑。"

"考虑？这算什么意思？"郑洁精明地转了转眼珠子，"她既然这么犹豫，肯定是在算计你呢！"

戴穆天听着不舒服："不至于吧，她只是……只是还没把脑子里的弯儿给转过来。"

郑洁敲敲桌子："行就行，不行就算，有什么好多想的！小天，我看你还是放弃算了，你人老实，落到这种女孩子手里，非被生吞活剥了不可！"

戴穆天嘀咕："你前阵子不还挺看好我们的。"

"我又不知道她心思这么多！再说了，你说她现在对你没感觉，你能保证她以后对你一定会有感觉吗？你俩认识都这么多年了，要能成早成了！"

戴穆天无话可说，但他那一脸倔强的表情让郑洁明白，这事没有可以商榷的地方，他不说话不代表屈服，只不过表明他不想再和对方争执。

戴穆天不想再聊自己，反问："你不是说有好事要告诉我？"

"哦，我差点儿忘了，"郑洁眉眼立刻舒展，"我有男朋友了！今天先通知你一声，过阵子我让他请你吃饭。"

戴穆天多少瞠目："这么快？"

"我这也算快？告诉你，刘东的第二任老婆就快临产了！"

"我反正是搞不懂你们！"

"你要能搞得懂，还能到这岁数还晃晃悠悠不着急?"

"说你呢，怎么又扯我身上来了——姨妈一定很高兴吧?"

"也就那么回事吧，她对刘东还念念不忘的样子呢!"

"刘东人确实还不错。"戴穆天客观评价，"尤其对你。"

郑洁瞪他："你们就知道帮外人——他出轨在先你们怎么都不说了?"

戴穆天耸肩，表示无奈。

两人沉默地吃了一会儿，郑洁忽然幽幽叹息一声。

"最开始吧，我以为男人对诱惑是没有任何抵抗能力的! 后来发现这其实是个智商问题，聪明的男人明白什么对自己是重要的，所以懂得取舍，敢对诱惑说不，笨男人就不一样了，只顾眼前那一点蝇头小利，谁给好处都伸手拿，把日子过得一团糟。再后来，我又觉得，这个问题跟智商好像关系也不大，似乎是个情绪问题：就算很聪明的男人，如果生活得不开心，对明知有麻烦的诱惑也会照单全收……明知故犯。"

"你……这算是对刘东的忏悔?"

"不，我只是对上一段婚姻做一点无聊的总结。"

戴穆天觉得郑洁这段话挺有意思，便问："那女人呢? 你有没有也总结一下?"

郑洁挑挑眉："女人比男人简单多了。结婚的女人，不结婚的女人，无非这两类而已。女人里有天生就是贤妻良母的，这类人以结婚为一生最重要的事业，不管这门婚事是龙门还是天坑，跳起来那叫一个义无反顾。另一类就精明多了，结不结婚只是生活的一种方式，关键问题在于是否能让自己活得舒心，所以这类女人呢，说好听点儿叫自我，说不好听了，就是把自己当商品，待价而沽，哪里有好处就往哪里去——你的俞梓晴大概就是属于后面这一类人。"

戴穆天想都没想就反驳："错! 她是前面那一类的，将来我证明给你看!"

"嚯嚯! 你显得好有信心的样子! 要不这样，咱俩打一个赌怎么样?"

第八记：摇摆的钟

　　戴穆天一口拒绝:"她不是用来赌着玩的……即使我输了，我也希望她将来能过得幸福。"
　　郑洁愣了半天，才道:"以前我真是看错了你，以为你什么都不在乎的，没想到还是一情圣！"

第九记：兜兜转转

久未联络的尹畅忽然打电话给梓晴，说有个工作机会要介绍给她。

"盛化，你听说过吗？美资，做汽车配件的，前景不错哦！他们有个内部供应链管理的职位空出来了，正招人呢！我觉得你去蛮合适的。把零散流程理顺不一直是你的强项嘛！"

被她这么一提，梓晴确实觉得，是时候找工作了，这一段日子在家歇得，四体不勤，五谷不分，浑身的骨头都快酥掉了。

她接受了尹畅的建议，决定先去面试看看，又问尹畅："你最近有空吗？出来聊聊吧。我都好长时间没见你了。你整天和男朋友黏一块儿不腻歪啊？"

尹畅笑着答应出来与她一起喝茶。

两人重新坐在以前经常去的那间咖啡馆，照例是工作日的午后，咖啡馆里除了她俩就没几个人。

那时候梓晴已经经过了一面，处于等消息期间，据尹畅说没什么问题，她和对方公司招聘部门的经理有点交情。

"再说你本身的背景也不错。"

第九记：兜兜转转

"不错什么，你别忘了，我是被原公司裁出来的。"梓晴心灰意冷。

"这有什么，谁规定被裁过的人就不能找个好工作了——告诉你，我也想跳槽了。"

"为什么呀？"

"我现在的工作太忙了，简直不是人干的。我和方瑜打算年底结婚，结了婚说不定很快就会有孩子，我得给自己找个宽松点儿的环境，为未来做做准备，不能再这么没日没夜死拼下去了。"

梓晴羡慕："你可算熬出头了。"回顾这半年的时光，又很有些感慨，"咱俩上一回坐在这儿的时候，你单身，我呢还有男朋友，这才几个月，忽然全变了。你越来越好，我呢，一无所有。"

尹畅安慰她："你别灰心，过日子总是这么起起伏伏的，你现在是掉在谷底了，还能坏到哪里去？往后肯定是往坡上走，会一步步好起来的。"

"谁知道呢！"

"纪明皓后来有没有再找过你？"

梓晴不愿多谈伤心往事，摇了摇头。尹畅从她表情中判断着，估计这段感情是不会再有戏了，便道："不是我放马后炮，他那样的男人，如果不是特别精明的女人肯定镇不住。男人越优秀，对女人的要求也越高。"

这番话虽意在安慰，梓晴听了却很不舒服，好像她很差劲似的。

"那你觉得，什么样的人才适合我呢？"

"当然是能够体贴你的，为你分忧解难的人啦！比如说方瑜吧，他不帅，也算不上什么精英，老老实实本本分分的一个人，可他对我是全心全意的好，对女人来说，这就足够啦！一个男人再好，可你在他心里永远只占一个小小的百分比，那又有什么意思呢？"

梓晴听得出神，思路一下子被尹畅打开。

"尹畅，你觉得……"梓晴欲言又止。

"什么？"

"没，没什么。"

梓晴很想和尹畅聊聊戴穆天，但碍于之前给两人牵线的事，又实在有点说不出口。

尹畅失望地扫了她一眼："你有话就说嘛，对我还有什么好隐瞒的？"

话都到梓晴嘴边了，她要再咽回去也确实有点难受。

"嗯，是这样，假如，我是说假如啊，有两个人，他们……"

"一男一女？"

"对对，一男一女，这两人从小就认识，一直到成年，然后呢，就有这么一天，那男的忽然对女的说，说他喜欢对方……"

尹畅双眸晶亮："你是在说你和戴穆天？"

"不，不是！"梓晴脸一红，磕磕绊绊掩饰，"是别的人，女的是我同学，中学里的——你觉得，这种事可信吗？我是说，他们平时一直是关系不错的同学，冷不丁感情就变味儿了。"

"这有什么好怀疑的？只要那两人没有血缘关系，做情侣也是得到法律保护的！"

"我不是说情理上的问题，我的意思是，这种事真的会发生？还是那男的一时冲动了脑子犯糊涂？"

"你不是说他俩很早就认识么？要冲动不早就冲动了？"

"那不一样，学生时代没压力，但年纪大上去之后就会有很多别的因素要考虑了，比如父母逼婚，或者自己觉得寂寞什么的。"

"那男的很差劲？"

"当然不是啦！"梓晴皱皱眉，"我就是对整件事觉得奇怪，按说感情是双方面的，对吧？如果这男的对我，我那同学有意思，我同学不可能一点都察觉不出来啊！"

尹畅说："这不见得，每个人的情商不一样，也许男的一方早就有这心思了，只是你那同学先天情商不够，反应迟钝，以至于事到临头会大吃一

第九记：兜兜转转

惊。"

梓晴怔了会儿方说："你的意思是我……同学比较笨？"

尹畅摊手，又问："你同学既然知道了，除了吃惊，她有没有别的什么想法？"

"她……现在想法很乱。"

"脑子不够使了。其实挺简单啊，如果男人不错就先接受了试试看嘛！"

"可万一搞砸了呢，不是以后连朋友都没得做？"

"做任何事都会有风险，她要是这样瞻前顾后，我看还是算了，别拖累了对方，反正我觉得那男的挺好，勇敢大方——哎，如果是戴穆天和你的故事就好了，我肯定支持他！嘿嘿！"

"你开什么玩笑！"梓晴挤出一个跟哭差不多的笑容来。

又过了一周，梓晴的工作很顺利地敲定了。

虽说梓晴的志向不在打工，但人有了一份工作，哪怕不是自己中意的，也就等于有了一个归属。以后又得朝九晚五有规律地去上班，虽然无聊，却能够给人足够的安全感。活着，安全感还是蛮重要的。

眼看她的生活终于又踏入正轨，俞妈妈甭提有多高兴了，晚上借着整理衣服的机会特意到女儿房里来坐一会儿。母女俩聊着聊着，这话题不知不觉地就跑到纪明皓身上去了。

"小晴，你之前心情不好，我也就一直憋着没问，免得给你添堵，不过这都过去快两个月了，你总可以告诉我你们到底是怎么回事了吧？"

"妈，你别问了，我不想说。"

"哎，你这孩子，事情不都过去了。再说了，我是你妈，我总得有个知情权吧？"

梓晴不悦道："既然事情过去了，为什么还要去提它呢！反正我和他已经结束了，你非要让我说，不是等于揭我的旧伤疤？不，比这还严重，是往我伤疤上撒盐！"

俞妈妈一听，这罪名可大了去了，自己养的女儿自己知道，梓晴要是发起牛脾气来那真不是好惹的。

"你不想说就不说，干吗吓唬我呀！我还不是为了你好？哎，孩子大了，就嫌当妈的烦人了，我这是何苦呢！"

俞妈妈唉声叹气出了房门。

梓晴呆呆地靠在床头，好心情荡然无存，她有点懊恼自己对母亲的态度，其实就算告诉妈妈真相也没什么不可以的。她这么讳莫如深，无非是在心理上仍然接受不了，觉得那对自己而言是一个耻辱。而让她更觉得不是滋味的是，她倏然间发现，自己对纪明皓竟然依旧不能释怀。

这是因为她还爱他，还是因为她还恨他呢？

她心乱如麻，自己都说不清楚。

头一天下班回家，客厅的茶几上堆了几大盒花花绿绿的礼品盒，梓晴抓起来一看就乐坏了。

"天津十八街麻花！妈，这是你在哪儿买的？"

俞妈妈在厨房里高声回答："不是买的，是小天下了班送过来的！"

乍一听到戴穆天的名字，梓晴的心脏还咯噔跳了一下，她放下盒子进厨房。

"戴穆天今天来过？"

"是啊！说给你送点儿吃的来！"

"他还说什么别的了吗？"

"没有，放下东西就走了，我让他留下来吃晚饭都不肯！"

梓晴心中暗生感激，万一戴穆天留下来，两人坐一桌吃饭，她肯定觉得压力山大。

回到自己房间，梓晴拨了戴穆天的号码，他很快就接了。

第九记：兜兜转转

"你又出差了？"

"没有啊！你是说麻花吧？"戴穆天笑笑说，"我们部门有个兄弟去天津培训，我让他带的。上回我去也给你带了两盒回来，你不是说好吃要我以后再给你带么？"

"是吗？我都忘了呢——谢谢你！"

"呵呵，你忽然变得这么有礼数我都有些不适应了。"

梓晴以前不觉得，仿佛她让戴穆天帮忙是天经地义的事，可自从戴穆天向她表白之后，这种心境就彻底变了，她居然也不好意思起来。

"我以前是不是对你太凶了？"

"你说呢？"戴穆天的语气却是极为愉快的。

梓晴真心道："如果可以重来一遍，我一定会对你态度好一点儿。"

"重来一遍是不太可能了，如果你有心忏悔，不如就这辈子以身相许吧。"

幸亏是打电话，否则两个人肯定都能发现对方成了大红脸，这或许是戴穆天有生以来说过的最露骨的调情的话了，而话一出口，立刻就觉得胸口有股滚烫的感觉，真想现在就出现在梓晴面前，把她拥入怀中。

梓晴却不吭声。

戴穆天有点紧张："梓晴？"

"嗯。"

"我没有逼你的意思。"

"我知道。可我真的还没考虑好。"

戴穆天无声叹了口气："好吧，什么时候你想好了记得请我吃饭，我买单。"

有天中午，梓晴用过午餐后，从餐厅返回办公楼，在二楼走道里恍惚看到一个让她心惊肉跳的背影，在副总的带领下正往楼下走。

她疾步追上去，仓促的脚步声惊动了前面行走的那一干人，他们回头扫了她一眼，而梓晴的眼睛只看到了纪明皓。

　　纪明皓是这家公司的重要客户之一。

　　梓晴觉得自己越来越笨了，盛华很久以前就在纪明皓的合作伙伴名单上了，自己怎么一点都没想到呢！

　　站在公司大楼草坪的一角，梓晴听完纪明皓的解释后，冷着脸问："这么说，尹畅也知道这件事？"

　　"不，她不知情。之所以通过她是因为你比较容易接受，如果一开始你就知道是我……"

　　"可我现在不还是知道了！"梓晴胸口起伏不定，又生气又无奈，想想实在不甘心就这么被他摆布，赌气说，"行了，我一会儿回去就辞职！"

　　纪明皓一听，忙拦住她："你不要冲动！这份工作说到底还是你自己争取到的，我不过是给你打了声招呼。再说，尹畅现在还认为是她做的中间人，你如果走了，她肯定会不高兴。"

　　显然他都深思熟虑过了，梓晴闷闷的，一方面生气，一方面，她的心竟不自禁软下来些许，一时回不上话来。

　　纪明皓面露懊恼之色："我早该知道你脾气，真不该把实话都告诉你。"

　　梓晴来气："你都瞒了我多少事儿了，现在咱俩已经没关系了，你居然还想要骗我！"

　　纪明皓笑道："最后不还是没骗成么！梓晴，什么时候我们一起……"

　　"打住！"梓晴瞪他一眼，"这事儿我忍了，就当我什么都不知道，但别的事对不起，什么都没改变，免谈！"

　　纪明皓做事，分寸把握得很好，什么时候该放，什么时候该收，他都一一谙熟于心。在梓晴最为愤怒的那一刻，他同意了分手的建议，因为知道那时候辩解挽留非但无补于事，反而有可能会更加激怒梓晴，让她说出

第九记：兜兜转转

更为决绝伤人的话来。

他等了足够的时间，估计梓晴的怒气平复得差不多了，便以工作为诱饵小试牛刀，梓晴果然不再像之前那样对他白眼相加，连话都吝惜于多说了，这种态度上的微妙转变让纪明皓意识到，重启谈判的机会来了。

梓晴对纪明皓的精明一向是了解的，否则他不可能在竞争激烈的职场左右逢源如鱼得水，但梓晴对纪明皓的了解又是不够全面的，她不知道纪明皓成功的另一秘诀在于他志在必得的决心。

于是，她刚刚消化掉纪明皓给她工作机会的别扭感没两天，纪明皓的面孔就再次出现在她眼前。

那天下了班，梓晴毫无防备地回家，推开家门的瞬间，就察觉气氛不太对头。

俞爸爸和俞妈妈都正儿八经在客厅的沙发里坐着陪客，梓晴定睛一看，来者不是别人，居然是纪明皓，她一时震惊地说不出话来。

俞妈妈带着一点小心翼翼的表情招呼她："小晴，明皓来了，说想跟你谈谈。"

俞妈妈还以从前的方式称呼纪明皓，表明她显然是站在和事佬的立场上的，梓晴待要发作，当着父母的面又没法过分无礼，冷冷地低着头，踢掉脚上的高跟鞋，趿了拖鞋往自己房间走，谁也不看。

纪明皓不说话，安静地坐在沙发里，嘴角含着微笑，一副逆来顺受的表情。俞妈妈和俞爸爸面面相觑，又同时对纪明皓露出歉疚的表情。

俞妈妈起身说："老俞，你陪明皓坐坐，我去劝劝她。"

纪明皓及时叮嘱："阿姨，您别为难她。"

俞妈妈进了梓晴的房间，她正把包里的杂物一样样摆到桌面上，摆得乱七八糟，毫无头绪。

"小晴啊，明皓在外面呢，人家既然来了，你总得出去见个面吧。"

"他来干什么？"梓晴怒，"他还有脸来咱们家！"

"他是诚心诚意来向你道歉的。"

"用不着！我早说了我跟他没关系了！"

见女儿横眉立目，一副蛮横相，俞妈妈禁不住皱眉："你这孩子吧，真不是我说你，这脾气也得改改了。有理说理，你躲这儿发脾气有什么用！"

梓晴绷着脸，把刚掏出来的杂物又一件件塞回包里，俞妈妈也不说她，只和颜悦色地劝："明皓下午就过来了，和我们聊了半天呢！他把你俩那些事儿都原原本本告诉我们了！"

梓晴面露迟疑之色："他怎么和你们说的？"

"你直接去问他不就好了。"

梓晴又低头收拾东西去了。

俞妈妈说："虽然明皓那件事有不妥的地方，但你一点不让人家解释就要求分手，你这么做也不妥当啊！两个人相处要都像你这样一碰就断，这世上还能剩几对夫妻？"

梓晴火气顿时又上扬："什么叫不妥当？你知道他都干什么了吗？"

"我知道啊！"俞妈妈神色不改，"你知道吗？"

"我……"梓晴一时语结，眼见妈妈如此淡定，似乎其中有自己不知道的细节，她不免纳闷。

"所以我说你得改改脾气了，连事情怎么回事都没搞清呢，就像个炮筒似的一点就着了！"俞妈妈也不多责备，推推她后背，和颜悦色劝，"去吧，去跟明皓好好聊一次，等聊完了，你还是认为该分手，我和你爸爸也不拦着你了。"

等梓晴终于肯和纪明皓面对面坐着了，俞妈妈立刻很自觉地拉着俞爸爸出门，给他们让出交流的空间。

第九记：兜兜转转

纪明皓搓着手，语气柔和地先开了口："对不起梓晴，我今天不请自来，实在是因为我想不出还能有什么别的办法能和你见上一面，就索性，索性来了个负荆请罪。"

梓晴无视他的歉意，直截了当问："你怎么和我爸妈说的？"

"我把实话都告诉了他们。"

梓晴冷笑："你和Tina的事儿？你脸皮还真够厚的。"

纪明皓并不觉得难堪，沉着地说："对，我把我和Tina的事，还有你对我的误会都如实告诉伯伯和阿姨了。也得到了他们的谅解。"

梓晴郁闷："那种事他们也……"

"梓晴，我和Tina不像你想的那样。"

他一边说，一边偷眼观察梓晴的神色，以往他一说到这儿，梓晴就会粗鲁地打断他，不过这次她没有，虽然别转着脸，但两只耳朵可都警惕地竖着呢。

"那天早上之所以没坚持向你讲明，是你正在气头上，我说了你也不会信。"

梓晴依然没有出声，既然都到这份上了，就听他怎么说的呗，反正说什么在他，信不信在自己。

纪明皓暗暗舒了口气，能够不被打断地讲话感觉真好耶。

"Tina那天的确是在我家，但我没有做对不起你的事，因为Tina早就结婚了，她有丈夫，还有个三岁的儿子。"

梓晴的表情明显起了变化，她从不知道Tina居然是有夫之妇。

"至于她来我家的原因……是因为她经常遭受丈夫的家暴。"

梓晴更加吃惊，她承认这剧情扭转得完全脱离她的构想，以至于连先前那点残存的怨气都没了，她把脸转回来，诧异地看向纪明皓。

纪明皓继续说："你也知道，我和Tina是在工作中认识的，因为业务的关系，我们接触得比较频繁，她人很聪明，脾气又爽快，所以我们合作得挺愉快，不过我们从不过问彼此的私事，直到有一次，我无意中发现她脑门上有伤，就多嘴问了一句，她当时大概心情不好，正想找个人倾诉，就一股脑儿告诉了我，说着说着还哭了。她说她丈夫脾气粗暴，疑心又重，经常怀疑她在外面行为不检点，对她大打出手，她伤得严重的时候不得不连工作都暂停。"

"她为什么不报警？"

"要面子吧。而且他们毕竟还有个孩子。她丈夫非常疼爱孩子，一般情况下对Tina也很好，除了时不时会发一下疯。"

"你就是这样被卷进去了？"

纪明皓点点头："对我来说是个偶然，但一旦听到了，好像就脱不开关系了。Tina她从来没把这个秘密告诉过任何人，所以后来只要她一遇到那方面的麻烦就会向我倒苦水，虽说我给她的建议她也没听多少。"

"这么说，你屡次与她见面、吃饭确实并非都是因为工作了？"

"对。"

"你和她的关系，真的就这样简单？"梓晴打心眼里是不信的。

"不是，情况要比这复杂——Tina她，对我有好感。"

梓晴没想到纪明皓竟如此坦然地承认了。

"她亲口告诉你的？"梓晴都没有意识到自己口气里的妒意。

纪明皓轻轻点了点头，他很清楚，今天如果不把情况和盘托出，梓晴是绝不可能对自己重建信任的。

"那你呢？别告诉我你是柳下惠，可以坐怀不乱。"她面含讥讽之色，心里却着实不平静起来，既怕纪明皓点头，又担心他不敢承认。这会儿她几乎把两人分手的事都忘了，仿佛他们之间并没有那两个月分开的断层。

纪明皓沉吟着，口气非常谨慎："我很同情她，希望能为她做点儿什么……"说到这里，他忽然面露惭愧之色，"但我也不能说对她一点想法都没有。这件事我一开始没能理直气壮向你说明，因为我也有错。"

第九记：兜兜转转

梓晴心里涌起阵阵酸意和难过，这颇令她意外，她还以为自己对纪明皓已经完全释怀了呢！

纪明皓陷入难堪的回忆："那天晚上，她和她丈夫又起了冲突，她逃了出来，没地方可去，就来找我，她说她不想回家，她再也受不了了。"

梓晴板着脸，沉默地听。

"我没法赶她走，只能收留了她。她受了不小的刺激，我们聊了很长时间，后来……"

梓晴的心忽然扑通扑通跳得激烈起来，两个月前那苦涩绝望的滋味再次从心底泛起，她真想冲上去堵住纪明皓的嘴，不让他把话说完，可理智阻止了她。

纪明皓也表述得相当困难："她说她很感激我，只要我愿意，她什么都可以。"他的语速骤然加快，"但我什么都没干。在最后一刻我清醒了，我明白我要的是什么，如果我和她做了什么，那我就会永远失去你——梓晴，我爱的是你，那天晚上我尤其清楚这一点。"

梓晴怔怔地听着，仍在回味那潮起潮落的忧伤。

纪明皓却在不知不觉中移到她面前，轻轻攥住了她的手。

"如果你问我对你有没有动摇过，我会说有，因为我不想虚伪地欺骗你。但我很快就明白，那只是一时之间的生理冲动，不是我真正想要的。我想要的一直是你。如果不是Tina的出现，我可能意识不到这一点，也意识不到以前我多少有些忽略了你。可那天晚上，我真的想明白了，我一直爱着你，梓晴。所以我根本做不到放弃你，这段时间，我一直在寻找机会，希望你能听我说说心里话，也希望我能做点什么来弥补过去对你造成的伤害。"

他的手里变戏法一样多出来一个首饰盒，他当着梓晴的面打开，里面是一枚铂金钻戒。

"这枚求婚戒指其实我买了很久了，本来想等你生日那天给你个惊喜，没想到中间出了这样的事……梓晴，我的心意今天都如实告诉你了。我得先谢谢你，愿意听完我的解释。至于结婚的事，我刚才也向伯伯和阿姨表态了，希望能尽早举行。但这只是我单方面的意思，决定权在你。"

他双眸充满诚挚，一眨不眨凝视着梓晴："不管你做什么样的决定，我都接受。"

梓晴看看半跪在自己面前的纪明皓，又转眼瞅了瞅他举在自己面前的戒指，忽然觉得面颊上痒痒的，用手指一钩，居然全是泪。

她头脑里如此混乱，所有的防线都已坍塌，原本顺畅的思路也都失去了方向。

"我……"大颗大颗的泪珠接二连三从眼眶中滚落，视野很快就模糊起来，她哽咽着说，"我恨死你了。"

也不知道是纪明皓拉了她还是她主动扑进了他的怀里，反正梓晴很快就发现自己埋在他胸前哭得上气不接下气。

所谓解铃还须系铃人。这些日子来她所受的委屈，强行点缀起来的坚强，都抵不过在他怀里这一场恸哭来得大快人心。

纪明皓紧紧搂着她，像哄孩子一样轻拍她的后背，尔后，他缓缓地又是极欣慰地长舒了一口气。

第十记：成本淹没

等待总是折磨人的，尤其是满怀期待的等待更令人煎熬。但戴穆天深知，有些事情必须要有耐心，小不忍则乱大谋啊！

于是，他继续安静地等待着俞梓晴，那种心情很是微妙，犹如等待种子发芽，等待风信子开花，等待稻子灌浆，成为颗粒饱满的粮食。他相信这是一次意义伟大的等待，关系到他一生的幸福，而等待的终点站，必有美好的收获等着他。

每天，他乐悠悠地上班、下班，玩游戏，打篮球，睡觉，一点都看不出内心焦虑的样子。戴妈妈虽然不知道儿子正在悄悄经历一场重要的酝酿，但他整天优哉游哉，一点不为自己终身大事上心的态度还是惹恼了做母亲的。

看见儿子坐电脑前打游戏，她忍不住心烦意乱："哎呀，你出去做做运动不好吗？非要成天在家里猫着养肉？再这么胖下去，真要找不着老婆啦！"

好吧，那就去打球！

等戴穆天捧着篮球，浑身汗淋淋地回到家时，她妈照旧心烦意乱："你怎么又去打球了？有那功夫就不能出去和姑娘见个面？照你这样挑三拣四下去,好女孩都叫人挑没了,我看你将来怎么办?"

戴穆天一边在家里的地板上运着球,一边调侃母亲:"妈,您最近好像老看我不顺眼啊!"

戴妈妈朝他翻一个白眼:"谁让你一点不着急!为了给你找个女朋友,我嘴皮子都给磨破了,你倒好,一点情不领,好像找媳妇是我一个人的事儿!"

"婚姻大事急不得,有个水到渠成的过程不是?等时机一成熟,该来的自然就来了!"

戴妈妈轻轻啐他:"呸!你就躺床上做白日梦去吧!看天上能不能给你掉个老婆下来!"

戴穆天乐:"行!那您好好看着,没准哪天真掉一个下来,您可别给吓着了!"

他把球抛到角落放好,转个身准备去冲澡,戴妈妈恨恨地说:"你就一点也不为妈着想,今天我又碰到小晴妈了,她那得意的样儿都快飞天上去了。"

戴穆天精神一振:"您碰见俞阿姨了?"

"可不是!"

"她高兴什么呢?"

"还能高兴什么!当然是闺女要嫁人了呗!臭小子,这下我可落后人家一大步了!全让你拖累的……"

"谁要嫁人?"戴穆天愣愣的,心里有个什么东西在迅速旋转。

戴妈妈以为儿子存心要气自己呢,怒道:"当然是俞梓晴要嫁人了!"

戴穆天一下子心乱:"她……要嫁谁?"

"嘿!你这问得多新鲜啊!当然是嫁纪明皓啦!"

"……不可能!"

"什么不可能!她和纪明皓不一直……"戴妈妈忽然发现儿子脸色铁青

第十记：成本淹没

地冲进房间，一时没闹明白怎么回事，"小天，你怎么了？小……"

戴穆天把房间从里面给锁死了。

他像个没头苍蝇一样在房间里找自己的手机，越是着急还越是找不到，一边在心里告诫自己要镇定，这种老太太们口口相传的小道消息不见得是真的，自己可不能先乱了阵脚。

好容易从床尾的一堆杂物里把手机给翻出来，他努力让呼吸匀称了，才拨通梓晴的号码。

等待的嘟音一声声响起，梓晴却迟迟不接。

那一声声机器发出的音不紧不慢，又清晰得不带半分含糊，犹如夏日打在芭蕉叶上的雨滴，均匀厚重，戴穆天觉得自己的心也如那蕉叶，时时有被击破的危险，而每拖延一秒，他心里的阴云就浓郁一分，自信在不断瓦解。

答案就藏在这无情的声音背后，现在他亲手去揭开，然而已经感觉不到收获的惊喜。

他闭上眼睛的刹那，梓晴接了电话。

"戴穆天？"她的声音怯怯的，像做了错事，这给了戴穆天更加糟糕的感觉。

"是我。"他尽量让自己平静，"我刚听说了一个消息，关于你的。"

梓晴的沉默忽然让他意识到已经没有必要再求证了，但话说到一半，不能半途而废。

"听说，你要结婚了？"

"……是的。"

亲耳听到肯定答复的一刻，戴穆天的心还是瞬间凉透，后背的汗也像冻住了似的，让他不寒而栗。

"和……纪明皓？"

"对。"

两人一时都找不到合适的话来讲。

梓晴想了想说："对不起，小天。我本该早一点告诉你的，但我……不知道该怎么说。"

她居然改叫他小名了，好像这样他就能感觉好受些似的。

"为什么？"他问得直截了当，他需要知道原因。

"前两天……他来找我，解释了误会。我发现……我还喜欢他，我……不能放弃……对不起。"

她把这段无情的话讲得支离破碎，可戴穆天还是明白了。

她还爱着纪明皓。

他能说什么呢？

他不说话，她也不说，两人沉默地持着手机，像在比赛小时候常玩的木头人游戏一般。梓晴的心中想必充满愧疚，但这样又有什么用，它依然无法挽救戴穆天此刻的心碎。

沉默得越久，沉默后面所隐含的力量就越可怕，仿佛随时可能爆炸。

在这样伤心的时刻，戴穆天却毫无来由地想起梓晴小时候的一件事来。

那时他俩刚上一年级，又是首度成为同桌，上课时，梓晴老喜欢乱动，还把垃圾扔到戴穆天的课桌里，他很不高兴，就报告了老师，老师自然把梓晴批评了一顿。这下可把梓晴惹恼了，她乘着戴穆天写作业，偷偷在他的蓝布衬衫上画了个小丑。这是戴穆天最喜欢的一件衬衫，放学时他才发现被俞梓晴"毁容"了，一路哭着回了家。

戴妈妈领着儿子下楼去讨公道，恰好那天俞爸爸俞妈妈有事出去了，就梓晴一人在家，开了门见是戴穆天母子俩，小丫头立刻明白所为何来，一张脸蛋上色彩纷呈，本能地就要把门关上，但戴妈妈已经一脚踏进门来。

"我爸爸妈妈不在家。"梓晴哭丧着脸想躲。

"我不是来找你爸爸妈妈的，我是来找你的。"戴妈妈把儿子拉进门，"小天这衣服上是不是你画的，小晴？"

第十记：成本淹没

梓晴不理她，躲得远远的。

戴妈妈走过去想拉她，可梓晴机灵得像条泥鳅，两人围着桌子转了好几个圈，戴妈妈连她的衣角都没沾着，愣是给气乐了。

戴妈妈说："你这小丫头跑什么啊！我又不会吃了你！我来呀，是要告诉你，你和小天是朋友，现在又是同桌，你俩得相互友好，不可以欺负人，知道吗？"

梓晴隔着一张桌子的距离，一脸警惕加惧怕的表情，言不由衷地答："知道了！"

戴穆天在她对面看着她那副无所依傍的模样，顿时觉得她挺可怜的，轻轻扯扯妈妈的衣袖："妈妈，咱们回家吧。"

等母子俩走到门口了，梓晴忽然怯生生问："阿姨，你会告诉我爸爸吗？"

那会儿梓晴最怕爸爸，爸爸凶起来可是要揍人的。

"暂时就不告诉了。"戴妈妈又一次警告梓晴："但你以后不能再欺负小天啦！"

"嗯！"梓晴如释重负地点着头。

现在，她大概也怀着与当年类似的战战兢兢的心情，捧着手机不敢妄动吧。

就是这样奇怪的一转念，戴穆天忽然决定原谅梓晴。

她最终选择了纪明皓而非自己，但那也不是她的错，她从来也没有爱过自己。谁先爱上，谁就输了，即使失恋的苦果，也只能由自己来吞，和梓晴没有半点关系。

戴穆天轻轻笑了笑："那么，恭喜你！"

梓晴抽了抽鼻子，带着一点哭腔说了句："谢谢你，小天！"

这一通仿佛有一个世纪那么长的通话就此告终。

戴穆天丢掉手机，忽然感觉精疲力竭。

是夜，戴穆天独自躲在酒吧里喝闷酒。

啤酒喝到嘴里跟白开水似的，没滋没味，他要了一瓶又一瓶，面前的桌子上很快就堆了四五个空瓶。等他起身去厕所时，才发现自己已经晕乎得走不动道儿了。

回去时，车自然是没法开了，好心的酒保给他叫了辆出租车。

司机问他上哪儿，他愣了好一会儿，报了个自己都觉得奇怪的地址，然后头靠在垫子上，昏昏沉沉睡了过去。

不多会儿，司机就把他叫醒："到了！"

他自我感觉挺清楚的，付了钱，摇摇晃晃下车，往左右瞧了瞧，还煞有介事点了点头，这就是他想来的地方。

他来过好多次了，知道往哪条路上走，也知道进大楼的门锁密码是什么，不费吹灰之力就站在上十二楼的电梯里了。

电梯的不锈钢门光滑如镜，他瞅了眼镜子里的自己，自我感觉良好：高大挺拔，形象不错。最重要的，他可不是来闹事的，而是揣着一肚子道理上门来的。

到了门口，戴穆天礼貌地按了门铃，然后双手交叉搁在前面，笑眯眯等门开。

俞妈妈疑疑惑惑的脸庞出现在他视野里。

"是小天啊，这么晚了，你怎么跑来了？"

他笑容可掬地打招呼："阿姨，您都换上睡衣啦！睡得真早——我来找梓晴，她在吧？"

他口齿清晰得让自己深为得意，这说明他一点儿也没醉。

"都十一点了，还早啊！小晴她睡下了。你，你喝酒了吧？"

"喝了一点，不过没醉。"戴穆天微笑着指指自己的嘴，"脑子很清楚。"

第十记：成本淹没

俞妈妈皱了皱眉："你这孩子，还说没醉！先进来吧。"

但戴穆天站着不动："我找梓晴，你能让她出来吗？我有点事儿要和她说说。"

"啊？可她睡了呀！到底什么事儿啊？你和阿姨说不行吗？"

戴穆天忽然意识到，梓晴一定是在躲着自己，这念头让他发疯，他猛地扯开嗓门朝屋里大喊："梓晴！俞梓晴！你出来！你怎么忽然这么胆儿小啦？你不是天不怕地不怕的吗！"

"哎哟，小天你这是怎么了！"

俞妈妈惊慌失措，唯恐惊动了邻居被人说闲话，忙上去拉他进门，但戴穆天抓着门框不肯进，脸上还带着笑："我不能进去的，阿姨，你还是让梓晴出来吧！"

俞爸爸出来了："怎么回事？是小天啊？怎么不进来说话呀？"

俞妈妈苦着脸，压低嗓门说："喝醉了呀这是！"

"哦，哦！"

二老正手足无措，梓晴出来了："爸，妈，你们回去睡觉吧，我和他说去。"

两人回头一看，早就睡下的闺女已经重新穿戴整齐了。

"没什么要紧的吧？"俞妈妈惴惴不安，毕竟是深更半夜了。

梓晴淡淡地说："没事，有我呢！一会儿我送他回去。"

"那你自己小心点儿啊！"

"嗯。"

自梓晴出现，戴穆天的目光就死死锁住她不放。

"你终于肯出来见我了？"他笑得心满意足。

梓晴不搭话，拽着他的手，拉他去电梯。

俞爸爸和俞妈妈虽弄不懂怎么回事，但从戴穆天的表情也看得出来他是受什么刺激了，早先他俩求着戴穆天给自家闺女排忧解难，现在他有难

上门，他们也没法多加干涉，果然是出来混迟早要还。

两人叹着气把门关上。

出了大楼，梓晴左右看看，小区里倒是有可以说话的亭子，可离居民楼那么近，这家伙一会儿万一撒起酒疯来，简直就是直播韩剧。

她放弃了在自己家门前谈判的打算，牵着戴穆天的手就往小区门外走，戴穆天这时候算踏实了，老老实实跟着她，梓晴说上哪儿就上哪儿。

两人在行人稀少的路上走了二十来分钟，前面是个街心公园，左边是郁郁葱葱的竹林，右边是一片草坪，几盏宫灯绕着草坪低垂，虽然难免蚊虫滋扰，不过倒是个说话的好地方。

"走，咱们去那儿坐会儿。"她推推戴穆天，后者认命地点了点头。

梓晴拉戴穆天在长条椅子里坐了，静静地注视着他，目光中有内疚，也有怜惜。这是一双纯粹女性的眼眸，既熟悉又陌生，戴穆天咬了下嘴唇，有股想哭的冲动。

他仰头，长久望着夜空。

夜色深重，露水悄起，打湿了他们脚下的草地，那氤氲的湿气又缓缓爬上两人的脚背，逐渐向全身蔓延。

陪他静坐了片刻，梓晴才开口问："你没事吧？"

戴穆天摇了摇头，他的心绪始终无法平静，但不再愠怒，而是满怀凄凉。

"我以为……"

梓晴不知道该说什么，她既无法改变主意让他开心，那此刻说什么都显得多余，她习惯性地伸出手想去安慰他，但终是忍住。也许正是她从前那一次次不避嫌疑的亲热举止才让戴穆天对自己产生了情感。

"我今天想了很久，我想不通，"戴穆天的脸红红的，眼睛也是红红的，就那样充满痛楚地望着墨黑的夜空，"为什么到头来你还是会选他？"

第十记：成本淹没

梓晴无法继续盯着他的脸，猝然转眸。

这时候的戴穆天全然忘记了在郑洁面前说的那些大方洒脱的话了，他的口气中充满深深的妒意。

"刚才我好不容易想明白了，是因为怕成本淹没对吧？"他凄怆地笑了笑，"我记得你和我提过这词儿。你们在一起三年了，你不想让这三年的感情打水漂，所以你原谅了他，不管你是不是还相信他。"

梓晴呼吸渐促，这一刻，她仿佛在面对两个月前的自己，那个咬牙切齿与纪明皓不共戴天的自己，她顿觉无地自容。

她无法否认，戴穆天的总结含有极其精确的成分，她重新接受纪明皓，一来因为纪明皓诚恳的姿态，二来因为她始终难以抗拒纪明皓身上那股迷人的气质，这气质当然是由他傲人的背景和出色的自身组合而成的，而第三个原因，便是因为他们曾有过的三年恋情。

梓晴今年27岁了，已经不算特别年轻，要她舍弃纪明皓，再找一个人重新开始，她实在没有信心还能找到一个如纪明皓般光彩夺目，但凡后面的一任不如前任，那她早晚会陷入追悔莫及的情绪里不可自拔。这种微妙的心理又怎能随便向外人说呢？

梓晴终于后悔从前那些把戴穆天当知己无话不谈的轻率行为了。

如果她从没把这些隐秘的心思与人分享过，那么现在她与纪明皓的复合堪称神不知鬼不觉，除了她自己，没人能提出异议，而自己，只要选择遗忘，就随时可以抛到脑后。

可她并不愿与戴穆天争辩，生平头一回，她默认他是对的，她接受他对自己的谴责。

戴穆天的语气蓦地转为悲愤："可你有没有算过我的成本？"

梓晴怔了一下，缓慢地转过脸来看他。

"你最多只是在纪明皓身上浪费了三年时间，而我呢，我今年28岁，从16岁算起，我爱了你十二年！十二年的成本！你能明白那是什么滋味吗?!"

　　梓晴瞠目结舌,她知道戴穆天肯定不是最近这两年才对自己有感觉的,但一下子追溯到那么久远的年纪,她立刻觉得形迹可疑了,男孩不是都比女孩晚熟么,更何况戴穆天在她印象中,那更是晚熟中的战斗机。

　　她的愧疚瞬间打折,忍不住蹙眉:"你可不能这么诓我啊!"

　　戴穆天笑:"你不信?好,我一件件讲给你听!"

　　他从初中第一次动心开始讲起,到高中时每一次的怦然心跳,再到大学期间努力用书信与她维系感情,最后是成年后一次次处心积虑的靠近。

　　如果梓晴不是他故事中的女主角,她一定会怀着兴奋的心情嘲笑戴穆天那些有点笨拙甚至称得上迟钝的行为,如果戴穆天喜欢的是另一个女孩,而且早年也能像她那样心无芥蒂地向对方倾诉的话,她相信自己一定会不遗余力给他出谋划策,争取让他早日抱得美人归。

　　可他所有感情的倾注方是自己,而她却什么都做不了,甚至连笑都笑不出来。

　　戴穆天最初讲述时还是羞涩的,也许,如果没有酒精的掩护,这些话即使烂在肚子里他都不会说出口,尤其不会说给梓晴听。然而讲着讲着,回忆的大门逐渐拉开,往昔的美好岁月在脑中的荧幕上一一闪现,他逐渐陷落进去,眼神迷离而温柔,声音也不再如开始时那样幽愤,他低低地诉说,带着与月色一样的朦胧。

　　梓晴由始至终都没有打断过他,而心中刚刚筑起的堡垒再次被冲塌,她被席卷而来的洪水带走,和戴穆天一起沉陷到他们共有的那些时光中。

　　她像被一次次惊醒,又一次次暗叹,原来事情是这样的,原来对同一件事的回忆,两个人的差别可以如此之大。

　　她又一次次地被感动着,原来在戴穆天那里,自己是那样好,好得简直像另外一个女孩。而她所记住的关于两人共同的回忆是什么呢?无非是

第十记：成本淹没

他的懦弱，还有自己的屡屡得逞。

震撼、激动、酸楚、难过，如此多的情绪竟在同一时间笼罩住了梓晴。

她安静地听，任泪水滚落面颊，掉在手臂上，又跌落在草丛里，她都没有伸手去擦拭。在戴穆天面前，她从不需要掩饰。

不知从哪里吹来一阵风，拂过戴穆天的面庞，清凉似水，酒意忽然冲淡，他愣了一下，停住絮絮的诉说，一时间竟忘了自己身在何地。

他看看身边安静得不像他认识的那个梓晴，再用手摸了摸额头，如梦初醒。

"对不起。"他的声音一下子恢复了平日那慵懒沉稳的腔调，他完全地清醒了。

"我不该来找你，更不该和你说这些，忘了吧。"他起身，"都结束了，这次是真的……我走了。"

他站起来，面对梓晴倒退着走了几步，仿佛要用特殊的目光最后打量她一次，幽暗的灯光中，梓晴分辨不清他眼眸里确切的神色，只觉得他离自己越来越远，最后一转身，因为太用力，还微微踉跄了一下，幸好没跌倒。

然后，他迈开大步，走了。

梓晴呆呆地坐着，魂不守舍，脸上的泪痕久久未干。

一向身强力壮的戴穆天居然因为醉酒而病倒了，连着三天高烧不退，班也上不了了，只能在家静养。这让戴妈妈又着急又纳闷。

"是不是出啥事儿了？"

"没事。"

"没事？"

戴妈妈可没忘记他跑出去喝酒前大惊失色的情形，想来想去似乎还和小晴那丫头有关，不是自己提到俞梓晴要结婚，儿子才变脸的吗？

　　这要按电视剧里的逻辑，那小天和小晴……不可能不可能！

　　戴妈妈赶忙打住思绪，这两人要能走到一块儿去，那可真得是冬天打雷热天下雪了，从小就打打闹闹，彼此没好脸色的嘛！尤其是小晴那丫头，凶得像只母老虎，将来谁娶谁倒霉！也不知道那姓纪的怎么这么不开眼，千挑万拣居然找了那丫头！只能说缘分天注定，他前世里估计是欠小晴的了。

　　咦？她刚才在想什么呢？怎么思路七拐八转就跑俞梓晴那丫头身上去了！这丫头过得好不好跟我有什么关系！

　　她摸摸儿子滚烫的脑门，心急火燎："没事你怎么无端端就病了呀？"

　　"生个病有什么新鲜的。"

　　"可你身体不一直好好的？"

　　"那我是人不？"

　　"废话！难道我还能生头猪出来！"

　　"那不得了，是人都得生病！"

　　戴穆天照例采取搪塞手段，蒙头大睡，其余一概不理。

　　戴妈妈没辙，儿大不由娘，你虽然生了他，可要想弄明白他脑子里的那些弯弯绕绕的回路，比登天还难。

　　"算了，不说拉倒！你好好睡，我给你炖点儿粥去！"

　　戴穆天这场病生得着实缠绵，好容易等发烧退了，又迎来一场气势汹汹的感冒，感冒收尾之时咳嗽又来兴风作浪，咳得腹肌疼痛，且把嗓子都咳哑了。

　　戴妈妈心疼："人都瘦掉一圈了！"

　　他还有心开玩笑："您平时老嫌我胖，生场病顺便把肥给减了，正好！"

　　"好什么！情愿健健康康地胖着，也不要病快快的瘦！"

第十记：成本淹没

戴穆天难得生病，再加上他妈妈广而告之的效应，把好些个亲戚都惊动了，大伙儿轮番上门来探望，搞得他颇不好意思。不过亲戚们和他没多少话讲，寒暄过后就和戴妈妈另觅空间谈论张家长李家短去了。间或有一两个夹带私货想乘机保媒的，正触到戴穆天的痛处，反正他正值病中，装傻充愣旁人也不好指责他什么。

郑洁差不多是最后一个上门的，看见她，戴穆天感觉上要轻松多了，打趣说："我都快好了你才来！是不是怕我把病菌传染给你啊？"

"快好的时候才更容易传染呢！我偏拣这时候来，你不夸我勇敢还跟我玩小人之心！白给你买这些好吃的了！"

戴穆天打开郑洁馈赠的大礼包，肉脯、坚果什么的一大堆，全是他爱吃的。他便笑："我好容易瘦下来，你又来给我增肥。"

郑洁仔细打量他，啧啧叹息："姨妈在电话里说你瘦我还不信呢！那么结实的肉哪能说没就没了！今天这一看还真是——老实交代吧，你是不是失恋了？"

戴穆天脸色迅速变了一下，立刻又嬉皮笑脸："是啊！我是失恋了，你别哪壶不开提哪壶行不行？"

郑洁瞟他一眼，不依不饶："俞梓晴不给你面子？"

"你就别问了。"戴穆天觉得自己脸上的笑都快撑不住了。

郑洁猛地拍案而起，把戴穆天唬得浑身一激灵。

"切！那黄毛丫头有什么了不起的！值得你为她这样！"

戴穆天脸都吓白了，低声央求："姑奶奶，你小点儿声，别把我妈招来！"

"你没告诉你妈？"

"有这必要么！"

"也对，是没必要！姨妈要知道了肯定得生气！算了算了，不提这破事儿了！"

戴穆天松一口气。

郑洁盯牢他："这一页，就算掀过去了？"

"嗯。"

郑洁指了指他胸口："真心话？"

戴穆天苦笑："不然还能怎么着。"

郑洁展开笑颜："那就好！怎么样？现在可以考虑小沈了吧？"

"你是不是性急了点儿？"

"没有啊！我也就是按部就班，你看你前面不松口的时候我有强逼过你么？现在你那段孽债也了结干净了，是时候找个正经姑娘好好谈婚论嫁了！"

戴穆天听得刺耳："什么孽债，什么正经不正经的啊！"

"总之就是那意思！你现在也该为姨妈想想了。"

"我没心情。"戴穆天闷闷地说。

郑洁表现出了极大的耐心，循循善诱道："现在是没心情，等谈起来不就有心情了！小天，你不知道你有多傻，放着好好的姑娘不去交往，偏要在一棵不开花的铁树上吊死！我问你，你懂什么叫谈恋爱吗？你知道什么是爱情吗？"

"我……"戴穆天语结，在经验丰富的表姐面前，他还真没什么发言权。

"还有啊！别以为好女孩都排队等着你呢！人家也都是处在婚嫁的年纪，一碰上合适的立马就嫁了，现在是市场经济，哪儿都有竞争！你是碰上了我，一直馋猫盯着耗子洞似的帮你看着呢！不过我可不保证能看住多久！"

戴穆天一边听郑洁唠叨，一边没滋没味嚼着杏仁。他并非不识时务之人，也明白亲戚们这样着急上火都是为了自己。以前他还可以对自己说他放不下梓晴，但现在，这唯一的念想也没了。

或许，真的到了必须彻底与从前了断的时刻了，而了断从前最有效果的方法莫过于重新开始。重新开始，去关注另一个女孩，疼惜她，爱她。

尽管戴穆天内心依旧有些茫然，但他们家的人都有务实的天性，执迷于从前没有任何好处，也许，他是该试着转过脸来，往前看了。

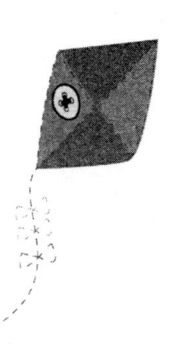

第十一记：继续生活

　　俞梓晴和纪明皓的婚礼定在十月初，纪明皓办事向来效率第一，一周内买好婚房，联系妥了家装公司，就等梓晴有空一起去挑拣合她心意的家具了。至于酒宴方面的琐事也全不用梓晴操心，由热情饱满的俞妈妈全权代理。
　　一切都有条不紊地进行着，向来活泼好乱出主意的梓晴却一反常态沉默起来，甚至有点魂不守舍。大家笑话她是得了婚前迷糊症。
　　纪明皓体贴地宽慰她："你什么都不用担心，一切有我。还有，结了婚，我会对你好的。"
　　可梓晴知道并不是那么回事儿，她从来天不怕地不怕，又何曾惧怕过婚姻，那曾是她一直以来最大的梦想。
　　她无法排遣掉的是一股久久萦绕在心头的失落情绪，不光失落，还有些惶然，好像做了错事，却不晓得该怎么弥补。
　　她几次想给戴穆天打电话，又不知道说什么好，她知道自己伤害了他，往事历历在目，就像掀开了遮蔽视野的荫翳，看清楚了内里——她看到的，全是小天对她的好。
　　她晚上常常梦见戴穆天，在梦里，他们激烈地交谈，但她总不记得都说了些什么,而梦境最后留给她的总是小天凄凉转身的背影,她醒来时眼里含着泪,久久无法平息内心的悲伤。

还有一件事让她震惊,在梦里,她明明是爱着戴穆天的,看见他离开自己,她的心情那样绝望,以至于每每无法自抑,竟然哭泣着从梦中醒来。相同的场景在梦里一遍遍演绎,她忽然分不清何为现实何为梦境了。

这段苦闷而彷徨的日子里,她简直怕看见纪明皓,他过分殷勤的笑容,他小心翼翼地征求自己关于婚房的布局、窗帘的颜色,还有他与俞妈妈商量宾客名单的场面,对梓晴而言都是难以言说的层层压力。

难道要再次掀桌毁约?

如果说以前还只是她和纪明皓两人之间的问题,那么在婚事商定以后,这就是两个家族之间的事了,要反悔势必会惊动两方面的长辈,她还没这胆量。

就这样苦闷地过了一段时间,恰逢尹畅邀她出去喝茶聊天,她正苦于无人可以倾诉,满怀期待地赴约去了。

原则上,她决定和尹畅只谈风月,不问正事,但意识告诉她,这是不可能的,因为她体内似在酝酿着一场火山爆发,炙热的岩浆肆意翻滚,随时有喷发的可能。

尹畅是个挺理性的姑娘,和梓晴刚烈直率的性格恰好互补,而且两人有个共同点,就是对彼此的金玉良言都能虚心接受,这也是她们这么多年友谊维系的基础。

尹畅自己的恋情正平稳而顺利地进行着,她是相信因果关系的人,所以对梓晴与纪明皓的复合乃至闪电订婚觉得很不可思议,但又不便多加评论,毕竟她不是当事人。

作为朋友,道贺是免不了的,一接到梓晴的口头通知,她立刻就去把礼物买好了,是一幅挺精巧的金箔画。

第十一记：继续生活

"也不知道你喜不喜欢，我是最怕挑礼物的，每次都挑到眼花。"

梓晴欣赏着画中牡丹饱满隆起的花瓣，点点头："很漂亮，谢谢你。"

尹畅这才放心下来："你喜欢就好——婚纱什么都定了吗？"

梓晴摇头："没呢！不着急。"

尹畅仔细端详她："你怎么有点没精打采的？不会是得了恐婚症吧？"

她原是调侃梓晴来着，想当初她可是哭着喊着要嫁纪明皓的。谁知梓晴脸色一变，居然低下头去。

"我不知道，也许……有一点吧。"

尹畅这时觉得不对劲了："梓晴，你……没事吧？"

梓晴心里的岩浆已经烫得令她无法承受，如果再不让她说出来，她怕自己会被烤焦。

"尹畅，我不知道我这个婚，到底……到底该不该结。"

"为什么这么说？是不是，纪明皓有什么问题？"

梓晴并没有把她和纪明皓分手的真实原因告诉过尹畅，只含糊表示两人不合适就分开了，但尹畅猜测一定是纪明皓那方面的问题，优秀的男人总是容易被当作猎物追逐，当然也有可能他去追逐别的猎物，而梓晴一根筋式的单纯显然hold不住这样复杂的情形。

"不是，不是他的问题。"

"那为什么……"

"你还记不记得我以前和你提过，我有个同学，她从小认识的一个男孩突然说喜欢她的事……"

"记得，你同学很纠结是不是？"

"嗯。"

"后来怎么样？"

梓晴抽抽鼻子，难以启齿的样子。

"是不是，你同学拒绝了他，转身投入了前男友的怀抱？"

梓晴脸通红:"你,你怎么知道的?"

尹畅叹一口气:"这不是明摆着的吗?你就是你同学,那位青梅竹马就是戴穆天对不对?"

梓晴无法再闪烁其词,只能默认了。

"你本来不知道戴穆天的心思,后来他乘你分手都告诉你了,所以你虽然选择了纪明皓,但因为戴穆天的关系,心里没法平静,我说得没错吧?"

"那你说,我还能怎么办呢?"梓晴苦恼地望着尹畅,既希望她能说几句让自己安心的宽慰语,又不免奢求她是否能掏出几个比自己更高明的主意来。

"是啊!都到这地步了,除了结婚,你还能怎么着!"

"可戴穆天他……"

"你别管戴穆天怎么样,关键是你自己,你到底喜欢谁?"

"我,我也糊涂了。"梓晴讪讪。

"那如果没有你和纪明皓分手那档子事,戴穆天是不是也不会主动向你表白?"

梓晴好好想了想,点头:"应该是。"

"这人还真是个君子。"尹畅喃喃自语。

"尹畅,我现在心里很乱,我也想定下心来结婚来着,可一想到戴穆天就,就觉得很难过。"

"你这是在同情他吧?"

"也……不完全是。"

尹畅头大:"那你究竟要怎么样啊?干脆两个都不要算了。"

"尹畅!你就不能给我点儿可行性建议吗?"梓晴委屈得都快掉泪了,"我烦都烦死了。"

"哎哟,你可千万别哭。"尹畅见她来真的,有点着慌,"我和你开玩笑的,那!咱静下心来好好分析分析。"

第十一记：继续生活

梓晴抿了抿唇，神色认真地盯住尹畅，仿佛她就是救世主。

"在得出结论以前，我得把每个细节都搞清楚了——你能不能实话告诉我，你和纪明皓为什么会分手？"

梓晴明白，要想得到有用的建议，只能把面子暂搁一边，她把纪明皓与Tina的事和盘托出。

尹畅越听眉头皱得越紧，果然不出自己所料。

"你别怪我说话不好听，我问你，你选择纪明皓究竟是为了什么？"

"呃，因为他是我男朋友啊！我们在一起都三年了。"这理由重复的遍数越多，梓晴反而越没有底气。

"就因为这个？"尹畅觉得难以置信。

梓晴心虚地看看好友，那个"成本淹没"的理论她不仅不愿提，甚至连想都不敢想，只要一起这念头，戴穆天那张痛苦的脸就会随之闪现，让她无法直视。

尹畅说："你最终选择他，是不是因为他比戴穆天出色？"

梓晴转头不语。

"纪明皓马上就要升公司副总了吧？"尹畅目光犀利，"而戴穆天还只是个工程师。你嫁给纪明皓，物质上根本不用愁，还一家人脸上有光，嫁给戴穆天就不一定了，也许还得两个人一起还房子贷款。"

梓晴只觉得脸上火辣辣的："我……没那么虚荣吧？"

可她心里却是明白的，尹畅分析得没错，不管她自己愿不愿意承认，纪明皓优渥的经济条件始终是不可忽视的考量标准之一。

可这难道有错吗，男人的经济实力是男人能力的具体体现方式，谁愿意嫁一个庸碌无为的男人啊，除非没得选择。

尹畅说："我没有骂你的意思。如果一个女孩子打定主意要结婚，眼前的两个候选人自身条件都差不多，不过其中一个的经济条件要比另一个好不少，那傻瓜都知道该怎么选择了。"她身子略略向前一倾，"可是戴穆天不一样。"

梓晴呆呆的："他……怎么不一样了？"

"他对你是全身心投入的。这就没法拿经济条件来衡量了，老话说，易求无价宝，难得有情郎。人一辈子也许会碰上几个有点钱的，但要碰上一个全心全意爱自己的男人，不容易。"

梓晴心里的那杆天平被尹畅这么狠狠一拉，立刻就有了失衡的感觉。

她怔了半天方想起来反驳："你怎么能肯定他对我是全心全意的？"

尹畅耸肩："我又不是没见过他。还是在那么尴尬的情形下。其实那天我观察了他十分钟就看清楚这个事实了，他心里除了你没别人——谁能把别人小时候的事情一桩桩一件件记那么清楚呀！可惜你身在局中，感觉不出来。"

尹畅喝一口饮料，又说："纪明皓再好，可他也许只愿意给你百分之三十的感情，戴穆天再差，他却能够给你百分之一百，你自己想想该怎么选吧——再说了，戴穆天也不是那么差吧。"

梓晴再次无话可说。

"话既然说到这个份上了，我就干脆说个痛快吧，哎，不过你别怪我阴险啊！"

"你说，我听着呢。"梓晴现在不怕她知无不言，只怕她言无不尽。

"纪明皓只是凭嘴上说他和那个什么Tina没一腿，但真相怎么样你有把握吗？"

"这个……"

"最后一句，还是老话：好马不吃回头草。"

尹畅的话基本一边倒，统统是支持戴穆天的，梓晴与她这一次的见面，非但没能安神醒脑，反而更觉煎熬。

毁约的念头起第一遍时被她掐死腹中，然而，第二遍、第三遍如鬼魅

第十一记：继续生活

般神速降临，一次次让她神魂颠倒，渐渐地，这念头不但不再可怕，反而在心底生了根，至于要怎么把芽发出来，仿佛就只是个时间问题了。

梓晴先尝试着探探母亲的口风，无论何时，自家长辈总是最坚实可靠的后援团。

谁知她刚流露出对这个婚姻含糊迷茫的思考，俞妈妈就毫不容情给她敲警钟："你脑子不要拎不清哦！再过一个月就办婚礼了！我喜帖都散出去了！结婚可不是你小时候玩的过家家游戏！"

梓晴也有自己的倔脾气，本来只是迷茫，被母亲这么一激，情绪反而坚定了。

"可我对纪明皓越来越没感觉了。"

俞妈妈肃起脸："小晴，你是不是还记恨他和那个女人的事，明皓不都明明白白告诉你了，他有那个气量和那个态度，说明他对你很有诚意，做女人哪，千万不要对男人疑神疑鬼，不仅对方难受，你自己也活得累。"

梓晴赌气："那谁让他和别人玩暧昧了！他要是堂堂正正的，别的女人会跟他搅和到一起吗？"

俞妈妈生气："你这孩子怎么又拧起来呢！谁能保证自己一辈子不犯点儿错误了，你能保证吗？只要不是原则性问题，就别老揪着不放。得饶人处且饶人。不然这日子没法往下过。"

梓晴腾地站起来："实话说了吧，妈，你这么帮着纪明皓，是不是因为他条件好，你觉得把闺女嫁给他你特有面子？"

"你，你说的这叫什么话！这婚是你结还是我结？哎哟气死我了！你怎么这么不知好歹！"

梓晴扭身就进了自己房间。

和妈妈的这番辩论忽然给了她新的底气，仿佛有点不辩不明，一辩敞亮的感觉。

看来这婚是真的结不成了。

俞妈妈自从被梓晴气过一回后,对婚礼暂时也不上心了,母女俩打起了小冷战,俞爸爸对她们之间鸡飞狗跳的情形大约见怪不怪了,不痛不痒劝了几句,继续每天出门去打麻将。梓晴一想正好,她可以耳根清净地想想怎么和纪明皓谈判的问题,妈妈那儿等尘埃落定后再去求和也不迟。

到了周末,她主动给纪明皓打电话,约他星期六下午碰个面。

自复合以来,纪明皓对梓晴的要求从来都是说一不二,执行力极强,不过听说要到星期六下午才见面,便有些小小的不满意,笑着说:"干吗不上午呢,顺便一起吃饭。吃过饭我带你去新开的一家欧式家具店逛逛,说不定有你看得上眼的东西。"

对于这次的见面形式,梓晴当然是仔细斟酌过的,如果是吃饭谈,饭前谈容易影响胃口,饭后谈又可能导致消化不良,一边吃一边谈吧,那吃相得多难看,所以饭桌上谈分手有百害无一利。

还是喝茶时谈比较好。

于是她也笑笑说:"不用了,我找你不为结婚的事……有点别的话想和你说说。"

纪明皓想必有点愣神,他俩现在除了结婚,还有什么别的事非要这么正儿八经约出去谈呢?但梓晴不点破,他也不敢追问,反正明天下午就一清二楚了。

去赴约前,梓晴把自己关房间里又静心思考了半个小时,确定这就是她最后的决定,且将来必然不会后悔了,才换了衣服出门。

到了约定的茶室,纪明皓早就坐那儿等她了,这虔诚的姿态让梓晴有点心酸,以往他们见面,纪明皓要么踩着点儿来,要么就比梓晴晚上几分钟,很少会像现在这样提前。

乘着自己还没被发现,梓晴又好好打量了纪明皓一番。他自然还是像

第十一记:继续生活

从前那样潇洒倜傥,从头到脚打扮得一丝不苟,处处体现出应有的品位。只是那面朝窗口的脸庞上,挂了几分不甚明朗的忧郁之色,难得让他看上去有点迷惘。

纪明皓一转头之间,就看见梓晴已站在门口,脸上的空茫蓦然一扫而空,换上了灿烂的笑颜,他起身迎上来,梓晴便也迈开步子朝他走去。

纪明皓替她拉开椅子,不忘恭维她有眼光:"你挑的这地方真不错,宽敞明亮,朝向又好,窗外就是运河,最难得是节假日都不挤。"

梓晴说:"我也是听朋友推荐的,这里不容易找,但很幽静,适合聊天。"

梓晴给两人点了一壶高山乌龙,纪明皓又是赞不绝口。

"好茶!哎,梓晴,以后咱们有空也可以常来这儿坐坐,你觉得怎么样?"

梓晴没接口,很郑重地望着纪明皓:"我今天找你出来,是有很重要的话要说。"

纪明皓大约被她凝重的神色吓住了,连笑容都牵强起来:"你这么,这么严肃,我都有点……是不是我哪儿又做得不好了?"

梓晴摇头:"你以前不是这样的。"

"什么?"

"明皓,你用不着对我这么小心翼翼,你这样,我累,你也很累。"

纪明皓苦笑:"我真的是吓怕了,担心我又做错了什么,让你再甩手离开我。"

"可你现在这样,我并不觉得开心。你不可能一辈子都低声下气。"

"不,我会,对你,我……"

"你弄错我意思了,我不是要你向我保证什么,我的意思是,"梓晴深吸了口气,到底还是把绝情的话说了出来,"我慎重考虑过了,我们还是……分开吧,这样彼此都能过得轻松一点。"

她看见纪明皓脸上的笑容渐渐消失,脸色也逐渐转白,她觉得很抱歉,但并不后悔。

"我承认,你现在对我是很好,好得就像换了一个人。可我……虽然我答应了和你结婚,可心底里,我还是无法接受。我要找的是一个能够全心全意对我,而且能让我完全信任的人。可我发现,我对你,做不到完全信任……对不起。"

纪明皓呆坐着,目光定在梓晴面前的茶杯上,一动不动,梓晴口渴,却不敢擅自举杯喝水,生怕一点小动作就惹得纪明皓爆发。

反正她想说的话都一股脑儿说出来了,接下来就是看纪明皓怎么表态了。也许他会生气,会怨愤,但梓晴有心理准备,她不会再和他争辩,只要能和平分手就好。

纪明皓终于动了,他端起自己的杯子,不顾形象地一口喝下,放下杯子时,居然朝梓晴笑了笑,笑容还挺洒脱。他给自己斟茶,口气保持着沉稳:"你说的那个青梅竹马?"

梓晴再次愣住,怎么全世界都知道了?

"谁告诉你的?"

纪明皓好像很渴似的,再度喝光了茶,这一回他的神色缓和了许多,也许是明白大局已定,反而彻底放松了下来。

"我早看出来了。"

纪明皓和戴穆天有过几次简单的碰面,无非是在路上或者饭馆里偶遇,彼此打声招呼的程度,像正儿八经坐在一起聊闲天的机会,梓晴仔细回忆,一次也没有。

梓晴无话可说。

纪明皓嘴角使劲往下拉,显出一副无可奈何的表情:"事到如今,我也没什么可说的,我谁也不怨,这结果是我自己造成的。"

梓晴感动得鼻子发酸:"你这么优秀,以后一定能找到配得上你的女

第十一记：继续生活

孩。"

纪明皓朗声笑，笑声却多少有些凄凉："但愿吧。不过，如果真有那么一天，我就不通知你了。"

梓晴有些伤感地看着他。

纪明皓解释："我想我们以后不可能再见面了，这样大概对你我都好，尤其是对我，不是我绝情，你应该能了解我，我不是那种乐于面对自己失败的人。"

梓晴点头，她想，到最后一刻，纪明皓终于又恢复了他们最初相识时的模样：自信、沉稳、又那么的骄傲。

纪明皓走后，梓晴又独自在茶室坐了会儿，窗外的运河里，一艘乌篷船正缓缓游过，摇橹人前后摇摆着身子，橹桨在水面上划出一道长长的波痕，船渐渐飘远，犹如从时光的一头走向另一头。

这茶室是戴穆天向她提起的，就在不久前她失恋的那段日子里。那天她拉他去喝酒，戴穆天就给她介绍了这地方。

"你也不能天天当醉鬼，偶尔去喝喝茶，看看风景，让自己的头脑冷静冷静。"他如是说。此刻，梓晴的心果然陷入前所未有的平静，或许是这悠悠河水的作用，或许是杯中清茶的缘故，但或许仅仅因为她做了自己该做的事。

她也清楚，接下来还有很多烦心事等着自己，要解释，要说服，但纪明皓用他的洒脱为梓晴解决了最艰难的一关，她对他充满了由衷的感激。更重要的是，她确切地知道，她正走在一条正确的道路上，不再彷徨，不再忐忑，有的则是坚定走下去的勇气。

夕阳渐斜，梓晴坐够了，也把该说的话都酝酿明白了，便起身打道回府。

走下狭窄的楼梯，茶室一楼中央的圈形吧台边，一对刚到的情侣正与服务生攀谈。

梓晴先注意情侣中的女方，一头乌黑及肩的长发，鹅蛋脸，肌肤胜雪，明眸皓齿，眉目如画，怎么看怎么养眼。她的一只手亲昵地挽着男友的臂弯，小鸟依人般静静听着服务生的介绍。

梓晴的目光自然而潦草地扫了一眼女孩身边那位身材高大的男子，便垂下眼帘去注意最后的两级台阶。

忽然之间，她的心往前重重一撞，仿佛倏然间醒来似的，她顾不得楼梯，急吼吼地抬眸再去看女孩的男友。

居然是——

她一愣神之际，脚下踩空，惨叫着从楼梯上跌了下来！

所有人都吃惊地把目光转向楼梯口，梓晴狼狈地用双手撑起身子，抬起头，哭丧着脸喊了一声："戴穆天！"

第十二记：阴差阳错

在郑洁的不懈努力以及戴妈妈苦口婆心的双重攻势下，戴穆天终于和沈慧嘉以相亲的形式正式见过了面。

双方事前就认识，彼此印象都不赖，再加上此番目的明确，因此头次会面既成功又高效，两人很快就敲定了情侣关系，之后的两周，戴穆天又主动约了沈慧嘉几次，从最初的略感拘谨到如今能够牵手的程度，两人的关系就这么按部就班顺利地发展着。

今天是戴穆天第四次和沈慧嘉出来约会。之前的几次，两人去看了电影，吃了饭，又游了公园，当沈慧嘉提出想找个安静的地方坐坐时，戴穆天立刻就想起运河边的这家小茶馆来了。

只是他做梦也不会想到，居然会在这里邂逅俞梓晴，而且她还是以一种极其低端的姿态——匍匐在地——跟自己打了招呼。

戴穆天先是错愕，随即本能地跨过去，拎小鸡似的把梓晴拽起来，要不是有沈慧嘉在前，他说不定还会像从前那样顺势给梓晴拍拍灰尘什么的，幸好他脑子很清醒，没短路。

服务生也从吧台里跑出来，关切地问："有没有伤着哪儿？"

梓晴觉得浑身的骨头都疼，但她顾不上这些，戴穆天给她这迎头一击,着实让她从里到外都是蒙的。

她摇头:"我没事——戴穆天,真巧啊!"

她一边说话,目光却是来回在戴穆天和沈慧嘉两人的脸上转悠,目的不言自明,戴穆天有些尴尬,但细思也没什么难堪的,便回头先向沈慧嘉介绍。

"俞梓晴,我多年的老同学!"

沈慧嘉忙过来,亭亭靠在戴穆天身边朝梓晴微笑:"你好,俞小姐。"

戴穆天又对梓晴说:"这是我女朋友沈慧嘉。"

梓晴牙都快酸掉了,笑起来比哭还难看:"这么快就有女朋友啦!戴穆天你真神速啊!"

沈慧嘉羞涩又幸福地朝戴穆天瞥了一眼,却见他神色似乎有些不自然。

戴穆天问梓晴:"你怎么跑这儿来了?"

"不是你说这地方清静吗?我特地来反思反思啊!"

"咳,你是不是正要走?"

"没有啊!我下来看看有什么好吃的——你就这么不想看见我?"

戴穆天听她口气冲,虽然不明白自己哪里得罪她了,但凭多年经验,他感觉出来梓晴心里正窝着火呢,他回头瞅一眼沈慧嘉,觉得有必要把两人先分开。

"咳,那什么,慧嘉,要不你先上楼?我和俞梓晴说两句就上来。"

"好的。"沈慧嘉看看他们,乖巧地随服务生走上了楼梯。

戴穆天把俞梓晴拉到门外,朝两边看看,侦察一下地形,两栋建筑物之间空出一段距离,恰好是个小码头,他把梓晴引到码头边,这里没人,说话也方便。

梓晴腿还疼,被他那么不客气地拉着走,心里更来气了,一到码头边上立刻甩开他的手,低身去揉自己的左脚跟。

"还疼呢?"

第十二记：阴差阳错

"不疼我揉它干什么！"

戴穆天双手往裤兜里一插，郁闷不已："你怎么回事？吃枪药啦？说话那么冲！我最近没怎么你吧？"

"你当然没怎么我了！你日子过得滋润着呢！这才多久没见面，你女朋友都有了！哦，我都忘恭喜你啦！"

戴穆天气乐："男大当婚，女大当嫁，我找个女朋友很奇怪吗？"

梓晴吃力地站起来："那我问你，你是真的喜欢她吗？"

戴穆天眼神闪烁："关你什么事。"

"哈！你不会耍人家玩吧？"

"我会好好对她的。"

他声音低沉，但梓晴明白他是说真的，心里忽然痛了一下，嘴上却不服输，喃喃地追问："你怎么保证？"

戴穆天神情冷下来："俞梓晴，你管得是不是太宽了？这是我自己的事情。"

因为激动，梓晴胸口剧烈起伏起来："可你之前才对我……"

戴穆天神色一变，蹙起眉头打断她："你什么意思？不是说了都过去了吗？你也快结婚了。该懂事一点儿，别像个小孩子似的胡搅蛮缠了。"

梓晴冷笑："我的适应能力当然比不上你了，你可以刚对一个人说完喜欢，扭头就去喜欢另外一个。"

戴穆天眉头越发紧皱，他忍耐地问："你到底想怎么样？"

他那疏离而陌生的表情忽地让梓晴茫然无措："我……"

同时，沈慧嘉清秀的脸蛋在她眼前一晃而过，自信霎时土崩瓦解，就像戴穆天说的，他对她的感情已经封存在过去，如今，他有了新的开始，也许是个很不错的开始。那么，她还有必要告诉戴穆天，自己为了他和纪明皓分手的事吗？

她犹豫辗转之际，戴穆天深深望了她一眼，转身，一语不发地走了。

晴天二十记

戴穆天上到二楼，沈慧嘉正坐在窗边喝饮料，神情悠闲，他定了定神，笑着走过去。

"你同学呢？"沈慧嘉看看他后面，微笑着问。

"哦，她有事，先走了。"戴穆天漫不经心地解释。

这时候他忽然回过神来了，梓晴看上去似乎不太对劲，像受了什么刺激，难道是他找女朋友的事？不太可能，虽说她蛮不讲理惯了，但一个即将结婚成家的人，再霸道蛮横也没道理干涉别人的恋爱自由啊！

那么，会是什么事呢？

沈慧嘉说："我擅自作主，给你点了一客红豆冰。也不知道你喜不喜欢吃甜食？"

"当然喜欢了，不然能这么胖么？"

"我也特别喜欢吃甜食，甜食能让人保持心情舒畅。"

"嗯，同意，你看我就是很好的例子，心宽体胖。"

沈慧嘉扑哧一乐："你其实不算胖，只是长得比较结实。听郑洁说你很爱打篮球，身材一定不错。"

"对，我算胖子里身材最好的。"

红豆冰上来了，戴穆天一边吃着，一边和沈慧嘉有一搭没一搭聊着。这一天，戴穆天和沈慧嘉过得甚为惬意，在茶室坐够之后，两人又去看了场电影，晚上还一起吃了顿饭，这才各自分开，尽兴而归。

戴妈妈得知儿子恋情进展顺利，心里乐开了花。她给戴穆天展示自己买的名牌大火腿。

"这是我买来送郑洁的，谢媒专用。"

戴穆天瞧着口水直流："我看自家人那些个俗礼就免了吧，不如留着咱们自个儿吃。"

"那怎么行！规矩是规矩，不按规矩走会不吉利的！"

第十二记：阴差阳错

"那让郑洁来咱们家吃不行吗？"

戴妈妈笑："你要真馋啊，我明儿再去买！等你什么时候把小沈领回家来，我什么时候烧给你们吃！"

"那我得等到什么时候！"

戴妈妈嗔道："你就不能早点带她回来？我看下个礼拜就蛮好。"

"您也太性急了！炖锅萝卜都讲个火候呢，别说婚姻大事了！"

"我又没说立马要你们结婚，你把人带回来和我们正式见个面，我跟你爸心里也能踏实一点儿！"

"您不是见过她嘛！"

"可你爸还没见过呀！"

"他不是见过照片吗，照片没PS过，和真人一模一样。"

"那也不能把照片当真人呀！"戴妈妈耐心十足与儿子磨。

戴穆天被逼得头疼，只得说："行了，过两天我和她商量商量再说！"

"那我等你好消息！"

和母亲插科打诨了一番，戴穆天便冲了澡回房休息了。

平时晚饭后，他会去球场上活络活络筋骨，不过今天吃得太饱，动弹不了，只能算了。

沈慧嘉胃口太小，点了四五个菜，她几乎就没吃几口，戴穆天又怕浪费，只好拼命往肚子里塞。以研究男人见长的情感专家郑洁曾和他分享过一个"饭桌垃圾桶"理论。

但凡在饭桌上承包剩饭剩菜的男人通常都会是一个好丈夫、好父亲，据郑洁观察，她同学的父母中，那些幸福指数高的家庭大多有这么一位肥肚腩的爹。

"所以呢，小天你将来也会是个好男人，姐看好你！"

戴穆天开了电脑，边听音乐边打游戏，一会儿就沉浸在除妖杀魔的兴奋中了，以至于手机响了都没在意。

还是热心的戴妈妈推门进来提醒他:"小天,你怎么不接电话?"

一看儿子又打游戏,戴妈妈不满:"游戏要少打打了,有的女孩子顶讨厌男朋友玩游戏了!你别惹小沈不高兴!"

媳妇还没进门,戴妈妈已经先行给自己打造了一把尚方宝剑,刷刷地挥舞起来了。

好事不出门,恶事传千里。

没过几天,戴妈妈就在饭桌上眉飞色舞地告诉家人:"今天我在菜场碰见原来单位的老陈了,听她说,小晴的婚事黄啦!"

戴爸爸道:"不至于吧?没听老俞说起啊!"戴爸爸常和俞爸爸在麻将桌上碰面。

"这种事人家好意思主动提吗?"

戴穆天闷闷地问:"有说是什么原因么?"

"老陈说是女方不肯结,不过老陈是从小晴她妈那儿听来的,是不是这么回事咱们怎么知道!也说不定是男的想退婚呢!为了面子,老俞家也只能那么说啊!"

戴穆天瞅着他妈那小人得志的样子,颇不是滋味:"妈,小晴也是你看着长大的,你犯不着这么落井下石吧!"

戴妈妈把眼睛使劲朝天一翻:"我又没说她什么!哦,他们自己把结婚嚷嚷得满世界都知道了,这会儿又取消婚礼,倒不许别人说两句了——小天啊,你和小沈可得好好的,婚姻不是儿戏!现在的年轻人实在太不慎重了!"

戴穆天低头扒饭,食不知味。

他勒令自己不要去多想这件事,可一连几天都魂不守舍,有好几次,他找到梓晴的手机号,几乎就要按下去了,却在最后一刻清醒过来。

他对自己说:这事你管不了。每个人都必须对自己的行为负责,这是

第十二记：阴差阳错

俞梓晴自己做出来的，她只能自己去承担。

想明白了，他便努力把俞梓晴抛在脑后，每天照样上班、下班、约会，保持着正常的作息。

时间流得飞快，转眼又是周末。

考虑每个礼拜上哪儿消磨两个人的时间是个挺费心思的事儿，好在沈慧嘉温柔体贴，对他要求也不高，有时见他没想法，也会主动出几个点子。比如这个周末，沈慧嘉就提议，可以去参观一家新开的博物馆，那地方靠近一个湿地公园，看完博物馆，时间充裕的话，还可以去湿地公园逛逛。

在戴妈妈的催促下，戴穆天起了个大早，九点钟准时接到沈慧嘉，然后两人一起驱车去了博物馆。

博物馆在做战国时期的文物展览，满眼都是带着黄土的兵马俑，沈慧嘉闲时喜欢读点儿历史，给戴穆天讲解起来也头头是道的。

戴穆天不觉想起郑洁的话："你娶这么个才女回家，将来生了孩子，你什么都不用操心，交给小沈，她保管给你教育得好好的。"

戴穆天有时也会瞎琢磨，沈慧嘉这么优秀，自己在她身边会不会越来越没存在感呢？

第十三记：背水一战

什么样的人最容易走火入魔？

俞梓晴可以告诉你答案，那就是：脑子简单的人。脑子一简单，就容易产生执念，钻进牛角尖里，死赖着不肯出来了。

原来这世上的爱，除了那种你追我逐的恋爱游戏，居然还有另外一种存在方式，它静谧似雪，不为人知，又甘醇如酒，能够埋藏得如此之深又如此之久，一经启开，让人几无招架之力，而昏昏然有欲醉之感。

谁说感动和爱情完全是两回事？如果没有最初的感动，爱又如何能够源源不断地延续。

然而，梓晴尚未来得及开怀畅饮，戴穆天就擅自阖上酒坛的盖子，飘然远去了。

晚饭后，梓晴精心打扮了一番，借口散步出了门。

和纪明皓的婚事黄了以后，俞妈妈便声言不再管她，凡事随她，爱怎么着怎么着吧。

"像疯了一样，不晓得你脑子里都装了些什么！将来有你后悔的时候！"

梓晴也不跟妈妈争论。

第十三记：背水一战

小时候什么都得让爸爸妈妈管着，待自己长大了就发现大人们处理起事情来不见得就比自己高明多少。就拿亲戚间来往的事儿说吧。

每次收到亲戚们散来的各种喜帖或邀请函，俞妈妈都要拽着俞爸爸嘟嘟哝哝一番，无非是商量出多少礼金合适，出少了怕人看不起，出多了自己又肉疼。而且亲戚间还有远近亲疏，近亲自然要比远亲多给一些，若是你先收了别人的红包，这会儿轮到你给对方送了，还得按通货膨胀率多给上几百块甚至上千块，于是这亲戚间的礼金你来我往的，一年比一年重，堪比古时候的苛捐杂税。

梓晴想得简单："妈你也真是的，不想送就别送，学学外国人，拎一瓶红酒上门不也挺喜庆的。"

妈妈使劲白她一眼："你这丫头一点不懂人情世故，给少了会被人背后戳脊梁骨的！"

"要想落别人说您一句好，您就多送一倍，在这儿算来算去的干什么呀！"

"怎么能多送呢！要是让别的亲戚知道了，该骂你当出头椽子，想出风头了！又是个骂名！我们可担不起！"

梓晴抓狂："天哪！太复杂了！等我将来主事儿了，非得把这些歪门邪道踩平了不可！"

爸爸妈妈一辈子都生活在面子里，但梓晴不是，人得为自己活着，自己活得舒服比什么都重要。

俞爸爸什么都听俞妈妈的，一听老伴放任自流了，他当然也没理由多嘴饶舌，俞爸爸本来就是家里的甩手掌柜，对于年轻人的感情更是不懂兼头疼，只要没人拦着他去打麻将，于他而言就是天下太平了。

俞爸爸隔三差五就能在牌桌上碰见戴爸爸，两人偶尔也会聊几句家里的情况，但男人没有女人那么八卦，所以交流起来信息量也极小。

现在，戴爸爸知道老俞家的闺女不打算结婚了（还是从别的渠道得知的），俞爸爸也知道了老戴家的儿子总算找着女朋友了。至于其间有何种微妙或惊悚的联系，两人当然是不可能知道的。

梓晴和爸爸是前后脚出门的，去的也是同一个小区，当然，梓晴奔赴的不是麻将桌，而是篮球场。

十多年来，篮球场的设施经过风吹雨淋，已经破陋不堪，居委会更换过一次，而晒棉被的人依然比打球的人多得多。

戴穆天形单影只地在篮筐下做着各种姿势，幽冷的灯光下，他表情专注而宁静。

梓晴站在树的阴影里默默望着他，一种激动的情绪缠绕在心头，有时候，她会突然之间觉得戴穆天很陌生，但这种感觉又会被随即奔涌而来的亲切感所淹没，她于是明白，自己正在用一种全新的目光看待他，一种爱侣之间才会用的目光。她的心被前所未有的柔情推动着，忍不住想追随他，凝视他，无论多久仿佛都不够。

当她注视着心爱的人时，她躁动的内心又会呈现出一种微妙的平静，不，应该说是踏实，就仿佛她回到了一个舒适的家，而家里有她最值得信赖的人，能够给她温暖和感动。

或许，直到此刻，梓晴才真正明白了什么叫作爱情。

戴穆天一跃身，以一个漂亮的姿势将球准确投进篮筐，没有喝彩，寂寞如雪，但这是他习惯的方式。

球重新回到他手里，他单手转动着篮球，朝那暗黑中的阴影幽幽唤了一句："出来吧。"

梓晴咬着唇，从树底下闪出，双手背在身后，讪讪地夸赞："你耳朵真灵。"

戴穆天不理这恭维，依然把玩着篮球，口气慵懒："有何贵干？"

第十三记：背水一战

"我呢，想找你谈谈——咱们，心平气和地聊聊，好不好？"梓晴近乎谄媚地笑望着他。

"还有什么好聊的？"戴穆天语气倦怠。

梓晴内心雀跃，感觉自己前进了一小步："要不，咱们找个地方坐坐去？"

"不必了，你有什么话就在这儿说吧。"

"那……好吧。"梓晴不敢过分勉强他，"我找你，其实是想说……小天，我承认我很傻，一直不知道你对我的感情，所以你那天告诉我以后，我很震惊，也好好想了想……"

戴穆天立刻打断她："这些已经不重要了，再说我那天喝得多了点儿，说过什么自己也不记得了。你不必放在心上。"

"可你，总归是喜欢过我的吧？"梓晴执拗地追问。

"算吧。"戴穆天低头看着手上的球，"我喜欢过你，但没有你以为的那么深，而且都过去了。"

"我不信。"

戴穆天耸肩："那我也没办法。"

梓晴不甘心地望着他："你真的对我一点想法都没有了？"

"我骗你干什么！"

梓晴略觉失望："小天，你什么时候变得这么无情了？"

戴穆天微愠："那你希望我怎么样？甩了沈慧嘉，和你在一起？"

"那，如果没有沈慧嘉，你愿意和我在一起吗？"

"这种假设不成立，事实是，我已经接受沈慧嘉了。"

"可是，"梓晴蹙眉嘟哝着，"你没那么快就爱上她吧？你不是说你喜欢我很多年了吗？没那么容易就移情别恋的吧？"

"俞梓晴，做人要讲道德，既然我已经决定和沈慧嘉开始，就没有始乱终弃的道理——这就是为什么我以前不肯随便谈恋爱的原因，因为那时候

我对你还有期待。"

梓晴张了张嘴，还想说点儿什么，但戴穆天抢在她前面又道："我承认，我向你道歉，我不该喝醉了酒跑去找你胡说八道。但是我希望这件事能到此为止。你就让我安安静静地和沈慧嘉在一起，可以吗？"

戴穆天说这番话时虽然声音不高，但称得上声色俱厉，梓晴脸上的笑容霎时间被斩杀得一干二净。她苍白着脸，仿佛赫然从某个美梦中惊醒，旁观者嘲弄而冷漠的神情让她无地自容。

她用陌生的眼神反复打量戴穆天，那眼神里不再有温情，取而代之的是惧怕和难以置信。

她缓缓倒退着走，恰如那日在竹林，戴穆天临行前的模样。

戴穆天情知自己话说重了，也兀自懊悔，如果不是急着想打消梓晴对自己念念不忘的念头，无论如何他是下不了这狠手的。

此刻，梓晴满眼受伤的神色更是让他内心轻颤，忍不住想要说些什么来挽回。

"小晴……"

然而他只来得及喊出这一声，梓晴便已掉转身子，噌噌地跑远了。

戴穆天手里的球一下子抛出去老远，他反手抓住不锈钢栏杆，生怕自己一个没忍住就冲上去追她。

他知道梓晴能承受得住，正如当初的自己，也同样能承受那不甘的结果一样。

归根到底，他们都是现实的尘世中人，知道什么样的行为会带来什么样的后果，也知道该如何去面对挫折和暂时的苦痛。

经过两周的侦察，梓晴发现戴穆天和女友约会极具规律，通常是每周二和周四的晚上，以及周六或者周日的白天。

工作日他们会在一个固定的地方吃饭，之后在附近一家夜公园里散散步，差不多九点左右，约会结束，戴穆天开车送沈慧嘉回去，至于离开后

第十三记：背水一战

这两人会干些什么，梓晴就无从得知了。不过据她的观察推测，这两人八成连Kiss都还没打过——戴穆天仅仅在过马路时会伸出手臂护卫一下沈慧嘉，平时两人手都不怎么牵。

而周六周日的约会地点就比较随意了，完全视两人的兴趣而定，且往往去哪儿都是临时的，不太容易追踪。所以，梓晴决定还是挑个工作日来办比较适宜。

关于谈判形式，她也犹豫过，到底是单独找沈慧嘉一人谈呢，还是等两人都在场的时候说。最终她决定当着两人的面说比较好。一来显得她堂堂正正，二来也免得沈慧嘉不肯当场拿主意，以要和戴穆天再商量商量为借口推脱。像俞梓晴这样性急的姑娘，绝对只钟情"一击中的"的办法。

时间、地点、人物一应俱全，俞梓晴现在还需要做的只有一件事——行动！

星期二的晚上，下班时间一到，梓晴先去洗手间洗把脸，补了补妆，戴穆天下班比她晚半小时，而他又是个很讲规则的人。

公司大门外的马路边，一到这个点儿就停着一溜出租车，梓晴随便挑了一辆看上去顺眼的，拉开车门钻进去，吩咐司机开去戴穆天所在的公司，不远，就在隔壁的一个工业园内。

她在饭店周边转了两个圈，确定戴穆天和沈慧嘉有足够的时间落座了，这才慢悠悠地踏进店门。

这是一家以海鲜闻名的粤菜馆，每天都宾客盈门，不事先预订很难立刻有位子，梓晴有备而来，早就先行预订过了。

服务员领着她上二楼，才到楼梯口，她迎头就发现戴穆天和沈慧嘉坐在斜对面的角落里，且戴穆天是正对着楼梯的，梓晴吓得一缩脑袋，慌忙连往下走了好几级台阶，服务生不明其意地跟下来。

"怎么了，小姐？"

"那个，楼上太闹了，能不能就在楼下给我随便找个位子啊？反正我就一人吃。"梓晴与她商量。

"这样啊……只有楼梯背面有个很小的位子，不知道你愿不愿意？"

梓晴把头点得像鸡啄米："可以的，可以的。"

安顿好了座位，服务员立刻捧上菜单，梓晴这时候哪有什么胃口，可不点又不行，她把本子哗啦哗啦翻到最后几页，指指其中一项："给我来碗面条吧！"

服务员眨眨眼睛："就要一碗面？"

"嗯！"

服务员有点无语，他们店里位子如此紧俏，居然有人预订了就为过来吃一碗面，面又不是他们这儿的特色，哪儿吃不是吃啊！

"……好吧。"服务员也没法说什么，取了菜单离开。

有些客人就是这样的，进了饭馆要吃面，进了面馆要吃馄饨，进了馄饨店她还偏要喝粥，DNA里写满了"踢场子"的基因。

梓晴一边等吃的，一边心有不安，两只手轮番点着桌面，犹如神经末梢的颤动。

也不知道刚才自己在二楼那么冒冒失失一露头，有没有被戴穆天发现？他好像是抬了一下头的，但自己退得也够利索，估计他没时间认清自己吧？

可万一他要是发现了呢？会不会立刻就转场子了？

想到这儿，梓晴往楼梯的方向瞄了一眼，只见客人往上走，下来的都是传菜员。

但这也不能说明戴穆天没有想走的意思啊！也许现在正在说服沈慧嘉呢！

万一他真要走了，自己再追上去可就没这么容易了。那，要不要现在就跑上去说呢？

第十三记：背水一战

梓晴原来的计划是等他们酒足饭饱之后再华丽现身，这样做比较人道一些。但现在情况有变，她是该按原计划走，还是当机立断这就杀上楼去呢？

正纠结得脑仁疼，热气腾腾的面给端上来了，嚯，好大一碗！

她到底是吃还是不吃呢？吃吧，她现在一丝胃口都没有，不吃吧，点都点了，这么浪费良心上也过不去。

天哪，今天她怎么尽遇着选择题了？

最后，她还是拿起筷子，呼啦呼啦吃了起来，很简单，吃饱了才有力气战斗啊！

吃着吃着，忽然发现不对劲，面条上怎么会有鲜红的颜色，莫非是自己激动到牙龈出血了？她忙取小镜子出来照，原来是嘴唇上的口红脱色了！

为了增加气势，她今天特意选了一款色泽鲜亮的口红，还狠狠抹了好几层，谁知一吃东西全给搞花了。

她放下筷子，拎起拎包翻找口红补妆，找了约两分钟，一无所获，她有点急，索性把包里的东西一股脑儿倒扣在桌上，钥匙、餐巾纸、手机、原子笔、记事本……就是没有那管口红。

十有八九是被她遗忘在公司卫生间里了。

这小小的一个意外，却如推倒了的多米诺骨牌，让她多日重建起来的自信在瞬间崩塌。

她怎么能，怎么能就这样灰头土脸上去面对沈慧嘉，并说服她，自己比她更有资格站在戴穆天身边，人家不要笑死掉哦！

梓晴怀着悲愤的心情把零碎一一塞回包内，她甚至产生了就此一走了之的冲动。

他不是说他喜欢沈慧嘉了吗？那就让他和沈慧嘉过去吧！

自己这么处心积虑，到头来也无非是去讨他一顿嫌！

面碗里的热气渐渐挥散开去，变得和梓晴此时的心情一样，死气沉沉。

她呆呆地盯着碗里残余的面条,内心重又开始煎熬:真的就这么放弃了吗?然后眼睁睁看着戴穆天娶别的女人?和别的女人生儿育女?渐渐地与自己形同陌路,老死不相往来……

梓晴忽然抽了片纸巾,连小镜子都不照了,狠狠地擦拭着被油脂和唇膏弄得乱七八糟的嘴唇。她怎么能因为损失了一点口红就服输了呢?实在是太荒谬了!

擦拭完毕,她把上下两片嘴唇互相磨一磨,增加一点柔软度,随即把纸巾抛进脚边的垃圾桶。又端起茶杯漱了漱口。临阵退缩从来都不是她俞梓晴的为人风格。

她招来服务员先把账结了,之后站起身,往楼梯口望了望,嘴角显出一缕女王般的微笑。

她一步步地踏上楼梯,虽然仍有种踩在棉花堆里的飘忽感,但幸在身子没晃,步子也不紊乱。

紧张总是在事发前为甚,一旦进入行动状态,注意力都集中到执行上,也就顾不上紧张了。

上到二楼,梓晴对鼎沸的人声置若罔闻,径自走向角落里,戴穆天与沈慧嘉所在的位子。

她刚一露头,戴穆天就注意到她了,令梓晴意外的是,这家伙居然一点儿也不慌张,只是沉着地看着她由远及近,好像他只是个旁观者。

两人的桌子上干干净净,各摆了一只净白的瓷杯,瓷杯里是黄澄澄的茶水。梓晴诧异,想不到他们用餐的速度比她还快。

沈慧嘉和戴穆天一样,也没招呼梓晴,脸上甚至连笑意都没有。

梓晴既来之则干之,兀自从旁边端了张椅子过来,硬是在桌子的横挡处给自己加了个位子。

"你好,沈小姐,我们又见面了。"她脸上堆起笑,看着沈慧嘉说。

沈慧嘉这才浅浅一笑,笑容略显勉强,她随即端起茶杯来轻啜一口。

第十三记：背水一战

梓晴清清嗓子，不看戴穆天，她此番是专为沈慧嘉而来："我这么冒昧地打扰，你一定很吃惊吧？"

沈慧嘉不说话，只是看着她，眼里也没有特别惊异的神情。

"我呢，今天找你，其实是有几句话想跟你说。"梓晴尽量让自己的语气听上去柔和一些，越是没理的事儿，越是要摆出讲道理的态度来。

"我要说的话你肯定不会爱听，我也反复考虑过，到底要不要对你说，也许我说了也是白说，可我如果现在不说，以后大概就更没机会说了。"

她绕口令一样啰唆了一番后，终于把至关重要的那句话推出了口："我要说的是……我喜欢戴穆天，他……也喜欢我。"

后面这句话一出口，她立刻竖起耳朵警惕地关注左边戴穆天的动静，唯恐他跳出来反驳自己，不过即便如此也在她预料之内，她连解释词都预备好了。

但戴穆天那厢什么动静也没有，简直就像睡着了似的。梓晴也不方便扭头去看，那样会显得自己没有底气，她得让沈慧嘉认为戴穆天和自己是一个立场的，这样沈慧嘉主动退出的可能性也会大一点儿。

沈慧嘉看着满脸通红的梓晴，笑了："其实你没必要告诉我这些的，因为我约小天今天出来就是提分手的事的。小天是个很优秀的男人，可相处这一段时间下来，我感觉我们并不太适合做情侣。既然你们心意相通，倒可以试试交往下。我祝你们幸福！"说完，朝对面的戴穆天颔首道别。

从这出戏开始上演，直到此时的落幕，戴穆天始终沉默地安据一隅，既不抢戏，也不点评，好像他这人完全不存在似的。

完了，他肯定是生气了，过会儿不定得怎么狂风暴雨呢！

梓晴身子动了动，打算瞅准时机来个脚底抹油，虽说逃得了和尚逃不了庙，但能逃一时是一时，至少也得等他气消得差不多了再说。

她伸手往椅子背上摸索，抓到自己的拎包带子，悄悄将包从椅背上扒下，右脚一划拉，身子向外一倾，正欲逃窜，左胳膊忽然被钳住，她惊悚

回头，往上看，戴穆天阴沉沉的脸就覆在自己身子上方。

"你，你想干吗？"梓晴花容失色。

戴穆天用力将她拽起，不由分手就往外走，梓晴又惊又怕，可挣又挣不开，只能由他强拖着，跌跌撞撞跟着走。戴穆天不往楼下走，而是反其道往楼梯的另一边走，他健步如飞，完全不顾梓晴死活似的，穿过熙熙攘攘的过道，又穿过人满为患的吧台，一直来到安全门前，他开了门，先把梓晴推出去，自己紧跟着也出来了，门在他身后自动闭上。

门外是宽敞的楼梯平台，散发出一股终年不见阳光的霉味儿，与楼上楼下的餐饮味道交织在一起，再加上骤然而亮的声控灯，让梓晴感受到丝丝肃杀的气息。

戴穆天的表情依然捉摸不定，梓晴真怕他会向自己挥拳过来，虽说他俩从穿开裆裤起到现在，从来只有她欺负戴穆天的分儿，很少反过来，可俗话说了，兔子急了还咬人呢！更何况自己撞见他被分手的情形。

她打起精神，硬撑着往昔的气势咄咄质问："你带我来这儿干什么？你，你想揍我啊！"

戴穆天诡异地打量着她，好像在琢磨先从哪里下手比较好。

梓晴迅速朝两边瞅瞅，看能不能有突围的机会，安全门是虚掩着的。

她猛然间扑向那扇门，想以迅雷不及掩耳之势开门冲出去，但戴穆天又比她快了一步，他把她整个儿抱起，又放下，随即牢牢锁死在墙壁与他的两条胳膊之间。

梓晴动弹不得，怒道："你，你要是敢动我一指头，我爸我妈肯定不会放过你的！"

"知道你刚才都干了什么吗？"戴穆天终于发声了，嗓音喑哑。

批判终于来了，梓晴也豁出去了。

"我干都干了，要杀要剐随你！"

戴穆天盯着她："现在后悔了？"

第十三记：背水一战

梓晴脑袋一昂："有什么好后悔的！我只是说了我想说的话！怎么了，说说心里话也犯法啊？"

"你真是死不悔改！"

"你能吃了我啊？"

梓晴话一出口就怕了，因为戴穆天的脸忽然暗沉得像暴雨前的天空，怒火在他眼眸中堆积着，燃烧着，随时有吞噬掉她的危险。

梓晴头皮发麻，这才意识到自己是真的闯了祸，而且还是很严重的祸，她想道歉，想安慰他，想平息他的怒气。

"小天，我……对不起，我不是……"

然而，戴穆天忽然俯首，以吻封缄，打散了梓晴正在重新组织中的思绪。

梓晴的眼泪毫无征兆地流了出来，热乎乎的，染湿了两人的面庞，她终于从一个士气饱满的女战士回归到肚子里还装着些许委屈的小女生，柔弱到不堪一击。

戴穆天终于松开她，双手捧着她的脸仔细端详，目光温柔得令梓晴心碎。他轻轻抹去梓晴脸上的泪痕，随后又把她拥在怀里，梓晴的脑袋埋在他宽实的胸膛上，虽然仍在啜泣，心底却溢满了快乐，胸腔里也是胀鼓鼓的，充实极了，这是以往任何一次恋爱都没有过的感觉。

第十四记：欢喜冤家

俞妈妈独自在客厅看电视，梓晴在厨房切了盘橙子出来。

"妈，看什么电视哪？"

"喏！"俞妈妈嘴巴朝电视机努了努，根本懒得解释。

梓晴把水果盘搁妈妈面前，又紧挨她坐下："妈，这橙子可甜了，您尝尝！"

俞妈妈依然冷冰冰的："不吃，我牙疼。"

"您牙怎么又疼了？要不我明天陪您上医院看看去。"

俞妈妈哼哼："你现在知道关心我了？早干吗去了——我这牙都疼大半个月了。"

"啊？那您怎么不早说！"

"你也没问呐！"

梓晴噎住，过一会儿仍旧软声细语："明天上医院看看去吧，我陪你，好不好？"

俞妈妈见女儿难得这么有耐心，气也消下去不少，叹息道："去看了也没用，我这是内火攻心闹的，还不是你……唉！"

"妈，你不会是担心我嫁不出去吧？"

第十四记：欢喜冤家

俞妈妈白她一眼："你还笑得出来！真是没心没肺！我这一阵都不敢出门，最怕碰上那些个缺德邻居，还故意问我哪天办事！"

"那你告诉他们婚期延后不就行了。"

"延后？你说得轻巧，延到哪一天？总得有个说法吧！"

梓晴眨了眨眼睛："现在是九月，对吧？往后挪一年吧，明年十月份结婚，你觉得怎么样？"俞妈妈转过脸，仔细打量了闺女一番，又拿手背试试她额头，没好气："没发烧吧你，怎么说起胡话来了——你跟谁结婚去？总不能自己和自己结吧？"

梓晴嘻嘻一笑："那不至于！肯定得跟大活人结啊！过几天我把人给您带回来过过目，看您是不是满意？"

俞妈妈半信半疑："你这丫头没发疯吧？你可别随便从大街上拉一个回来打发我！我不吃那一套！"

新闻里最近不是常有类似的报道么，一临近年关，各种租男女朋友的生意就火得不行，俞妈妈揣测，闺女会不会也想给自己来这么一招以缓解两人多日来的紧张关系。

梓晴直乐："放心妈，我不干那事儿，再说那也瞒不过您的火眼金睛啊！"

俞妈妈一听这口气，眼前立刻一亮："这么说，真的有戏？是谁？快告诉我！"

梓晴存心卖关子："先保密！反正过两天您就知道了！妈，到时您就准备好酒菜，在家耐心等着吧。"

梓晴这么一撩拨，俞妈妈的心情顿时不平静了，看女儿这几天一扫原本晦暗沮丧的心情，重新变得春光灿烂起来，这事儿似乎假不了。

晚上，她兴奋地和俞爸爸议论起来。

"老俞你说，小晴这回到底看上谁了？"

俞爸爸比她淡定多了："到时候不就都清楚了，有什么好猜的。"

俞妈妈像没听见："她和纪明皓分手这才多久啊，一个月都没到呢！怎么会就……不可能啊！"

"有什么不可能的。古人还觉得人到不了月亮上去呢！再过几年，咱都可以买票乘宇宙飞船去月球旅行了。"

"哎呀，会是谁呢……不会，还是纪明皓吧？"

俞爸爸拍拍她手背："都说别猜了。"

俞妈妈那劲儿一起来哪里能轻易就按捺下去："你想想，小晴这么多年和纪明皓都分分合合几回了。说明他俩有缘分，分不开啊！我看哪，八成是两人又和好了！哼，还闷着不肯告诉我！我估计是他俩不好意思了，等明天我给纪明皓打个电话一问，不就全明白了！"

"哎，你别乱来啊！万一不是呢？"

俞妈妈一想的确有点冒失，只得作罢，隔了一会儿忽然叹气："这丫头疯疯癫癫的，我真怕她又惹什么幺蛾子出来。"想想又来气，"都是让你给惯出来的，老说女孩子随便养养就成了，看看现在疯魔成啥样儿了，让亲戚们看笑话！"

俞爸爸不乐意了："谁说我没管了，小时候也没少揍她！天生就这脾气了！"

"那还不是我给你使了眼色你才揍的。不揍现在更不像话！"

俞妈妈虽然按捺下了给纪明皓打电话的冲动，谁知转头就在超市碰上了纪明皓，她心里得意，嘿嘿！这可是他自动送上门来的，怨不得我提前戳破你们！

纪明皓正站在水果柜前挑苹果，俞妈妈绷着一脸笑过来了："明皓！"

他回头，忙打招呼："俞阿姨，您好！"

"挑水果呢？"

第十四记：欢喜冤家

"嗯，阿姨您，您也来买东西？"

纪明皓被俞妈妈那一脸高深莫测的笑搞得心里没底。

"是哦，这不明天就礼拜六了嘛！家里来客人，小晴让我烧几个好菜——明皓啊，你明天有没有约会啊？"

"我，那个……"

俞妈妈笑容越发亲切了："有什么就说嘛，跟阿姨还不好意思呢！是不是……"

"明皓！冰箱里切片乳酪快没了吧？看！我挑了两盒！"

一个娇滴滴的声音由远及近，生生切断了俞妈妈接下来的猜测，转头一看，一位容貌秀美的时尚美女娉娉婷婷走过来，亲昵地挽住纪明皓的胳膊，随手将两盒乳酪扔进购物车。

俞妈妈眨巴着眼睛愣在原地，纪明皓比她还尴尬。

美女不认识俞妈妈，但能感觉出气氛中微妙的紧张，她笑笑问："你怎么了？"

纪明皓硬着头皮对俞妈妈道："阿姨，这位是我女朋友小秦。"

"哦，你好你好！"

俞妈妈算盘虽然打错，但好在她反应机敏，没把傻话统统倒出来，心里却忍不住嘀咕，这纪明皓手脚也够快的，前脚刚分手，后脚已经踏到另一条船上去了。

纪明皓反问俞妈妈："梓晴最近好吗？"

听到梓晴的名字，身旁的女郎眼睛里立刻流露出机警的光芒来，着重瞅了眼俞妈妈，仿佛明白她是谁了。

俞妈妈当然要给女儿造声势："她呀！挺好的，这不，明天就带男朋友回来吃饭呢！"

纪明皓点点头："这样挺好，他俩在一起挺合适的。"

"咦？你认识小晴的男朋友啊？"

纪明皓笑笑:"不是戴穆天么?"

俞妈妈呆若木鸡。

"阿姨,您……不会不知道吧?"

"我……当然知道了。"

俞妈妈在心里暗骂着梓晴,这个洋相她真是出大了。

晚上,梓晴一回家就看见妈妈虎着脸坐沙发里,一副兴师问罪的样子。

俞爸爸把闺女拉到厨房,偷偷提醒她:"哎,你妈知道你和小天的事了,你留神点哦!"

"啊?爸您真是的,怎么这么管不住自己的嘴呀!"

"不是我说的,是她在超市碰上了纪明皓!你呀,搞什么惊喜不惊喜的,白白又惹你妈一顿埋怨!"

梓晴想,埋怨就埋怨吧,反正她妈的脾气这么多年就没变过,闹得再凶,好好哄一哄就一阵风似的过去了。

"妈,吃晚饭吧?"

她刚一搭讪,俞妈妈就连珠炮似的朝她开火了:"你知道我今天在超市碰上谁了?纪明皓!要不是他告诉我你跟小天好上了,我丢人可就丢大了!你知不知道我在他面前有多尴尬!"

梓晴耐着性子等她开完炮,方问:"妈,我就问您一句,您喜欢小天吗?"

俞妈妈飞快地眨眼睛:"小天我当然喜欢了,可你……"

"那不就行了!您对小天本来就知根知底的,所以我想给你俩来个别开生面的重逢嘛!您生那么大气干什么呀!"

俞妈妈气也是气被女儿耍得团团转,一想到未来的女婿是戴穆天,心里也顿觉舒畅,对梓晴嗔责道:"就你花样劲多!我也有句话要问你:这回你不再改主意了?"

第十四记：欢喜冤家

"当然不改了！我又不是不倒翁，老那么来回转也不嫌累的！"

"你再改也没可能了！我今天看见纪明皓的女朋友了。"

梓晴诧异："真的？长什么样儿？"

"蛮漂亮的，细条个子，白白净净，好像姓秦。"

梓晴着实怔了一怔，她记得Tina就是姓秦，尹畅的话果真没错，那两人未必能断得干净，她如果真嫁了纪明皓，只怕以后的日子会很难受。

"你想什么呢？"

"没什么。"梓晴一笑，关于纪明皓的一切，她不愿再谈，反正都与自己无关了。

星期六，戴穆天如约上了俞梓晴家的门，得到了空前隆重的款待。

俞家二老本来就特别喜欢他，这孩子不仅知根知底，还很懂人情世故，脾气也不错，简直就是年度最佳女婿候选人。

戴穆天不费吹灰之力就过了二老的关。

接下来就轮到梓晴上戴家见父母了，不过梓晴可没戴穆天这么有信心。

晚饭后，她送戴穆天下楼，两人顺便散步聊聊天。

戴穆天说："我告诉我妈了，明天带女朋友回家，不过我妈那做菜的手艺你懂的，没法和你妈比，你别期望太高。"

梓晴哪有心思关心吃的。

"你有没有告诉你妈，要带回家的女朋友是我？"

"没有啊！不是说好见面的时候再说明白么！想想都好玩，可惜你妈妈提前知道了。"

梓晴苦着脸："我有点怕你妈，她肯定不会对我满意的，要不，要不你想个办法，看能不能绕过你妈妈？"

戴穆天啼笑皆非："你想什么呢，她是我妈，不是吃人的老虎！你又不是不认识她！再说了，丑媳妇早晚要见公婆，逃是逃不了的，除非你不想嫁给我！"

"谁说我不想了？"

"那就跟我回去。俞梓晴，做人就得老老实实的。"

"那……我老老实实地告诉你，我不敢见你妈。"

"你……"

戴穆天左右一看，正好经过一家幼儿园。

他猛然抱起梓晴，三步两步就来到幼儿园贴着卡通图的外墙边。

梓晴被他紧紧搂着，顿时发窘："你干什么呀！"

戴穆天双目炯炯盯着她，眼里似有小火苗在往外蹿，直看得梓晴双颊发红，忍不住低声提醒他："喂！傻瓜，这里有人的！"

戴穆天卡住她的双手忽然下移到腋窝处，出其不意挠起她痒痒来，梓晴从小就怕痒，立刻像蛇一样乱扭，笑得气都喘不过来。

"戴穆天，放开我！"

戴穆天不放。

梓晴吹胡子瞪眼："你再不放开我生气啦！"

戴穆天一边继续一边问："还生不生气？"

梓晴咯咯笑："生气！"

"你都生气了，我放了你也没用啊，不管了！"

他挠得更厉害了。

梓晴笑得眼泪都快下来了，只能妥协："好好，我不生气！你快松开我！"

"真的没生气？"

"真的！真的！"

"不许打击报复啊！"

"绝不，快松手呀！"

戴穆天这才慢吞吞地松开，梓晴立刻扑上去拧他胳膊。戴穆天一边躲

第十四记：欢喜冤家

一边笑："你不会还想再来一次吧？"

梓晴这才咬唇收手。

戴穆天搂着她的脖子往前走，亲昵地问："这会儿还紧张吗？"

梓晴全身松弛，摇了摇头："没力气了。"

"你放心，我妈吃惊是肯定的，我以前从来没和她提过，但以你的魅力，征服我妈那样的老太太还不是小菜一碟！"

"我可没你有信心——如果她对我不满意怎么办？"

"……那我就告诉我妈，我只能终身不娶了。"

梓晴顿时笑逐颜开。

天刚蒙蒙亮，戴妈妈就利索起床了。未来的媳妇今天上门，这可是件空前大事，她一扫平日里的懒散态度，不仅隔天就大扫除了一遍，还学新潮，买了一束五颜六色的康乃馨，插在花瓶里，往餐桌上那么一放，顿时给朴素的客厅增色不少。

她还从橱柜深处翻出一套多年不用的崭新碗具，七八年前戴爸爸逛商场时心血来潮买的，买回来还被戴妈妈数落了一通。

"这种花里胡哨的玩意儿用起来都麻烦，你买回来干什么，还那么贵，浪费钱！"

此番她拉着戴爸爸一起清洗碗具时倒是破天荒夸了老伴儿。

"老戴，你眼光不错，瞧这碟子上的花头多细腻，现在要买这么一套估计得翻好几倍价钱！"戴爸爸呵呵笑："现在知道你老公眼光好了吧！"

午饭用的食材早都预备好了，戴妈妈算算不够丰盛，又推戴爸爸去熟食店买几样卤菜回来。戴爸爸劝她："这些菜足够了，她一个女孩子能吃得了多少啊？"

"那不一样！这是小沈第一次上门来，咱可不能给儿子丢脸！"

戴爸爸唯有耸肩叹气，这两天他被戴妈妈差东唤西，已经累到腰酸背痛了。

搞定厨房这一头，戴妈妈又马不停蹄把儿子从床上揪出来。

"哎呀，你看看都几点了，怎么还睡得住！赶紧去把人给我接过来啊！"

"妈，才八点半呢！你急什么呀！来了也是干坐着！"

戴妈妈一瞟闹钟，还真是，自己刚才火烧火燎的看错时间了，但还嘴硬："你早点儿去显得诚心啊！不急着回家，也可以带她在外面玩玩嘛！"

"没事啦！她跑不了的！"

"那你也该起来了！我还得把房间再整理整理呢！"

被老妈从床上赶下来后，戴穆天慢吞吞地去卫生间洗漱，撞上在门口换鞋的老爸，父子俩面面相觑。

戴爸爸贼贼地瞥一眼儿子房间："没和你妈说呢？"

"说什么？"

戴爸爸用口形比画："你和小晴的事儿呗！"又压低嗓音，"你妈到现在还以为来的是姓沈那姑娘呢！"

戴穆天挠挠头皮："我要现在说了，我妈说不定会立刻罢工，还是等来了再讲好了。到时候她再恼火也不至于往外轰人吧。"

戴爸爸也想不出更好的办法来："林黛玉一眨眼变了薛宝钗……嘿嘿！反正一会儿我肯定得装不知道，站你妈那边！"

"爸，您下手可别太狠！"

"我有数！咱到时候见机行事！"

十点半，戴穆天终于押着心情忐忑的俞梓晴回来了。

戴妈妈开的门，一见梓晴，着实一愣。

"阿姨好！"梓晴忙积极打招呼，"好久不见了阿姨！"

戴妈妈眨巴几下眼睛，不明所以："小晴也来啦！进屋坐吧先！"

梓晴扭头看看戴穆天，后者正挤眉弄眼示意她赶紧进门。戴妈妈在他

第十四记：欢喜冤家

俩进去后又朝门外望了望，纳闷之色溢于言表。

这边厢，戴爸爸已经殷勤地沏了茶水端出来给梓晴，两人热乎地聊开了。

戴妈妈招手把儿子叫进厨房："小天，你搞什么鬼，不是让你去接人的么？你怎么把小晴也给叫来了？"

"人不是给你接来了么？"

"哪儿呢！我没见啊！"

"就小晴啊！"

"什么？"戴妈妈如闻晴天霹雳，厉声怒斥，"你开什么玩笑！"

戴穆天也收起嬉皮笑脸的神色："妈，我没开玩笑，我女朋友就是小晴啊！"

"那，那小沈是怎么回事？"

"我跟她不合适，没成。"

"你……你真是要气死我！"

戴妈妈解下围裙，气冲冲走出厨房，站客厅里瞥一眼梓晴，怒气加重，噌噌噌就回自己房间去了。

梓晴尴尬地看看戴穆天，他不太在意地笑笑，站在她身旁，端起茶杯来喝茶。

戴爸爸见不得人难堪，忙说："小晴，我是看着你们长大的，往后你可得也叫我一声爸爸了，哈哈！小时候让你喊我爸爸你怎么都不肯！"

梓晴红着脸低头笑。

戴妈妈在房间里听得怒发冲冠，扬声吼："老头子你胡说八道些什么！还不快进来！"

戴爸爸冲梓晴做了个鬼脸："别怕，我去劝劝她！"

戴穆天坐在梓晴身边，搂住她，像晃婴儿一样慢慢摇晃着。

梓晴犹自不安："你妈妈好像很不高兴呢！"

"没事,我妈的脾气你又不是不知道,刀子嘴豆腐心,过会儿就好了。"

"其实,还不如你提前告诉她呢!现在这样倒反而……"

"提前告诉她?那她可不会随随便便就对沈慧嘉死心,肯定得天天磨着我改主意,你受得了啊?"

梓晴听了很不舒服,可一琢磨,也怪不得人家对自己有意见。

"小天,都怪我以前对你太凶了,你妈妈才……"

戴穆天听着笑,轻轻吻了她一下:"以后对我好点儿就什么都行了!"

房间里,戴妈妈历数完梓晴的种种"恶行"后,气呼呼地说:"这种儿媳妇我可伺候不了!"戴爸爸劝:"哎呀,那都是什么时候的老黄历了,那会儿小晴才多大,懂什么呀!"

"什么懂什么?性格天注定,二岁看到老,十六岁看到死!恶根总是在的!小天小时候给她欺负得还不够啊!哦,现在还要娶她进门,那以后咱家还有安生日子过吗?"

"你看你,让我说你什么好呢!"

十分钟后,戴爸爸唉声叹气从房里出来。

"爸,我妈怎么说?"

戴爸爸瞅一眼梓晴:"你妈妈她……担心小晴欺负你呢!"

梓晴更加坐立难安。

戴穆天站起来:"我去和她谈谈。"

梓晴也站起身:"我,我和你一起去。"

到了门口,梓晴却生了怯意,不敢随便踏入房门,只在门边站着,静观事态。

戴妈妈听到脚步声,回身一看是儿子,刚想张嘴抱怨,很快又瞥见梓晴站在门外,便硬生生把到嘴边的话又给吞了回去,仍旧把身子转回来,

第十四记：欢喜冤家

背对着外面那个让她恼怒的世界。

戴穆天走进去："妈，您这是干什么呢！我和小晴的事都已经定了，小晴现在是我女朋友，您这样对她不合适吧？"

毕竟还有往日的情分在，戴妈妈再不乐意，面子上也不能做得太过分，咬牙质问："你怎么不早点儿告诉我？"

戴穆天见母亲似有松口之意，便玩笑道："小晴又不是旁人，您不也看着她长大的么，所以我们想给您来个惊喜。"

戴妈妈满心憋屈："这种事你给我搞惊喜？我快被你吓死了！"

戴穆天笑嘻嘻地傍着母亲坐下："妈，您不是说只要是我喜欢的女孩子你都不会反对吗？"

"你又从来没告诉过我你喜欢小晴！"

"我是真的很喜欢她，这些年不找女朋友也是因为放不下她。"

戴妈妈心里顿生恨铁不成钢之感，低声恼道："你就不怕将来被那丫头处处挟制？我真不知道你怎么想的！"

"阿姨。"

梓晴不知什么时候进了房间，在他俩身后喊了这一嗓子，差点没把戴妈妈魂魄给吓飞，她忙调整坐姿，摆出一副凛然不可侵犯的样子来。

"阿姨，我知道您对我有意见，"梓晴蹲下身子，不知哪来的勇气，直愣愣望住戴妈妈，"可我喜欢小天，小天也喜欢我，我们俩很想在一起。"

戴妈妈仍旧虎着脸不吭声。

梓晴深吸了口气，郑重道："我以前是有做得不好的地方，不过今天，就在这儿，我向您保证——我以后绝不会再欺负小天。"

戴穆天意外而深沉地看着梓晴，戴爸爸本在门口张头张脑，听到梓晴的话顿时也露出感动的神色，眼巴巴瞅着老伴，希望她能赶紧表态，皆大欢喜。

在一室的寂静中，戴妈妈终于开口了，语气柔软了许多："小晴，不是阿姨存心和你过不去，但你以前对小天真的是……算了，不提了，你刚才说的话，都算数吗？"

"算数！"梓晴用力点头。

戴妈妈又怔了会儿，方叹一口气："既然这样，我也没什么好说的了。"

对俞梓晴来说，这真是极为漫长的一天。

午后，当她告别戴家二老，与戴穆天手牵着手重新走在阳光与微风中时，竟有种恍若隔世的错觉。

"终于过关了。"梓晴忍不住叹息。

戴穆天歪过脑袋来，盯着她直乐。

梓晴嗔道："你傻笑什么呢？"

戴穆天便尖起嗓子，学她的口气说："阿姨，我向您保证，我以后绝不会欺负小天——这么低声下气的话，真亏你能说得出口！"

梓晴臊得脸通红，捶着戴穆天的胸膛嚷："我都快窘死了，你还说你还说！"

"喂喂！你不能这么快就毁约啊！我妈看见了肯定会反悔的！"

梓晴闹得更凶："我不管，谁让你笑话我的！"

戴穆天抓住她的手，忍住笑摇了摇头："我妈真是太不了解我了，居然担心我被欺负，她都不知道，我有一招制俞梓晴的独门绝技，百试不爽！"

梓晴懵懂："什么？"

戴穆天松开她，阴森森地笑了笑，忽然大喊一声："挠痒痒啊！"

"啊！"梓晴一声惨叫，转身就跑！

戴妈妈的思想工作一做通，接下来的事情就好办多了。

拣了个风和日丽的好日子，戴穆天陪父母登上了俞家的门，正式拜访梓晴的父母。

第十四记：欢喜冤家

戴爸爸和俞爸爸过去是同事，现在又是麻将桌上的牌友，再加上即将就要成为亲家了，见了面的热乎劲儿自不必多说。倒是两位妈妈，过去十几年都处在暗中较量的氛围里，这一下子就得把过去种种计较的心态放下，冰释前嫌重修旧好不是那么容易的事，让梓晴和戴穆天暗暗有些担心。

好在戴妈妈态度还算积极，主动提出要入厨房给俞妈妈当下手，不过等她进厨房一看，菜肴什么的早已置备齐整了——码在案前。

"冷盘和汤都准备好了，热菜等开饭前我逐个炒了就行，很省事儿！"

俞妈妈笑着拉戴妈妈出了厨房，在客厅里就座。

戴妈妈自愧不如："还是你能干，我一做饭就手忙脚乱，炒的菜他们爷儿俩不是嫌太淡就是嫌酱油放太多，嘴馋了只能下馆子。"

戴穆天说："这点我妈说得还是挺中肯的，我小时候就特别喜欢吃江阿姨做的菜。"

俞妈妈笑道："以后咱们就都是自己人了，什么时候想吃什么时候来，小天，你得拉你爸爸妈妈常过来走动走动！"

"知道了，阿姨，我不会跟您客气的。"

俞爸爸和戴爸爸乘人不备，已经在阳台那边吞云吐雾开了，梓晴最恨人在家里抽烟，忍不住蹙眉："爸！您又犯规了！不是说好不在屋子里抽的吗？"

俞爸爸说："老戴难得来，我陪着抽一根而已。"

戴穆天也道："今天长辈们高兴，你就别管头管脚了。"

梓晴心有不满，还想说几句，瞥一眼戴妈妈，只得闭了嘴。

戴妈妈见状，心里满意，对俞妈妈说："小晴这孩子比以前懂事多了。"

"哪儿呀！还时不时和我怄气呢！"俞妈妈顺口说完，突然想起来今天是个特殊的日子，怎么也得给女儿挣几分面子，"不过现在到底大了，我说的话有时也肯听听了。"

戴爸爸聊得兴起，亢奋地提议："既然这俩孩子都知根知底的，我看不

如早点把事儿给办了，咱们这几个老的也能安心过日子啊！你们说怎么样？"

俞爸爸一拍大腿："我没意见！"

戴妈妈也笑起来："我看这主意不错！小天和小晴年纪可都不小了！"

梓晴一听又着急起来："可我们恋爱都还没谈几天呢！这就结婚，也太快了点儿吧？"

俞妈妈道："快什么快！人家像你这么大孩子都有了！恋爱结了婚再慢慢谈好了！"

戴妈妈问："老江，你这有日历没有，咱看看能不能就近挑个好日子出来？"

"有，有，我这就去拿！"

两位妈妈的态度空前一致，很快就站到同一战线上来了。

四个老的讨论得热火朝天，梓晴在一旁抓耳挠腮，与戴穆天耳语："天哪！这简直就是包办婚姻！"

戴穆天坏笑："你看他们兴致多高，气氛多融洽，你忍心搞破坏？"

一想到马上就要结束单身，进入婚姻生活，梓晴还是心有不甘："可我……"

"别我了，我看你还是从了吧。"

第十五记：先婚后爱

下了班，梓晴走出公司大门，戴穆天的车停在一溜出租车的最后面，她喜气洋洋地往后走，心里从没觉得像现在这样踏实过。

一上车便开口问："今天咱们上哪儿吃晚饭？"

戴穆天瞅瞅她："你很饿？"

"还好啊！"

"那我先带你去个地方。"

梓晴两眼闪闪发光："什么好地方？是新开的饭馆吗？"

戴穆天啼笑皆非，伸手在她脑门上弹了个毛栗子："就关心吃！一会儿你就知道了！"

车子开了很久方停下。梓晴朝车窗外张望，是个建成不久的新小区。

"到了，下车吧。"

"你到底要带我去什么地方呀？"

戴穆天手往前一指："我们未来的家。"

不知为何，梓晴的心里涌动着一种很奇异的感觉，她一反常态，没有对任何所见事物评头论足，只是乖乖地由戴穆天牵着手，一路前行。

戴穆天领着梓晴进到一栋楼内，乘电梯直达顶楼。

他们的家并不大，是个八十多平方米的二居室，但采光条件不错，房间布局也很合理，精装修的房子，风格虽然简约，却也是一应俱全，最令梓晴欣喜的是，房子外面还有一圈晒台，视野开阔，可以远眺至一公里以外的湖景山色。

"你以前说过喜欢顶楼，我看了好多楼盘，还是对这里最满意。"

梓晴感动得鼻子都酸了："你居然还记得呀！"

戴穆天捏捏她鼻子："好多事我都记得一清二楚，包括你小时候怎么作弄我！"

梓晴一把钩住他的脖子，把他脑袋拉低，轻声说："我现在就补偿你。"

她踮起脚，凑到戴穆天唇边，两人深深地吻在一起。

夕阳的余晖如金粉一样洒在他们身上，幸福的滋味便如沾上了蜜糖的糯米糕，软软的，糯糯的，甜甜的。

一吻既毕，戴穆天又拉着她回到房子里。

"这地方虽然离市区有点远，不过周围环境相对不错，医院、超市、学校都在附近。"他略含歉意地解释，"小晴，我钱不多，这是我能买得起的最好的房子了，等以后条件好一些了，我再……"

"你为什么不早点儿告诉我呢！我可以和你一起分担的。"

戴穆天笑："你不见得有多少钱吧？"

"就算我没有，我爸爸妈妈也可以……"

"爸爸妈妈攒两个钱不容易，还是不要去动他们的积蓄了。我不想当啃老族。房子住小一点，偏一点，等将来有了钱还可以换更好的住，你说呢？"

梓晴笑："你这么孝顺，我当然都听你的了！"

经过四位长辈高效率的磋商，婚期很快定了下来，就在两个月后的十一月中旬。

第十五记：先婚后爱

俞妈妈体贴地对女儿说："这日子可是我和小天妈妈算出来的好日子。这个日子结婚你俩一辈子和和睦睦不会吵架！还有啊，十一月中天气还不算太冷，再往下穿婚纱可就凉飕飕的了！"

梓晴颇多无语之感，想不到老妈居然还这么郑重其事去给自己拣日子。婚姻和睦不是算日子算出来的好吧，是两个人共同努力过出来的。

不过看俞妈妈的架势，梓晴也不想说些不中听的话给她添堵，反正这婚是铁板钉钉要结的了，而且婚礼的诸多琐事，俞妈妈嫁女心切，一早就拍了胸脯，什么都不用梓晴操心，她一人全权搞定。

上回那婚事半途而废，让俞妈妈很没面子，老长一段时间不好意思出来见人，想不到这么短时间内就能重操旧业，俞妈妈顿觉扬眉吐气。

虽说诸多事宜都是丢给妈妈在操持，不过像拍婚纱照这样的事可没人替代得了，还得梓晴和戴穆天亲力亲为。

梓晴从小就不爱拍照，拍婚纱照更是被她讥讽为矫揉造作之事，但妈妈很坚持："人家都拍，你不拍，多奇怪啊！会被人笑话小气。你要不舍得这钱，妈妈给你出！"

架不住老妈的威逼利诱，梓晴只能勉强从俗。

但拍照真是个烦琐到让人发狂的流程，先要预定日子，因为年关总会迎来结婚大潮，梓晴又预约得晚，日子被排到了十月底，急也没用，只能干等着。

想起来好久没和尹畅见面了，梓晴便抽空约她出来叙叙旧。两人照例在老地方碰头。

尹畅早在电话中得知了梓晴好事将近，这会儿接过梓晴递上的婚礼请柬，一看日子不觉讶然："定这么早呀？我还以为至少得到元旦呢！"

梓晴耸肩："我也没办法，身不由己。"

尹畅笑道："也好，早点结了婚，大家心里也都踏实了，这回你不会再换人了吧?"

"当然不换了。"梓晴笑得感慨,"我算想明白了,如果找不到一个可以征服自己的人,那么找个能被自己征服的男人也挺不错的。"

尹畅听出她话中的深意,便调侃道:"你和戴穆天,究竟是谁征服谁,我看还是个未知数呢!"

梓晴不以为然:"他是男的嘛,力气比我大是肯定的,但我多年的余威还在呢!气势上绝对是我占上风,稳稳压住他,哼哼!"

尹畅抿嘴乐:"但愿吧。"

"哎,尹畅,我想请你当我的伴娘,你看怎么样?"

"这个……"尹畅似有为难之意,"我,可能不方便。"

梓晴皱眉,失望地瞪着她:"不是吧,连这个要求你都不肯?你可是我最好的朋友!"

尹畅忙解释:"我不是那个意思!可伴娘不都得未婚的人来做吗?我和冯军已经登记了。"

梓晴吃惊地睁大眼睛:"是吗?什么时候的事呀?你都不告诉我!"

尹畅有些羞涩:"上个礼拜刚登记的,也是因为我妈老催,没办法,登了记好让她安心。实在是太快,有点像闪婚,所以我都没好意思向朋友们通报呢!"

梓晴抓住她的手一个劲儿摇晃:"恭喜!恭喜!想不到这回咱俩居然同步了——那婚礼呢,什么时候办?"

"还没决定,我和冯军都不是本地人,办婚礼得两头办,想想就头大,我还想说,干脆别办了省事,可我妈和他家里人都不同意!"

梓晴如觅知音:"可不是!咱俩想一块儿去了呢!现在办个婚礼真是劳民伤财,七大姑八大姨地聚在一起都不知道要说什么,我要说从简吧,我妈还特别不高兴,说不办婚礼怎么把从前送出去那些礼金收回来呀!我都服了她了!"

第十五记：先婚后爱

尹畅扑哧乐出声："老人家的想法和咱们不一样的。再说，婚礼还是要办一下的，图个喜庆吉利。我觉得烦是因为要跑两个地方，这边也不能不请请同事朋友昭告天下吧，这么一来就得办三回了，简直像巡回演出。"

从前她俩在这咖啡馆里聊天，不说愁云惨淡，至少也是心思深沉，气氛肃穆的，而今天一反常态，同时聊起这喜气洋洋的话题来，梓晴只觉得满心畅快，热情爆棚，忍不住怂恿起尹畅来："我觉得吧，要么不办，要办就干脆办它个轰轰烈烈！巡回演出就巡回演出呗，一辈子也就麻烦这么一次，而且啊，再麻烦你也是女主角啊！"

尹畅被她感染了，笑道："说得也是。我回去和冯军商量商量。"

"商定了日子别忘了尽快告诉我哦！"

"一言为定！"

充实的日子过起来总是飞快，转眼十月的日历已翻到尾巴上，婚纱店给梓晴打来电话，通知她拍照的时间。

两人为此特意请假一天，按照店员的吩咐，早上七点半就赶往婚纱店，到那儿一瞧，好家伙，准新娘们从店堂角落沿墙边的长椅挨个坐，长长一串直抵玻璃大门。敢情预约了不算，拍照当天也还得排长队。

服务人员把他们安排在一个化妆师旁边的位子上："两位坐吧，先要化个妆，然后会有专门的形象师帮你们挑选礼服。"

"我们什么时候能拍？"梓晴已经有点不耐烦了。

"您别着急，等前面的准备工作做完就可以拍了，我们有四五个摄影师呢，来得及周转的。"梓晴一屁股坐下，朝戴穆天抱怨："看来得泡在这儿一天，早知道这家店生意这么火就不挑这儿了！浪费时间，还害我早上六点就起床了！"

戴穆天倒淡定得很，拍拍自己前胸："要不要到我怀里来睡一觉？保你舒舒服服，一觉醒来就轮上了。"

梓晴白他一眼:"我又不像你,站着都能睡着!"

戴穆天一把将她搂进怀里:"过来给我当个抱枕,你不睡我睡!"

隔着一米多远的距离,化妆师左手胭脂板,右手拿一唇线笔,像作画一样往准新娘脸蛋上抹颜色,梓晴啧啧摇头,轻声嘀咕:"这画完了还能认得出是自己来吗?"

终于轮到梓晴上"砧板"了,化妆师不急着下手,先退开一步距离朝她左右端详一番,那犀利的眼神瞧得梓晴心里直发毛。

好在对方打量完了什么都没说,就认真干起活来了。

梓晴心痒痒,忍不住问:"你刚才盯着我看干什么呢?"

"看看你适合什么样的风格呗。当然这不是最主要的。"

戴穆天坐在旁边的椅子里插嘴:"那最主要的是什么?"

他正由一位副手给他脸上抹粉,男士化妆不需要像女士那样精致。

化妆师笑笑:"最主要啊,看怎么能掩盖掉客人脸上的缺陷。"

戴穆天故作惊讶:"啊?我老婆脸上还有缺陷啊!"

化妆师被他逗乐,遂在梓晴脸上指指点点地解释:"她脸的上半部分没太大问题,除了眼睛一大一小,眼角有少许雀斑,但下半部分问题很多,首先就是脸型过方,下面这两块颚骨太明显了,嘴唇也偏厚,一会儿我会给她勾勒得薄一点……"

任哪个女孩听人这么随意点评自己的缺点都不会高兴,哪怕她是化妆师。梓晴一边听着,一边脸上的笑容就挂不住了,戴穆天却兴致勃勃地与化妆师调侃着,引她接着往下说,梓晴心里甭提多窝火了。

"至于她两边脸不对称的问题,我打算用深色粉底的效果来掩饰,但总体来说,脸的基础在这儿了,也改变不了太多。"

梓晴忍着愠意开口:"就这样好了,我本来就不是美女。"转头冲戴穆天道,"你要是嫌我不漂亮,尽可以找漂亮的去!"

化妆师对戴穆天伸伸舌头:"新娘子好像生你气了哦!"

第十五记：先婚后爱

戴穆天探头过来瞅一眼，果然看见梓晴面色铁青，忙正色说："虽然你不是天女下凡，但我就是喜欢你这样的，而且只喜欢你这一款的！别人再漂亮关我什么事！"

化妆师咯咯笑着夸梓晴福气好，梓晴心情稍缓，但余怒未消，鉴于化妆中，也不好给戴穆天脸色看，权且忍着。

经过一个多小时的折腾，终于过了化妆这一关，立刻有服务人员过来领他们去挑礼服，梓晴任戴穆天怎么逗自己，就是默不吭声。

等梓晴换好礼服出了更衣室，戴穆天早已准备就绪，独自坐在一个小房间的沙发里等她了，一脸小心翼翼的表情。

"你穿这件婚纱真漂亮！"戴穆天谄媚地夸赞。

梓晴扭着头不理他。

戴穆天蹭上来："还生气呢？"

"生气！"梓晴气呼呼道，"谁让你跟化妆师演双簧似的批评我长得难看来着！"

"苍天可鉴！我真没觉得你丑啊！我戴穆天也是有点品位的，再怎么样也不可能娶个丑姑娘啊！你不会连这点自信都没有吧？"

梓晴嘴一噘："反正你刚才取笑我了。"

"好好，我道歉！"戴穆天举双手投降，又低头端详梓晴的脸色，"别生气了好不好？马上要拍照，你黑着个脸，弄得像孙二娘似的，人家还以为咱俩是开黑店的夫妻二人组呢！"

梓晴没绷住，笑容在脸上一闪而过，这当然没逃过戴穆天的眼睛，他笑嘻嘻地拥住梓晴："笑一个，好不好？"

"笑不出来！"

"你刚才就笑了！"

"我没有！"

"那我问你，"戴穆天口气忽然庄严起来，"你爱我吗？"

梓晴心里没来由地一虚，顿了一下，勉强说："你说呢。"

"我说？我说你肯定爱我啦！"

梓晴笑："没皮没臊！"

"两个人在一起呢，最重要就是你爱我，我也爱你，其他事情都不重要，你说是不是？"

梓晴心里的一个硬块好歹是软化下来了，在戴穆天温柔的逼问下，轻轻点了点头。

戴穆天把她身体转过来，正对自己，然后朝她龇牙咧嘴笑。

"你干什么呀？"

"没看出来吗？我正在和你一笑泯恩仇啊！"

这回梓晴笑得是一点脾气都没有了。

梓晴还是高估了婚纱店工作的效率，等他们拍完照，卸完妆，重新变回自己原来的模样时，天已经完全黑了。

两人手拉着手出来，都有种精疲力竭之感。

"拍照真累！"梓晴叹。

除了化妆时闹的那一点小小的不愉快，接下来的时光，两人合作得非常默契，被摄影师摆布着做各种匪夷所思的造型，艰难而疲惫地完成了今天的使命。

"幸亏都拍完了！"戴穆天说，"感觉我们又向成功迈进了一步——你饿不饿？"

"不饿，完全麻木了。"

"我饿死了！走，先去吃东西！"

他们就近选了家面馆，一人来了一碗炖猪蹄面，一闻那香喷喷的味儿，梓晴的饥饿感立刻也恢复了，两人面对面坐着，各自狼吞虎咽。

梓晴间或抬眸，扫一眼戴穆天，总有种想要笑出声的感觉，他们不是

第十五记：先婚后爱

第一次这样面对面坐着吃东西，可彼时的心情与现在完全不同。

那时候，他们充其量就是两个随意组合起来的玩伴，热闹有余而亲密不足，但今天则完全不同，他们彼此属于对方，从此将成为一个不可分割的整体，想到这里，亲切之感油然而起。

"小天，把手给我。"

"嗯？"戴穆天含着满嘴巴面条看看她，虽不解其意，但还是顺从地伸了只手过来。

梓晴握住那只手，与他十指相扣，戴穆天的手温暖干燥，既柔韧又充满力量。这给了梓晴一种惊讶而新奇的感觉，原来戴穆天早已不是那个被她屡屡抨击为娘娘腔的男孩了，不知不觉间，他已长成为一个成熟可靠的男子，而且，他那样爱自己，一心一意。

两人都不说话，互相凝眸之间，忽然相视一笑，浓郁的温情从彼此的眼眸中倾泻出来，要将整个夜色淹没。

婚期临近，家里忽然忙得人仰马翻，各种天晓得的风俗从亲戚乃至左邻右舍们的嘴巴里蜂拥而来，为了女儿的幸福，俞妈妈宁可信其有，把各种礼节都做到了家，亲戚们也都热情地上门来帮忙。这段日子，梓晴过得真是晕头转向，反正爸爸妈妈经常会玩消失，从厨房里端着饭菜出来的今天是大伯母，明天又神奇地变成了三婶婶。

梓晴向戴穆天吐槽，结果得知戴家的情形和自己家也差不太多，戴穆天倒没有梓晴那么多抱怨。

"咱俩只要关心一件事就成了。"

"什么事呀？"

"结婚证你放好了么？"

"当然，我锁抽屉里了。"

"那就行了，其他的事让他们折腾去吧！"

众多风俗中，最能引起梓晴兴趣的大概要数染鸡蛋了。按照本地规矩，喜糖小礼盒中不仅要有糖果，还要包入两个红鸡蛋。俞妈妈坚持传统路线，鸡蛋要自己煮自己染自己包装。

于是，婚礼前一天，家里整个就成了鸡蛋的世界，厨房里煮着一锅又一锅的鸡蛋，客厅里则忙着用一种叫紫苏的染料把鸡蛋染红，梓晴也在客厅凑热闹，手染得红彤彤的，被妈妈发现后一通骂，给赶了出去。

"你把手弄得这样，明天怎么当新娘啊！"

梓晴只好用余下来的时间想办法处理干净手上的颜料。

这通忙碌一直延续到晚上，最后一锅热乎的鸡蛋也完成了染红的程序。二伯是急性子，一定要在他走之前把鸡蛋都包装并打包好，尽管俞妈妈提醒他鸡蛋还热着，打包了容易闷坏，但妈妈一个转身，二伯就热火朝天地干了起来。

好容易到十点钟，家里全部清场了，梓晴被妈妈催促着去睡觉，经过放鸡蛋的小房间时，忽然发现妈妈要求明早起来再打包的鸡蛋已经包装完毕了，赶忙向老妈汇报。

"哎哟！肯定是你二伯干的！"俞妈妈气急败坏地冲进小房间，"得赶紧拆包装，万一明天早上蛋都变质了，咱分发出去可就麻烦大了！"

梓晴待要帮忙，被妈妈拦住："这儿有我和你爸呢！你赶紧去睡觉，明天得早起！"

回到房间，梓晴的神经依旧处于亢奋状态，哪里睡得着觉，她给戴穆天发了条短信："你睡了吗？"

不到一分钟，戴穆天就拨通了她的手机："我睡不着，你呢？"

"我也是啊！"

"你现在什么感觉？"

"说不上来，有点兴奋，又有点迷迷糊糊的。"

"我紧张。"

第十五记：先婚后爱

"你紧张什么呀？"

"怕明天表现不好。"

梓晴乐："又不是去参加高考。"

"我高考都没这么紧张过。"

"那你还是早点儿睡吧。别明天顶着两只黑眼圈来见我。"

"嗯，你也早点睡，咱们明天见。"

"明天见。"

"等等，小晴。"

"怎么了？"

戴穆天轻轻地说："我爱你，小晴。"

梓晴心里忽的像被什么充满，融融的暖意在体内四散开来，她甜甜地回道："我也爱你，小天。"

天还没亮，梓晴就被妈妈唤醒，洗漱过后，由一早赶来的表妹陪她去美容院化妆做头发。

重新回到家时天已大亮，陆续有亲戚朋友们上门。

梓晴大学时同寝室的几个同学不远千里坐火车飞机先后赶来，还有从小学到高中各个阶段的本地同学，凡是和梓晴要好的也都登门道贺来了。

家里霎时挤满了人，梓晴把自己的同学都请进闺房，关了门热热闹闹地聊起来。

她高中和大学里的同学并不认识戴穆天，翻婚纱照时好几个人都发出惊叹："俞梓晴，你男朋友好帅气！"

立刻有人纠正："不是男朋友啦！现在是老公了！"

"叫老公好粗俗，应该叫夫君。"

大家哈哈笑着。

梓晴一初中女同学揭发道："戴穆天那时候在我们班可是公认的班草，

俞梓晴算近水楼台先得月！"

"什么什么？什么近水楼台？"一众人都来了兴趣。

"俞梓晴和戴穆天两三岁时就认识了，名副其实的青梅竹马！"

"哇！俞梓晴，你居然还有个青梅竹马呀！怎么从来没听你提过，保密功夫厉害啊！"

"快给大家说说你们的浪漫爱情史！"

"对对，赶紧从实招来！"

梓晴拗不过大家八卦的热情，只好尽量简洁地把自己和戴穆天的过往历史说了说，讲述过程中，她特意把自己描绘得理智贤淑一些，不过这种"歪曲历史"的现场演讲还是有一定难度的，幸好没多久就听房门外传来异于平常的喧哗。

绰号"小钻风"的一位小学同学立马奔出去打探，又很快窜回来，兴奋地宣布："新郎驾到！"

大家顿时乱作一团。

"快快！把房门关起来！"

故事会旋即中止，梓晴暗自松了口气。

新郎随行人员在门外用力拍门，里面当然不肯开，双方开始隔着门没完没了地讨价还价，一会儿要新郎唱歌，一会儿要新郎学狗叫，议价气氛愈演愈烈。

梓晴先还傻乎乎地边听边笑，忽然想起来妈妈的叮嘱，十点半务必要到酒店的，婚礼十一点就要开始，她一扫时间，不得了，马上就十点了，万一路上再堵个车什么的，不耽误大事儿了嘛！

她噌一下就从床上跳起来："范范，小郑，快别闹了，赶紧开门让他们进来！"

两位同学瞠目结舌："可我们还，还没问完呢！"

"按规矩，新娘可是得扭扭捏捏，死活不肯出门才对啊！"

第十五记：先婚后爱

梓晴哪里顾得上这些，手一挥，特利索："愣着干什么，赶紧开门啊！再不让他们进来，一会儿去酒店可就来不及了！"

同学们扫兴："你怎么这样啊！"

"就是，俞梓晴，你这新娘子也太着急了吧！"

说归说，门到底还是给开了，门外的一干人呼啦一下涌进来，个个脸上洋溢着胜利的笑容，虽然谁也闹不清怎么刚才还举步维艰的谈判忽然就化险为夷了。

戴穆天一身笔挺的西装，头发上喷了发胶，伟人似的根根往后竖着，整了个特别气派的大背头，他往梓晴面前一站，再那么心满意足地一笑，顿时把梓晴的那班女同学都给镇住了。

"刚才是谁给我开的门？"戴穆天左右环视。

众人愤愤地把手朝梓晴一指："你老婆！"

戴穆天愣了愣，随即笑得更欢，从口袋里掏出个厚实的红包，郑重塞到梓晴手里："老婆，您英明，果然是肥水不流外人田！"

梓晴嫣然一笑，回身把红包递给表妹："装我包里啊！"

顿时群情激愤，大家纷纷表示不能饶了狡猾的新郎，于是，在经历了跪着给新娘穿鞋，把新娘从十七层抱到一层（当然是乘电梯的）等种种刁难后，一对新人终于曲折地抵达了酒店。

一场隆重而繁杂的婚礼正在等着他们。

整个婚礼因为组织得不够严密，总有那么点儿乱糟糟的意思，诸如来宾没有得到及时指引，男方女方的亲戚朋友位子乱坐等等。作为婚礼总负责人的俞妈妈事后检讨是自己考虑得不够周密，把事情想简单了。

不过梓晴觉得这也不是什么问题，一场再完美的婚礼也不过是个形式，无法代表婚姻的真谛，唯有两颗真诚的心才能将婚姻照着彼此期望的样子经营下去。

婚礼只是开始，往后的日子还长着呢！

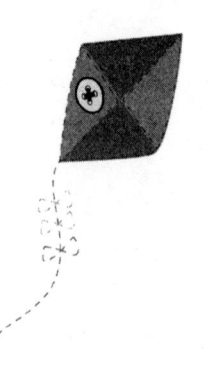

第十六记：如蜜似糖

梓晴晾完衣服进房间，戴穆天正趴在床上看电子杂志，她蹑手蹑脚走过去，一屁股坐在戴穆天身上，然后人人咧咧仰躺，完全把戴穆大当成了床垫子。

"嗨嗨！你拿我当什么呢？"

梓晴咯咯笑："躺你身上舒服！又厚实又软乎！"

戴穆天哗啦一个翻身，就把梓晴压身下了，点着她的鼻子教训："做了我老婆，以后要乖点儿了，知道不？"

"偏不！"

戴穆天二话不说就上了绝招——挠痒痒。

梓晴开始一边乱扭一边大笑："戴穆天，你再不住手我生气啦！"

"生气了？"

梓晴一听这口气，就明白他又在逗自己了，不过这回她学聪明了："马上就要生气了！"

挠痒痒暂停，戴穆天含情脉脉俯视着梓晴："老婆你真好，每次生气都会提前通知我的。"

梓晴吹胡子瞪眼："还不快拉我起来！"

第十六记：如蜜似糖

戴穆天一脸坏相："可是……我还没挠够呢！"

"啊哈哈哈哈哈哈哈！"梓晴扭成了一条蛇。

"乖不乖的？"

梓晴再也敌不住，大叫着投降："乖的！乖的！"

戴穆天意犹未尽地收手，蹙眉谴责她："你到底有没有原则的？这么快就举白旗了？"

梓晴笑得脸通红，一边咳嗽一边嚷："我的原则就是没有原则！"

戴穆天起身，又伸手拉梓晴，梓晴挺身而起，又像缠藤一样钩住戴穆天的脖子，整个人都吊在了他身上。

"好啦，别闹了！"

"谁让你刚才欺负我的？"

戴穆天驮着梓晴往客厅走，摇头叹气："你怎么像只猴子似的？"

梓晴嬉笑："你长这么壮，正好当树给我爬！"

戴穆天拿手指叩她脑门："赶紧穿鞋走人！你妈还等咱们吃饭呢！"

自结婚以来，两人几乎顿顿晚饭都上俞家去蹭，下了班，总是梓晴步行到戴穆天公司门口，再由戴穆天开车前往俞家，在俞家吃过晚饭后两人再一起回家。

就连周末也不例外，只要俞妈妈一个电话打过来，两人立马就屁颠屁颠上门了。

原因无他，俞妈妈厨艺绝佳，而她又极其乐意给孩子们做饭，反正闲着也是闲着，如今她最大的乐趣就是每天变着法子做好吃的招待女儿女婿。

但好饭好菜吃多了也有坏处，一个月下来，戴穆天去称体重，发现竟然又胖出来五斤。

"完蛋了！肯定是因为你妈妈烧得太好吃，导致我饭量大增！不行，不能再这么吃下去了！"于是他们转战去戴家吃晚饭。

戴家晚上总是喝粥，戴妈妈早晨出门时就把这锅粥炖上了，一直炖到晚上开饭，粥里什么都有，燕麦片、黑米、薏仁，但煮成一锅糊糊后，怎么看怎么没食欲。

戴妈妈又嫌每天烧菜太麻烦，所以每次煮肉都是拿大锅煮，一只肉锅端出端进不知要端多少回，才能把里面的排骨都消耗光。

梓晴偷偷问戴穆天："你就一直这么吃晚饭啊？"

"啊！不然吃什么呀！"戴穆天愁眉苦脸，"我是没你么好命，有个会做饭的妈妈。以前倒没觉得什么，可自从吃惯你妈妈做的饭，我妈这猪食一样的玩意儿真有点咽不下口了。"

见梓晴吃得少，戴妈妈还特热情："小晴你多吃点呀！吃这么少，晚上会饿的。"

梓晴没法说不好吃，只得笑笑说："妈妈，我晚上一般都吃得不多。"

戴妈妈也不糊涂："你是不是不习惯吃我煮的东西啊？"

"呃……不是啊！"

"我知道你妈妈会做饭，不过我煮的粥也算一绝了，真正的营养粥哦！"戴妈妈夹了一大块排骨到梓晴碗上，"来，吃块肉！"

"我，我们家吃粥不吃肉菜的。"

"哦？那都吃些什么？"

"唔……青菜，萝卜干，还有炒花生。"梓晴胡乱报着早餐桌上常见的吃食。

第二天回去，梓晴就看见戴妈妈正在厨房叉着腰炒花生。

"小晴，今天晚上咱们也有花生吃啦！"

梓晴一瞧也挺感动。花生上了桌，她忙用勺子舀了一大勺入自己的碗，以示支持。

刚进嘴嚼了没几下，又不得已给吐了出来，花生全炒焦了。

戴妈妈很尴尬："头一次炒，没经验。明天我再炒一次。"

第十六记：如蜜似糖

第二回没焦，却也没熟。

梓晴打电话给妈妈，问明了炒花生的正确方法，等第三次看见戴妈妈在取花生准备炒时，她赶忙进厨房指点。

"我妈妈说，要用冷油炒。"

"哦，这样啊！我说呢，我一直都是等油冒烟了才把花生入锅的。"

"还要用小火。"

"这个火小不小？"

"还得再小，只能有一小朵火，您开到最小吧。"

戴妈妈依言行事，然后不免嘀咕："哟，这么小的火得炒到什么时候啊！"

梓晴循循善诱："要炒得好吃呢，耐心很重要。"

"也是哦！"

梓晴在一旁看了会儿，见戴妈妈来回换手，很不耐烦的样子，便说："要不让我来吧。"

戴妈妈本就是拿她当厨房权威看待的，岂有不从之理，忙让出位置。

梓晴炒了片刻，也是手酸腰重，再看锅里，一点动静都没有，火实在太小了，她不好意思当着戴妈妈的面弯腰去察看火源，转头笑道："妈妈，您去外面坐着吧。我炒好了端出来。"

这就等于是下逐客令了，戴妈妈只好出去。

梓晴左右望望，确定没人，忙俯首看了看火势，顺便加大一点，接着炒，动静还是不够大，她一焦躁，顺手就给改成旺火，油锅里旋即热气腾腾，炒了没多会儿就往外冒青烟。

戴穆天踏进厨房来观战时，梓晴正手忙脚乱关火。

"炒好了？"

"差不多了。"梓晴抹汗。

戴穆天从锅子里拈了一颗尝尝，硬邦邦的，没比他妈炒的强多少。

刚才她俩的对话戴穆天在外面都听见了，这时候不觉叹：果然是性格决定行为模式。无论是自己老妈还是梓晴，个性都太急躁，像炒花生这种极需耐心的活儿大概只有他丈母娘才能胜任得了。

如是一周后，梓晴受不了了，干脆向戴穆天提议："要不咱们自己煮饭吧。"

"谁煮？你煮？"

"我煮就我煮！"

两人二话不说，回去检点了一遍从未用过的锅碗瓢盆，又上超市添置了几样实用的厨房用具，梓晴的厨房就这么开张了。

但煮饭和读书一样，也是要有点儿天赋的，俞妈妈并未将这天赋遗传给女儿。梓晴把厨房间搞得乱七八糟不算，端出来的菜还每每让戴穆天直皱眉头，咸的太咸，淡的又一点味道没有，菜炒焦了也就算了，肉汤喝起来还有股说不清道不明的味道。

"你，你在家没跟你妈学着点儿啊？"

戴穆天多少有点瞠目结舌，不是说龙生龙凤生凤，老鼠的孩子会打洞么？

梓晴忙得脸都成花猫了，还没落声好，也是心生气馁，往椅子里一坐，垂头丧气："怎么学呀！我家的饭从来都是我妈在做，根本用不着我插手。我妈说，我只要把书读好，把班上好就可以了。"

"失策啊！失策！"

梓晴气鼓鼓："怎么，现在后悔娶我啦？"

"岂敢！岂敢！"戴穆天谄媚地笑，"我是说我丈母娘太失策，怎么不把传世的手艺教给亲闺女呢！"

"哼！你自己打电话问她去吧！"

饭没吃饱，两人还是下馆子才搞定了一天的伙食。

梓晴问："要不，明天还上我妈那儿吃去？"

第十六记：如蜜似糖

戴穆天踌躇："这个……不太好吧？怎么说咱们也已经宣布过独立了，再回去是不是显得挺没骨气的……再说，我一坐你们家饭桌上就容易失控，回头再增个二三十斤肥出来怎么办？"

"也是，可我这手艺一时半会儿估计好不了，咱们的晚饭可怎么办呢？"梓晴一筹莫展。

戴穆天叹气摇头："看来只能大爷我出马了。"

"你能行吗？"梓晴一想到戴家那伙食就不寒而栗。

"总得试试看吧！难道等着饿死么？"

戴穆天先从网上挑了个菜谱下载到手机里，白天一有空就打开来研究琢磨。

下班后，两人先去超市买菜。

回到家，梓晴负责淘米洗菜，余下的事就都交给戴穆天了，他把手机往碗柜上一架，点开菜谱，照着置备起来，梓晴闲来无事，也赖在厨房围着他团团转，还不停口地问东问西。

"土豆丝切这么粗啊……它说要放淀粉的，你怎么没放……酱油会不会太多了……"

"俞梓晴，你能不能安静会儿？吵得我脑仁都疼了！"

"我好心好意提醒你呀！别忙了半天咱们还得下馆子，你看看买这么多菜回来，万一再浪费光了可是要天打雷劈的！"

戴穆天不堪其扰，索性将她赶出厨房，再把厨房门一关，独自清清静静在里面忙活。

梓晴在外面等得抓耳挠腮，心痒难熬，趴厨房门上听里面的动静，但听得在阵阵悠扬的音乐声中，夹着戴穆天偶尔的喃喃自语以及油锅炸响的动静。

等门再打开，戴穆天麻溜地端出三菜一汤，搁到梓晴面前，深沉低语："尝尝看。"

梓晴逐一品鉴，很快喜上眉梢："不错哎！比我强多了！"

戴穆天面露嘚瑟："哼哼，我的手艺哪是你比得了的！小时候我妈给我算，说我适合当艺术家。"

"得了吧，厨子也能算艺术家？"

"怎么不算！这叫烹饪的艺术，在这方面我有天赋，无师自通。"

梓晴大言不惭："你是烹饪家，那我就是美食家！"

戴穆天捏捏她鼓鼓的脸颊："你就一吃货！还艺术家呢！"

这一顿，两人不仅吃得饱，还吃得好。梓晴满意的同时也放下心来，以后的伙食总算有着落了。

戴穆天连着煮了一星期的晚饭，懒劲儿就上来了，素菜也就罢了，炒炒就能吃，可肉类整治起来着实麻烦，煎、炸、炖、煮，太费时间，他开始抱怨，并怂恿梓晴跟自己学着点儿，想把"衣钵"传给老婆接着。

梓晴赶紧把双手往后一背，两眼上翻："你是艺术家，我只是个吃货，想学都学不像的，这么高难度的任务，还是你亲自来吧。"

得，这活儿还烂手里了。

不过事儿是死的，人可是活的，戴穆天这时候想到他妈惯用的那一招来：一次性煮好一周的荤菜，不就没那么麻烦了吗。

于是，他家的冰箱里宛如科学家的实验室，整整齐齐叠放着十来个饭盒，分别是周一到周五的主菜，他又吩咐梓晴买了些标签纸，写上食用日期和品名，往饭盒上一贴，每天晚上回来照标签取用，方便实惠。

从煮饭这件事上，戴穆天最深切的体会是，以后遇上家务事最好不要自告奋勇冲在前面，否则甩都甩不掉。

所以，除了煮饭以外，其他琐事基本都由梓晴接手了，诸如洗衣、擦地板、抹家具、整理房间等。

梓晴若有怨言，他就两手一摊："要不咱俩换，你煮饭，我干别的。"

这办法十分管用，每次都能让梓晴闭嘴。

第十六记：如蜜似糖

俞妈妈见小两口独立开伙了，一方面高兴，一方面又觉得有点寂寞，每逢节假日，还是忍不住要打电话过来让他们过去吃饭，两人自然也巴不得换换口味。

这天从俞家出来，戴穆天问梓晴："你妈妈拉着你在房间里说什么呢？神神秘秘的。"

"问问我你对我好不好，婆婆有没有骂我。"

戴穆天紧张："你怎么说的？"

"当然是夸你们啦！"

戴穆天抓起她的手使劲亲一口："真乖！"

"我妈还问我，打算什么时候要孩子。"

"啊？这么性急？"

"我也是这么说嘛！本来讲好结了婚好好享受二人世界的，我妈跟我装失忆，改口说结了婚就得赶紧生孩子，乘着老的还带得动！"

戴穆天笑："我丈母娘说得有道理啊！"

梓晴朝他瞪眼睛。

戴穆天搂着梓晴问："哎，你喜欢男孩还是女孩？"

"女孩！"梓晴不容置疑，"我可以好好打扮她。"

戴穆天一脸为难："可我喜欢男孩，以后打篮球也好有个伴儿。"

"如果是男孩，万一到了三岁也和你那样哭着喊着问我要花裙子穿怎么办？我可丢不起这脸！"

戴穆天一把将她抱起："好哇！居然敢取笑我！"

梓晴大笑："别闹！这儿是大马路上！"

戴穆天放她下来，仍然牵着她的手，沉吟着说："男孩大方，女孩总免不了小心眼儿，你的心眼就不大，将来你和女儿掐架，我可有得烦了。"

梓晴不服气："我是妈！我会让着她的！"

"呵呵，走着瞧！"戴穆天忽又道，"干脆生俩吧，一男一女，这不是皆大欢喜了!"

春节过后,梓晴收到尹畅的结婚请柬,她的巡回演出终于演到最后一场——在本地宴请同事朋友。

梓晴和戴穆天如约出席。

尹畅的婚礼简约低调,所邀嘉宾加起来也不过五桌,都是夫妇二人在此地的同事和朋友,与梓晴几乎没有交集。

婚礼的仪式还是有的,人虽少,气氛却相当热闹。尹畅的伴娘是张陌生的面孔,和尹畅互动亲密,为她挡掉了不少酒,一副衷心护驾的架势,不难看出与尹畅的关系非同一般。

梓晴心里不免酸溜溜的:"想不到尹畅还有个闺密,我还以为我是她最好的朋友呢!"

她盯着戴穆天,"哎,我现在就只有你一个密友了,你可不能背叛我啊!"

"这时候觉得我好了?"戴穆天睥睨她,"知道你最大的问题是什么吗?"

"啊?什么?"

"太绝对!以前那个谁不是找你谈心,抱怨男朋友对她不好,你一张口就是要宰了他!以后谁还敢和你交心啊!"

梓晴苦恼:"可我听着来气儿啊!"

"不要拿自己的标准去要求别人,风物长宜放眼量,懂不懂!"

"你又教训我!"

"去掉那个'训'字,我是在教你。"戴穆天叹,"你发现没有,其实我是上天派来拯救你的。"

婚礼后,尹畅又约梓晴出来喝茶,两人虽然都已婚,但从外表上看不出和从前有什么区别来。

尹畅调侃地问梓晴:"婚后生活感觉怎么样?"

第十六记：如蜜似糖

"一切尽在掌控。"

"你夫君有没有欺负你？"

"他敢！"

"那你有没有欺负他呢？"

梓晴眨巴着眼睛想了想："好像也没占到什么便宜哎。"

尹畅抿嘴笑。

"尹畅我发现，人是会变的。以前我觉得戴穆天这人特温顺，可结了婚才发现，他忽然变得很有主见，我不再像以前那样能随便使唤动他了呢！"

"难道你喜欢被你呼之则来挥之则去的男人啊？"

"好像也不是。"梓晴想得有点混乱，索性放弃，耸耸肩，"反正现在这样也不错，至少我过得挺开心的。"

尹畅挤挤眼睛："我看你离被征服已经不远了。"

情人节转眼就至。

傍晚，梓晴一坐进戴穆天的车，立刻亮出包装精美的巧克力："老公节日快乐！"

戴穆天喜滋滋接过，顺便亲了她一口："谢谢老婆！"

梓晴手一伸："我的花呢？"

戴穆天在后座的一个纸袋子里掏啊掏，掏出一大盒天津大麻花："给！这个是不是要比花实惠多了？"

梓晴失望："你这人真是一点都不懂浪漫。"

"咱结婚时你又没说浪漫是必要的，再说了，我还不了解你么，花能吃吗？看过之后就得扔了。"

小晴想想也对，当即开了盒子取出麻花吃开了。

戴穆天暗乐，问："好吃么？"

"又香又脆——你哪儿买的？等吃完了我再去买。"

"这是正宗天津十八街麻花，咱们这儿没得卖的，是我托出差的同事带回来的。"

梓晴凑过去响亮地亲了他面颊一口："老公你真好！"

戴穆天呵呵一笑："你现在可是我们公司无人不知的吃货了，谁都知道我有个特别喜欢啃天津大麻花的老婆！"

梓晴先有些羞恼："都怪你坏我名声！"但即刻又雨过天晴，继续享用麻花，"反正丢人也是丢你的人！"

闻名之后的好处是，以后不论谁去天津出差，回来肯定会放一两盒麻花在戴穆天的办公桌上。

"今天我手下有个兄弟去泰国出差，"有天戴穆天对梓晴说，"临行前他跑来我办公室，神色还有点惶恐：'老哥，泰国没有天津大麻花，你看我给嫂夫人带点儿什么回来好呢？'"

梓晴瞪着眼笑问："你怎么回答他的？"

戴穆天素着脸道："我当然很恼火了，就反问他：怎么回事，泰航难道不在天津经停的么？"

梓晴笑得差点没背过气去。

闲来无事，梓晴决定去把车给学了。报完名交完学费，又顺利通过了理论考试后，她进驾校开始了学车生涯。

学了没几天就后悔了，教练太凶，训练枯燥，她胆子又小，手一握方向盘就哆哆嗦嗦，越是害怕越容易出错，越出错教练态度就越差。于是乎，一到要上驾校的日子，梓晴就唉声叹气，愁眉不展，戴穆天给她取了个绰号叫"忐忑"。

周六戴穆天送她去驾校，谁知驾校今天有事不开门，学不了。

戴穆天笑："忐忑，你是不是松了口气？"

梓晴扬着下巴信誓旦旦："我会在家练的！"

平心而论，梓晴学习上还是挺刻苦的，为了学车，专门还买块白板，

第十六记：如蜜似糖

画好标识图，坐板凳上自说自话照着练。她解释说："我在家练熟了，上车就不会挨骂了！"

戴穆天又取笑她："听说飞行员上飞机前都是在地面拿桌子板凳练的，您这方法真科学！"

梓晴哪能听不出来："我呸！"

"你别呸我啊，说不定你将来也能开飞机呢！"

梓晴把他往房间里推："进去进去！我要开练了！你少啰唆！"

戴穆天一边被迫往房间里走，一边扭头喊："忐忑，你千万要小心，注意不要飞出跑道哦！"

量变引起质变，压力过大早晚会有爆掉的一天。

梓晴终于愁眉苦脸地和戴穆天商量："我能不能不学车了？"

戴穆天讶然："你不是开玩笑吧？这么容易就放弃？"

"我现在一想到要去学车就心情沉重，连着好几天都高兴不起来，老这么下去，不等把车学完估计我就得抑郁症了！你愿意我这样啊？"

戴穆天摇头："我就不明白了，你小时候那么彪悍，怎么越长越不成器，胆子都缩哪儿去了？"

梓晴可怜兮兮地说："我不是早和你说过了，一个人一辈子的恶和善都是有定量的，我肚子里那点儿坏水小时候全用光了，我现在是个老实巴交的良民。"

"可你都进行到一半了，就这么放弃是不是有点可惜啊？"戴穆天耐心劝她，"再怎么说，开车也是项挺有用的技能。而且我也不见得一直有空，万一哪天有点急事需要你开车呢？别忘了，咱家可有四个老的呢！"

梓晴无言以对。

戴穆天搂住她："再努力一把，好不好？"

"你是不是觉得我很没用？"梓晴又开始往自卑的路上走了。

"怎么会呢！你会洗衣服，会打扫卫生，会说笑话，会讲各种故事，而且唱歌比我好听太多。"戴穆天义不容辞要给她重建自信。

"可我觉得自己很失败，胆子小，不会做饭，工作上也一直没长进。"梓晴说着说着就悲从中来，"我真是百无一用。"

她和戴穆天同一天踏上工作岗位，戴穆天如今已经是个小部门的经理了，前景也很乐观，而她还混在小职员的行列中，不知何日是个头。

戴穆天正色道："对我来说，没有你，我就少了一半。生活不再完整，更不会像现在这么快乐。所以，不管你觉得自己有多没用，你在我心里，是非常非常有用的——你是我在这世上生存下去的最大动力。"

梓晴听着这么舒顺的话语，心情顿时开朗多了，她低头拨弄戴穆天衣领上的小扣子，扭扭捏捏问："你说的都是真心话？"

戴穆天伸出右手："我拿我右手的小拇指向你保证。"

梓晴笑着瞪他："为什么是小拇指？我在你心里的分量也太轻了吧！"

"如果你觉得轻，我让你把小拇指剁下来给我你愿意吗？"

"就知道跟我油嘴滑舌！"梓晴翻了翻眼睛，"好吧，那我就勉为其难继续学下去吧。"

但梓晴的车到底还是没学成，她不久就上驾校去办了退学手续，因为她怀孕了。

第十七记：豆豆来了

梓晴所在的部门，除了她以外，另有四位女同事，其中两位单身，两位已婚。没结婚前，梓晴主要和两个单身同事混一起，一块儿吃饭，一块儿聊天，反正都是年轻人，关心的事物也大同小异。及至结了婚，此种组合尚能勉强维持，只要梓晴不把过多的注意力放在炫耀自己婚后的甜蜜生活上。

但怀孕之后，形势就起变化了。

梓晴是初次怀胎，其兴奋难耐的劲儿可想而知，要叫她一天不谈与宝宝有关的话题简直能把她憋死，单身同事们自然无法与她产生共鸣。她又有许多孕期方面的实际问题，光靠书本似乎也很难得到解答，问妈妈吧，且不说时隔太远，很多细节妈妈都忘得差不多了，即便能记起一星半点儿，也因为年代相异，如今早已不实用。所以，自然而然地，梓晴就脱离了原先的队伍，迅速向已婚小组靠拢。

已婚小组成员中，一个叫徐丽亚，一个叫方萍，徐丽亚生的是儿子，现读小学一年级，方萍生的是女儿，还在幼儿园小班，两个人的生育知识各有千秋，颇能互补地普及给了准妈妈俞梓晴。

每天午饭后，梓晴就跟着徐丽亚和方萍，在园区里曲折的小径上边散步边交流。除了问一些孕期的注意事项外，梓晴还有许多感受方面的疑问有待解答。

"生孩子痛不痛？"

这是梓晴尤为关心的问题，影视剧里那些产妇撕心裂肺的喊叫从小就给梓晴的心上蒙了层阴影。

徐丽亚说："当然痛了！"

方萍也道："能不痛吗？你平时被针扎一下都痛，别说那么大一个宝宝从身体里钻出来了。"

梓晴听得心一抽一抽的："那能痛到什么程度呢？被人拿刀砍，还是用石块砸啊？"

徐丽亚和方萍异口同声："比那些都痛！"

梓晴顿时吓得脸煞白。

方萍忙又安慰她："你的比喻也不够恰当，因为生孩子的这种痛吧，它跟别的痛都不一样，具体我也说不清楚，反正你经历过就知道了。"

徐丽亚补充："是这样的，我生孩子的时候，阵痛了一天一夜，孩子都不肯出来，后来医生看不行了，就给我剖腹了。最惨就是我这样的，先吃一遍顺产的苦，再吃一遍剖腹的苦。"

"那顺产和剖腹哪个感觉好一点？"

"当然是剖腹了，剖腹可以上麻药的。一刀下去，孩子就出来了。"

方萍又说："但是医院不会随便同意给你剖腹的，因为顺产对孩子更有好处，比剖腹出来的宝宝免疫力方面要好。除非你找关系，医生才有可能给你剖腹，一般情况下都是建议顺产的。"

"是啊！而且如果你想生二胎的话最好也不要剖腹，否则将来再生有可能会大出血。梓晴，你和你老公不都是独生子女吗？你们肯定打算要第二个孩子的吧？"

"我……我还没想好呢！还是先把这第一个搞定了再说吧！"

第十七记：豆豆来了

梓晴陷入纠结，既想自己舒服一点儿，又不希望剥夺孩子应得的好处。不过好在离生产还有半年呢，她可以慢慢考虑。

她每天就在两名已婚妇女的吓唬下胆战心惊地盘算着自己的未来，但人心都具有柔韧性，被"恐吓"的时间久了，多少就有点习以为常了。梓晴也不再对"痛感程度"耿耿于怀。

能有多痛呢？自己反正是想象不出来的，等到明白怎么回事时，孩子都出来了。所以现在还不如不去多想，正所谓初生牛犊不怕虎。

方萍半是感慨半是羡慕地说："当妈妈虽然很辛苦，不过怀孕这段日子可是非常幸福的，不亚于当女王，梓晴，你现在可要好好享受，过期作废哦！"

这话说得还真是一点不假。自怀孕以来，全家都拿她当大熊猫似的宝贝着，有求必应，予取予求。

俞妈妈在得知了小两口的晚餐模式后，坚决而强硬地要求他们重回俞家吃晚饭。

"亏你们想得出来，怎么能让孕妇吃隔夜食呢！都给我回来吃！"

但她很快又心疼女儿为了顿晚饭来回奔波，便改了主意，每天下午买好菜后上他们的小家去煮，权当是钟点保姆。俞爸爸则心恋小区里的麻将桌，随便俞妈妈怎么劝，他就是不肯为了晚饭浪费时间，宁愿在家独自下面条吃了事。

俞妈妈这么积极，戴妈妈也不能无动于衷，每个礼拜她都会买上一大马甲袋的零食水果之类送上门来供梓晴享用。

"有什么想吃的想要的，尽管跟我开口啊！"转头又教训儿子："小晴现在怀着孩子呢，你可别惹她生气！还有，小晴要你干什么你就好好干，我知道你平时懒，但现在可是非常时期，手脚给我勤快着点儿！"

戴穆天对这种区别对待非常不满，向梓晴抱怨道："咱俩可都是独生子女，从小一块儿在蜜罐子里泡大的。凭什么现在你还是公主，我就成小厮

了?"

梓晴得意:"凭什么?就凭我能生孩子!不服气啊,你生个孩子我看看呀!"

"瞧你这话说的,就凭你一个人怎么生孩子,你又不是圣母玛利亚!"

抱怨归抱怨,在伺候老婆方面,戴穆天还是谨遵母命,干得兢兢业业。递茶送水这些都算小事儿,有时半夜里梓晴醒过来,一时半会儿睡不着,他还得按捺着困意陪聊。

"小天,你说咱们给宝宝取个什么名字好呢?"

戴穆天勉强睁着眼睛,有气无力:"都不知道是男孩还是女孩,没法取名儿,等生了再想好不好?"

"那怎么行!到时候忙得要命,肯定就随便取一个了。不知道是男是女好办啊,男孩名儿和女孩名儿都取一个呗!哎,你好好想想,女孩叫什么好?"

"我……想不出来。"

梓晴噘嘴:"你怎么一点不热心啊?这可是你的孩子!"

"我知道,但也不急在一时吧。你看看,现在是凌晨两点啊!"

"可我睡不着,老想着给宝宝取名字的事儿。"

"好好,你等着,我去拿字典。"

戴穆天边下床边在心里嘀咕:甭管你叫戴小二还是戴老三,只求你早点儿出来,你爹我也可以早点儿解放!

梓晴的早孕反应严重,食欲不振,有阵子吃什么吐什么,尤其闻不得油烟味儿,连平日特别爱喝的牛奶都觉得憎恶。这种令人忧心的状况到孕期至五个月时才有所缓和。

怀孕七个月时,梓晴的肚子已经挺得老大,走路蹒跚,饭量惊人,着实让俞妈妈高兴。但每天顶着个球跑来跑去可不是个轻松的活儿,走路不方便也就算了,可以少走走,可偏偏又老要上厕所,上完回来觉得渴了也

第十七记：豆豆来了

　　不能不喝水吧，这一趟趟走得，真是让梓晴欲哭无泪又欲罢不能。且晚上的睡眠质量也每况愈下，肚子那里沉甸甸的，不论是仰躺、侧睡都不轻松。

　　一睡不好人就容易发脾气，但哪怕是无理取闹，戴穆天也只能小心迎奉着，据说孕期不开心容易导致宝宝喜怒无常。晚上陪睡时，戴穆天尤其注意，生怕自己一个不小心惊醒好不容易睡着的梓晴，或者翻身时压到她了，这种事不是没发生过。

　　结婚前大采购时，梓晴图浪漫，买了一挂圆顶公主帐，用根绳挂在天花板的钩子上，床一动，帐子就摇摇晃晃的，戴穆天好几次批评这帐子华而不实，无奈梓晴喜欢。

　　有天半夜，梓晴正睡得迷迷糊糊，忽然被地动山摇似的动静震醒，睁开眼睛，整顶帐子都掉下来，覆盖到她脸上。

　　她张口就叫："小天！小天，帐子怎么掉下来啦？"

　　戴穆天慌张的声音却是从床底下传过来的："没事！我，我马上把它弄好！"

　　梓晴费力爬起身，只见地板上的戴穆天正手忙脚乱撕扯着缠在身上的帐子，活如一条刚被渔网捕住的大鱼！

　　原来他一直谨记睡觉时离梓晴远一点，再远一点，没成想往外翻身时一下子翻到地板上去了，还把帐子也给扯了下来。

　　这件事让梓晴笑了好几天。

　　孕期的种种辛苦不光是梓晴一个人的，也是戴穆天和家人的，随着临产期的来临，梓晴原本对于生产的恐惧也被后期种种痛苦折磨到麻木，只希望能早点儿生完了事。

　　离九个月还差一星期的某天晚上，梓晴夜间起床上厕所，忽然发现内裤上一摊血迹，她先呆了一呆，算算日子，离预产期还有十天呢，不至于这么快就要生吧？

　　回到房间，她推醒正睡得七荤八素的戴穆天："小天，我裤子上见红

了。"

戴穆天有些懵然:"疼不疼?"

"没感觉。"

戴穆天揉揉眼睛爬起来:"不会是要生了吧?"

"早呢,不是说要下个月八号呢嘛!"

"也是。"戴穆天开灯,把床头的一本育儿书翻出来,"我查查先。"

梓晴趴在他身上一起看。

戴穆天找到相应的注解,指给梓晴看:"这儿,看到没有,属于正常现象,只要没有阵痛的感觉,羊水也没破就表示还不会生——继续睡吧。"

"哦。"

关了灯重新躺下,梓晴心里惴惴的,辗转难眠。

五分钟后,戴穆天把灯又开了,起身麻利地穿衣服。

梓晴也爬起来:"你怎么了?"

"睡不着了,我看还是赶紧上医院吧,万一要生了呢!"

凌晨的城市犹在沉睡中,唯有橙色的路灯光伴随着他们,驶过一条又一条的街道。

梓晴躺在后座上,每过五分钟,戴穆天就会扭头问一声:"有没有开始疼了?"

"没有。"

被问得多了,梓晴自己都有些恍惚了,到底是不是疼过,好像有点动静,又似乎不那么明显。

到了医院,医生简单做了些检查之后宣布:"今天肯定要生的。"

梓晴心一阵狂跳,不过雀跃的成分居多,终于要熬到头了!

戴穆天问医生:"那什么时候能生呢?"

"得等宫口张开了才行,现在还小,先给你们开个房间等着去吧。"

率先冲到医院来的是俞家二老,但那时梓晴已经安置在临时病房里

第十七记：豆豆来了

了，有戴穆天陪着她呢，俞妈妈见暂时没什么事儿，就又拉着俞爸爸回家忙活去了，有好些住院的东西要准备呢！

"有什么消息就给我打电话！"俞妈妈疼爱地摸摸女儿的脸，"对了，早点你想吃什么？"

梓晴一思索："不要喝粥，一会儿就饿了，我想吃年糕，待会儿生起来有力气。"

俞妈妈二话不说："行！这就给你买去！"

房间里就剩了梓晴和戴穆天，两人闲来无事，有说有笑。

梓晴放松了许多，思想也大意起来："想不到生孩子这么简单。而且我也没觉得有多了不得的痛嘛！徐丽亚和方萍平时老吓唬我！"

戴穆天笑着捧她："也许你比较吃痛吧。听说有的人天生没有痛神经的。你看你小时候没少挨你爸揍吧，过后一点记性不长，真是记吃不记打！"

戴妈妈这时候打来电话，说他们马上要过去，问有什么需要他们带去医院的。戴穆天让他们不用着急，可以忙完家里的活儿再过来，反正来了也没什么事可以做，都是干等着。

梓晴躺在床上憧憬起来："不知道是男孩还是女孩，上次去检查我问那医生来着，她就是不肯告诉我，说这是医院的规定。"

戴穆天亲亲她脑门："不管是男孩还是女孩我都喜欢，最重要的是你和宝宝都健健康康的！"

梓晴心满意足地笑。

当阵痛终于来临时，梓晴才明白什么叫山崩地裂的痛，原来她冤枉两位女同事了，她们没欺骗自己！可她都没时间来得及表示惊讶，就被排山倒海的痛感淹没了。

该怎么形容那种痛呢？就好像用一万根绳子绑在肚子上后再往死里勒，似乎还不够确切，这种时候，梓晴觉得无论什么样的语言都无法准确

表达出她遭受的这种折磨。

不管是躺下来，还是蜷缩着身子，抑或是走路或蹲下，乃至扶着墙，都无法得到减缓，她甚至想试试在地上翻滚是不是会好受点儿。

她哭着嚷："小天！我快痛死了！"

戴穆天火烧火燎唤来医生，医生给检查了一遍，撂下一句"还不能生，宫口开得还不够大"转身就走了。

两次阵痛之间的短暂休息对梓晴而言不啻于躲进了天堂，但过不了多久，新的折磨就会卷土重来，仿佛将她连根从土里拔起，在风中肆意甩动凌虐。

戴穆天心疼地抱着她，却是爱莫能助。

咬咬牙，他伸出一只手给梓晴："要不，你咬我一口吧！电视里给狗狗动手术前，不都要给它们嘴巴里放一根骨头的吗？我今天就当你的狗骨头好了！"

梓晴想笑，可是一点力气都没有，眼泪疯了似的从眼眶里滚落下来，当然不是伤心，而是疼成这样的。

"我好饿啊！"她乘着暂停的空当又开始哭诉新问题。

戴穆天算算俞妈妈差不多也该来了。就在这时门被推开，他以为是早点驾到，待要松一口气，发现进门的是两个医护人员，其中一个还推着把轮椅。

"俞梓晴是吧？我们现在送你去待产室。"

梓晴瞠目，扭头可怜巴巴盯着戴穆天："可我早饭还没吃呢！"

戴穆天安慰她："你先上楼，我这就给妈妈打个电话，她应该快到了。"

就这样，空着肚子的孕妇兼怨妇俞梓晴被推入了待产室。

待产室里有三张床位，最左边靠墙的一张空着，当中一张上躺着位胖胖的孕妇，一位助产士正在数落她："过预产期都十天了也不上医院来检查，你这样很危险知不知道？"

第十七记：豆豆来了

　　梓晴被安排在靠窗的那张床位上，刺目的阳光晃得让她晕眩。经过一个多小时阵痛的折磨，这时候的她仿佛是条刚从水里捞上岸的鱼，气息奄奄，自觉活如搁到了砧板上，等着任人宰割。

　　唯一让她欣慰的是肚子痛得没刚才那样频繁了，即使痛起来，程度也要较刚才好一些，但也许是自己痛感神经被折腾得麻木了。

　　俞妈妈姗姗来迟，给梓晴带来一保温壶的年糕，她靠在床头，由妈妈喂着一口接一口地吃，适才对妈妈的埋怨也在逐渐恢复精力的过程中烟消云散，她感觉自己振作了一些，仿佛又活过来了。

　　九点整，一群穿粉色衬衫戴着护士帽的女孩走进来，笑容可掬地宣布，梓晴可以进产房了。她们脸上的微笑淡化了梓晴不安的心绪，更重要的是，她也想尽快生下宝宝，结束这异常磨人的过程。

　　产床的构造颇为奇怪，在大约是臀部的位置开了个圆孔，床的两侧各有一个高起的撑脚。在助产士的指导下，梓晴略带别扭地躺了上去。

　　助产士嫌她的阵痛频率不高，给她挂了催产素，助产士不在的时候，由一位年轻的护士陪着梓晴，她就坐在梓晴床头的位置。

　　可怕而强烈的阵痛再次来袭，梓晴觉得自己快吃不消了，哀声与小护士商量："能不能给我剖腹啊？"

　　小护士诧异："可你现在一切正常，没理由给你剖腹啊！"

　　"刚才医生不是说我阵痛有点问题吗？"梓晴抓到篮里都是菜。

　　小护士还是摇头："不行的。而且你都痛到现在，马上就可以生了，何必再去挨一刀呢？"

　　谈判失败，梓晴只得继续咬牙忍。

　　又一名护士进来，问梓晴："可以让一位家属进来陪你，你想叫哪位？"

　　梓晴想了想说："让我妈进来吧。"她不愿意让戴穆天看到自己此刻的狼狈样儿。

　　很快，穿着防护服的俞妈妈跟在助产士身后进来。有妈妈在身边安慰

鼓励着，梓晴多少觉得有点力气了。

助产士让梓晴把两只脚伸进床两侧的撑脚，又教她用力的方法，梓晴自诩也不是特别笨的人，可每当她准备使劲时，疼痛就会席卷过来干扰她，搞得她只能先对付阵痛，哪里还顾得上正确的用力姿势。

助产士喋喋不休教训她："你这样不对的呀！腿要向外张着，要使劲！"

梓晴痛得失去了理智，大喊大叫："给我剖腹吧！我要剖腹！"

助产士无奈地笑，俞妈妈也是又心疼又好笑，握着梓晴的手，劝她要耐心。

"可是妈妈，我真的好疼啊！"梓晴的眼泪又扑簌簌往外涌了。

助产士温和地解释："阵痛表明宝宝在你肚子里努力呢，他也想出来！你作为妈妈，要加油啊！这是你和宝宝的第一次合作！"

梓晴听了，心头顿时涌起异样的热感，强打起精神，继续追随助产士的要求前进。

她感觉自己像在一段又长又黑暗的通道里爬行，艰难而缓慢，但她明白，自己没有退路，只能坚持往前，往那唯一的一个方向走，才能抵达胜利的尽头。

时间过得有点颠三倒四，生物钟也不再起作用。在应对疼痛的当儿，率先感觉到的居然是饥饿。好在外面守着那么多人，只要梓晴开口，食物就会源源不断运送进来。

只要疼痛一消失，梓晴就抓紧时间吃东西，而这点吃下去的食物也刚好够她应付接下来的那段路程。有那么一会儿，她累得不想动弹，所有的意识都浓缩成一个点，被装进睡眠的胶囊中。但仅仅是短短几秒的时间，助产士就把她叫醒了。

"不要睡着呀！对宝宝不好的！赶紧使劲！"

也不知道撑了多久，终于，梓晴听见助产士欢快的声音在说："我看到宝宝的脑袋啦！再努力一把！孩子马上就要出来啦！"

第十七记：豆豆来了

梓晴像被打了一针强心剂，激动不已，忽然之间，浑身仿佛又充满力量。

最后的分娩时刻，俞妈妈被请出产房，冰凉的手术器械发出清冷悦耳的撞击声，但梓晴一点都不觉得害怕，反而有种莫名的兴奋。凭着直觉，她知道这回是真的快要跑到终点了。

上过麻药后，梓晴也不清楚助产士又干了些什么，但时间不长，助产士很快就在她肚子上摁了两下，肚皮就像漏气的球一般迅速瘪下去。她感觉一股热浪涌出体内，旋即，就听到一声脆弱的咳嗽声，以及小婴儿娇滴滴的哭声。

"宝宝出来了！"助产士欢快地告诉她，"是个妹妹哦！"

新生儿在梓晴眼前晃了一下就被抱出去做护理了。

梓晴心满意足地闭上眼睛，真想好好睡上一觉。

处理完伤口后，护士们把包好的宝宝搁在梓晴脚跟头，将母女俩推出了产房。

产房外，戴妈妈、戴爸爸、俞妈妈、俞爸爸，当然还有戴穆天都守候在门口，每个人脸上都洋溢着笑容。

梓晴本以为立刻就能和家人团圆，结果被告知要先和宝宝去一间观察室里待两个小时，确保没有问题后才能入普通病房。

在观察室，梓晴侧着身，凝视躺在小床上的女儿，这是她第一次有时间细细打量刚出生的宝宝：稀疏的头发下露出宽宽的脑门，皱巴巴的皮肤，细细的眼睛紧闭着，短鼻头上布满了白点点，嘴巴小得像一粒小圆枣子，脸上任何一个部位只要稍稍一变化，整张脸的皮肤都会被牵动，像极了胖乎乎的毛毛虫，十分有趣！然而，当梓晴重新审视宝宝的脸蛋时，她忽然吃惊地张大了嘴巴——

宝宝的肤色居然和戴穆天一样，也是黑黑的！

天哪，这可是梓晴在怀孕时绝没想到过的问题。

宝宝还在她肚子里的时候，夫妇俩没少憧憬孩子的模样，但都是怀着美好的愿望，尽可能多的搜罗彼此的优点叠加在宝宝身上。梓晴想象中的女儿，有着明亮的大眼睛（像自己），长长的睫毛（也像自己），长脸尖下巴（这个必须像爸爸，绝不能再像自己长一张方脸了），雪白的肌肤，淘气的表情。

刚出生的宝宝太小了，像只小老鼠似的，所有这些向往中的优点都还没能体现出来，可这黑黑的肤色却是显而易见的呀！

真有些沮丧耶！

当然，失落仅仅是一小会儿，无论如何，梓晴这时候的心里还是充满了喜悦与骄傲。况且，戴穆天的话也很好地安慰了她，只要身体健康就什么都好。

她盯着女儿看了好一会儿，宝宝都没什么反应，只一味闭住眼睛猛睡。梓晴实在无聊，忍不住对她轻声低语："宝宝，你认识我吗？我是你妈妈哦！"

宝宝忽然就睁开了眼睛，梓晴感觉心脏在一瞬间都停止跳动了。她把脑袋凑过去，"我在这儿呢，宝宝，你能看见我吗？"

宝宝缓慢地转动着眼珠子，目光没有焦点，也不知道她具体在看谁，似乎是对这个世界充满好奇，又似乎有点漫不经心。

梓晴这会儿精神抖擞，满心欢喜："宝贝，虽然我和你爸爸给你取了好多名字，包括小名儿，可现在一想，没有一个适合你的。你长得像什么呢？嗯，像一颗可爱的小黑豆！要不，你就叫豆豆吧，好不好？"

豆豆理都不理她，脑袋费劲地转向一边，看看四周，尽是白墙，没什么好玩的，便打了个哈欠，闭上眼睛，重会周公去了。

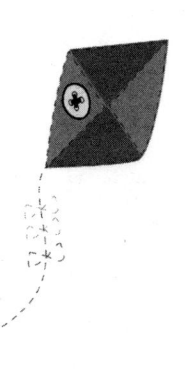

第十八记：为人父母

没生孩子前，俞妈妈总是这样诱惑梓晴："孩子你只管生，生下来你什么心都不用操，有我们帮你带呢！"

那时候梓晴就天真地想，这主意确实不错，既能了长辈的心愿，还不耽误自己和戴穆天享受二人世界。

但等孩子一降临，她发现事情远没有那么简单。豆豆的一声啼哭，一下咳嗽，甚至只是轻轻那么哼一声都能让梓晴神经紧张，要紧扑过去检查是不是她哪里不舒服。

把女儿扔给老妈带，自己照旧过逍遥自在的生活这种想法真是一丝都不曾产生过。

一出医院，她就带着豆豆回到自己家里，所有与豆豆有关的事都要亲自过问，绝不敢有一丁点儿的马虎。

梓晴这么较真，俞妈妈也不好强求，只得每天拎着大包小袋上门来做保姆。戴妈妈身为婆婆，当然也不甘落后，两个老太太每天比拼着谁先到小两口的家里，梓晴只要一发号施令，就会有两个矫健的身影比赛似的冲出去效命。

一开始相处还好，时间一长，两位妈妈旧时的毛病又开始抬头了，俞妈妈背地里向梓晴嘀咕戴妈妈笨手笨脚的,抱孩子都抱不像,让她去煮饭吧,她那手艺又实在拿不出手。

晚上梓晴和戴穆天一打听,敢情戴妈妈也在背后埋怨俞妈妈来着,数落俞妈妈太强势,什么都抢着来,还老是指点她什么事该怎么干,好像她是个三岁小孩似的。

戴穆天蹙眉道:"这样下去不行,得给她们分工,否则早晚会掐起来。"

于是由戴穆天出面,给两位妈妈开了个会,在大力夸奖她们尽心尽力的掩饰下,不露声色地把任务分派了下去,俞妈妈负责饮食,戴妈妈负责卫生,孩子的事听梓晴指挥。

接下来的一段日子,总算相安无事。

白天有妈妈们给照顾着,一切都顺顺利利的,晚上睡觉,豆豆躺在大床边的摇篮床里,紧挨着梓晴,方便随时喂奶。

新生儿夜里要醒来好多次,一醒就会哭,要么是饿了,要么是尿布湿了,要么是哪儿不舒服了,这些梓晴在一天天的锻炼中都已能应付自如。但也有些时候,宝宝又不饿,尿布包得好好的,床铺也舒舒服服的,但她还是没完没了地哭,梓晴想不出别的办法,只好把她抱起来哄着。一入大人怀里,宝宝立刻就不哭了,梓晴以为没事了,轻轻将她放下。没两秒钟,哭号声再起,只得慌忙又抱起来,如是再三,非但梓晴累,戴穆天的觉也没法睡踏实了。他又不能光让梓晴一个人受累,两人只得轮流抱。

戴穆天抱着孩子时,梓晴就翻书找对策。

"呀!书上说了,不能孩子一哭就抱,会养成坏习惯的!哎,你赶紧把她放下吧!"

待放下来,宝宝那惊天动地的哭喊不仅让他俩心神难安,要知道左邻右舍还住着人呢!

戴穆天打着哈欠把孩子又抱起来,又劝梓晴:"算了,你别翻书看了,该怎么着怎么着吧。总不能把她丢床上号一夜吧!唉,我现在明白我们公

第十八记：为人父母

司那些刚有孩子的家伙为什么宁愿出长差也不想在家待着了！"

让戴穆天气愤的是，他每天这么睡不好觉抱孩子，体重非但没减反而还重了。

"一定是你妈妈做饭的缘故！"

梓晴没好气："你可以少吃点呀！"

"我控制不住啊！"

不久，俩老太太闹起了不愉快，本来是芝麻大点儿的小事，但两人估计积怨有点深，谁也不肯让谁，后来还发展到不肯说话的地步。梓晴带着孩子本来就够累了，哪里顾得上费心思去调解老太太之间的恩怨，没办法，只能晚上再求助于戴穆天。

戴穆天听了也是头大："她俩真不该放一块儿，一不留神就容易咬起来，也不是一天两天的事了！"

"那你的意思是，把她们分开？"

"嗯，你看这样行不行，让她们两个轮流来。"

"我妈妈倒是没问题，不过你妈妈来，我恐怕……"梓晴一脸为难，戴妈妈虽然对自己很好，可毕竟不能像对自己妈妈那样随意指挥，而且她又不是很能干，梓晴眼里又容不下沙子，时间一长，不是一个被气走，就是另一个被憋死。

梓晴想了想说："要不就让我妈一个人过来吧。我妈知道我脾气，不会和我较真。"

戴穆天一听，爽快点头："这样也挺好。就是你妈得受累了。"

"她乐意着呢！倒是你妈，她不会有意见吧？"

"不会，她有自知之明，干家务不行，也从来没什么带孩子的经验，我生出来之后都是我奶奶带的。"

两人分头和各自的妈妈一通气，两位妈妈都松了口气。以后戴妈妈也会时不时上门来坐坐，顺便送点好吃的过来，但因为不必劳她动手，就心平气和多了。

在经历了一个月的小心翼翼后,梓晴终于能够彻底放松下来,家里从此也太平安生,各项事务有条不紊。

后来俞妈妈嫌天天两头跑麻烦,索性住到了梓晴这儿,晚上豆豆时不时就和外婆一起睡,梓晴与戴穆天也得以有个喘息的机会。

熬过最初那段手忙脚乱的日子,家人和豆豆渐渐习惯了彼此的存在,到豆豆两个月大时,她不再像刚出生时那样懵懵懂懂了,能够看得清出现在视野里的人和物,也能大致分辨亲人和陌生人。逗她她也会笑,一下子多出来不少有意思的行为。

一天吃过饭,梓晴回房间时,发现豆豆已经醒了,却没像平时那样咿咿呀呀叫闹,她静静地躺在小床上,举起胳膊,眼睛定定地注视自己的小手手,好像觉得很新奇。

梓晴大为兴奋:"妈!你快来看,豆豆她在看自己的手!她开始有意识了!"

能够意识到自己身体的一部分,这对婴儿来说绝对是个很大的进步哦!

俞妈妈端着饭碗走进来,见状一个箭步上去,啪一下就把豆豆的手按下去了。

梓晴不满:"妈你干什么呀?"

"小心看成对眼!"

吃晚饭时,梓晴把豆豆抱进推车,靠在饭桌旁,他们可以边吃饭边照看。豆豆似乎也能感觉到气氛的温馨,居然不哭不闹,只是安静地看大家吃饭。

戴穆天笑道:"难得今天这么乖啊!"

俞妈妈也高兴:"瞧这孩子的小模样,越看越漂亮!"

第十八记：为人父母

梓晴朝她睥睨："妈，您也不能昧着良心说话啊，豆豆是挺可爱的，不过也谈不上漂亮吧。"俞妈妈不以为然："不就是长得黑一点嘛！有什么关系！"

梓晴耿耿于怀："像小天！不好看！"

戴穆天在一旁拿眼睛瞪她。

俞妈妈说："像小天有什么不好！健健康康，肥肥壮壮！"

梓晴对戴穆天做鬼脸，俞妈妈感慨："养大个孩子不容易啊！"

戴穆天忙附和："就是！"对梓晴，"你还嫌我长得丑！"

俞妈妈被逗乐："小时候越丑，长大越漂亮！"

梓晴尚未有什么反应，戴穆天立刻作恍然大悟状："哦，难怪小晴小时候长那么漂亮！"

梓晴呆了一呆，等她回过味儿来时，戴穆天早已忍着笑放下碗溜了。

周末戴穆天在家时，梓晴和俞妈妈有时也会把豆豆交给他看一会儿，豆豆只要一归他带，他就开讲什么经济学理论、世界政治形势分析等等形而上的东西，而豆豆居然津津有味地听着，时不时咧嘴笑笑，或者叫唤两声，仿佛发表反馈意见，看得梓晴好笑不已。

俞妈妈告诉戴穆天："豆豆喜欢出去玩呢，要不你带他到楼下转转吧。"

"好！"

没多会儿，他抱着孩子又回来了，一脸气呼呼的表情，梓晴忙问怎么了。

"楼下有一群女人看见豆豆就叽叽喳喳议论，还问我孩子是不是晒太阳晒多了，皮肤这么黑！哪有那么黑了！"

梓晴笑："你到现在还不能正视现实啊！"

傍晚，梓晴去照相馆取了冲印的照片，一家人围在一起观赏，戴穆天忽然失笑："咱们豆豆长得确实黑，没办法了，希望长大能好一点吧。"

俞妈妈说："黑就黑好了，身体健康才是最重要的！"继而有点犯愁，"豆豆现在不肯好好吃东西，都没以前那么胖嘟嘟的了。"

戴穆天说："女孩子瘦点没事，苗条。"

梓晴无语："她还是个婴儿……"

豆豆即将满一周岁时，已经有了会开口说话的迹象。梓晴和戴穆天打赌，看豆豆是先会叫爸爸还是先会叫妈妈。梓晴满以为自己会赢，因为豆豆除了外婆，就数跟她最亲，但这回豆豆没帮她，尽管梓晴每天不下几十遍地教她叫"妈妈"，等豆豆终于能开口时，吐出的居然是"爸爸"。

这可把戴穆天乐坏了，他又特别陶醉于女儿这一声娇憨的称呼，于是只要豆豆有求于他，在满足要求之前，他都要先让女儿喊一声爸爸。

"除非你叫爸爸，否则不给你！"

豆豆也是有脾气的宝宝，经不起爸爸次次都跟自己这么折腾，被惹恼了就哭。

她一哭戴穆天就心软了，但还有些不甘心："只是让你叫声爸爸嘛！又不是不给你。"

豆豆一边流泪，一边愤怒地冲他大喊："爸爸爸！"

有时豆豆想去拿危险的东西来玩耍，比如热水壶或者筷子之类的，梓晴当然得拦着她，这时候豆豆就会特别讨好地凑近梓晴，先在她脸颊上重重亲一口，然后喊一声："爸爸！"以为这样就算得到了通行证，转身又去拿危险物事，梓晴又好气又好笑，为此没少埋怨戴穆天。

让俞妈妈最忧心忡忡的还是豆豆的胃口不佳问题，她总是对吃饭不上心。

"豆豆怎么一点都不像你呢？"她纳闷地对梓晴说，"你小时候吃饭从来不用我担心，有次晚上你都吃好了，邻居老王来找你爸爸去修电视机，你

第十八记：为人父母

爸人热心，撂下饭碗就去了，你倒好，一声不吭爬上凳子，把你爸剩的那半碗饭吃得一干二净！"

戴穆天听得乐翻在沙发上："妈，小晴还干过这种事啊！我头回听说嘛！"

梓晴脸红："我怎么一点都不记得了，妈你别毁我名声！"

"这有什么，家里又没外人！你那时候也就两岁多，哪里记得住。"

梓晴蒸了碗蛋去喂豆豆，她正坐在俞妈妈怀里玩一把铃铛。

"豆豆，吃蛋啦！"

梓晴舀了一勺蛋送到她嘴边，被不耐烦地推开。

"豆豆乖，好好吃东西，听见没有？"

勺子刚伸过去，豆豆忽然伸手一挥，勺子和蛋一起都被打到了地上。梓晴虎起脸来，豆豆看看四周，见所有人都不苟言笑望着自己，顿时也发虚，把头埋进外婆怀里，一声也不敢吭。

好容易折腾上了床，小家伙又坚持要玩奶瓶，梓晴不给，她便两眼一挤，大声干号起来。

梓晴暗暗生气，又没法动手教训，想了想，忽然也学豆豆的样子，闭起眼睛大哭起来，声量比豆豆还大。

豆豆愣了一下，立刻止住哭声，好奇地爬过来，探头探脑看妈妈怎么了。梓晴捂住脸不让她看到自己的笑容，一边实在忍不住，笑倒在床上。一看危机解除，豆豆又恢复安心，继续哼哼唧唧要奶瓶。

梓晴很久没和尹畅碰头了，她们几乎是同时结婚，又前后脚有了孩子，尹畅的女儿比梓晴家的小半年，尹畅有孩子后没多久，她丈夫工作调动去了邻市，尹畅便辞了这里的工作跟过去，直到豆豆三岁时才又回来。

尹畅邀请梓晴上他们家玩儿去，梓晴欣然带着豆豆和戴穆天前去赴约。

久别重逢自然格外高兴。

尹畅拿出好多零食招待豆豆，她女儿玲玲站在豆豆身边，警惕地观察着。

"玲玲，有没有叫姐姐了？"

玲玲闭嘴不吭声。

尹畅弯腰劝豆豆："豆豆，想吃什么自己拿，在阿姨家里用不着客气。"

豆豆在妈妈的鼓励下，挑了一片海苔，由妈妈撕掉包装后，一片片塞嘴里吃起来。

这时候玲玲开始纠结了，她满脸不高兴，可又不敢发表意见，两只小手绞来绞去，难受得要命。

梓晴见状，便拿了一片海苔递给她："玲玲，你也吃。"

玲玲不接，忽然蹲下身子爆发出哭声，梓晴错愕，尹畅却淡定地说："别理她，小气劲儿又发作了。"

在玲玲撕心裂肺的哭声中，豆豆若无其事地吃着海苔，目视前方的电视机，表情特别无辜。戴穆天仿佛重又见到了当年抢自己梨膏糖吃的梓晴，忍不住叹道："豆豆你真是深得乃母之风啊！"

三岁的豆豆不仅好玩，而且还有了许多奇思妙想，常常在不经意中，惹得家人哈哈大笑。

她开始喜欢吃手指，梓晴劝没用，她还反过来诱惑梓晴："妈妈你也吃嘛！"

梓晴好笑："我又不是三岁！"

有时候她会把整个拳头都塞进嘴里，梓晴觉得过分了，就勒令："只能吃一个手指头，不然没得吃！"

豆豆一愣，忙把手拔出来，伸舌头在手指上一舔："妈妈你看，我只吃一个手指！"

第十八记：为人父母

不管天多热，豆豆随时随地都要抱着宠物小熊，连洗脸都不肯放下。

戴穆天负责给她洗脸时，会出其不意把小熊一拔，然后迅速用毛巾在豆豆脸上抹几下算完事了。乘豆豆还没哭将开来，他已经把小熊重新塞回豆豆怀里，还欢快地来一声："行了！捂痱子去吧！"

豆豆虽然肤色黑，但五官却是越长越清秀，梓晴的心里多少平衡了一些，喜滋滋地对戴穆天说："这小姑娘真是百看不厌，老耐看了！"

戴穆天头也没抬："因为太黑，老看不清嘛！"

梓晴顿时一脸黑线。

随着年纪的增长，意识的增强，豆豆和家里人的纠纷也多了起来，就连最疼爱她的外婆也不例外。

外婆要她早点睡，她不肯，还撒泼大哭。

外婆摸摸她的脸，说："你连眼泪水都没有的，肯定是假哭。"

豆豆急："我有眼泪的。"

戴穆天听见动静过去调解，豆豆又开始哭，戴穆天问："你眼泪水呢？"

她立刻用手在眼睛上擦几下："我擦掉了。"

戴穆天和俞妈妈都笑。

梓晴见状，乘机去抱她过来："今晚和妈妈睡好不好？"

豆豆不愿意："不好！我要外婆！"

"可是你和外婆在一起又不肯好好睡！"

"不嘛，我要外婆！"

豆豆这回是真急了，眼泪哗哗地流，梓晴只得又把她抱回去，一扑到外婆怀里，豆豆就扬起泪眼婆娑的小脸，得意扬扬对外婆说："你看我眼泪很多吧！"

全家都哭笑不得。

有时候豆豆也和戴穆天拌嘴，戴穆天骂她："臭豆豆！"

豆豆就骂回去："臭爸爸！"

"臭豆豆！"

"臭爸爸！"

戴穆天冷不丁转头看向梓晴："臭妈妈！"

豆豆立刻不吭声了，两只眼睛很认真地盯着妈妈，她搞不懂，不是应该轮到妈妈骂了吗？妈妈为什么笑得那么欢快呢？

梓晴发现，和豆豆相处了三年下来，自己变得比以前有耐心多了，这完全是给孩子磨出来的，有种混合着无奈和心甘情愿的矛盾，她也渐渐懂了为人父母的艰辛和不易。

也难怪有人说，只有等自己养了孩子了，才能真正成长起来。

豆豆三岁半时入了幼儿园，尽管刚开始有诸多不适应，但孩子的生存能力是很强的。不久，当梓晴看到女儿在幼儿园里和别的孩子一起活蹦乱跳时，她心里由衷地充满了激动，许多自己幼时的回忆仿佛就在眼前，和操场上欢快的女儿重叠在了一起。

婚姻、生育、和孩子一起成长，对于女人而言，是一件多么平凡，却又如此幸福的事情。

第十九记：甘于平庸

阳光明媚的初夏早晨，梓晴在阳台上晾完衣服，并不急着返回屋内，她惬意地伸了个懒腰，围着几盆大型植物边转圈边欣赏。这些盆景都是戴爸爸送他们的，戴爸爸新近得了心脑血管方面的毛病，问题虽不大，但戴妈妈严令禁止他再上麻将室去窝着，他便转而侍弄起花花草草来，三个家庭现如今都是绿意盎然，戴爸爸还会每周上门提供免费的护理服务。

戴穆天走出来，见梓晴饶有兴致的模样，便走到她身边："今天周六，我爸定期上门服务的日子。"

梓晴笑："你爸爸真有耐心，瞧这叶子给养得肥肥壮壮的，都抽新芽了呢！唉，万物都在更新啊！"

一想到今年自己都32了，再也没法冒充二十几岁的小姑娘了，她这心里忽然有点酸溜溜的。

戴穆天搂住她："是啊！可老婆还是去年的那一个。"

"怎么，这就嫌弃我了？"梓晴不满地噘嘴，"告诉你，你也会老的！将来脸上的褶子说不定比我还多！"

戴穆天傲娇道："男人越老越香，没听人说么，男人四十一枝花，我现在还是花骨朵呢！"

梓晴被气笑，推开他："别胡扯了，去看看豆豆起来没有！"

他们的节假日比上班还忙，要带着孩子分别去俞家和戴家走一遭，应个卯儿，这就两个半天没了，还有一个半天豆豆要去参加画画兴趣班，这是上中班的豆豆自己要求的（据豆豆的解释，她不是喜欢画画，而是喜欢教画画的老师，又和气又漂亮）。仅剩下的那个半天，如逢天气不错，他们就尽可能带孩子去做做户外运动。

而所有这些安排都得以赶得上的前提是豆豆能按时起床。

梓晴觉得睡懒觉不利于健康，所以休息日给豆豆定的起床时间为八点半以前，隔夜里，因为梓晴给她讲故事，豆豆答应得特别爽快，但一到翌日早晨就开始耍赖。

"豆豆，八点半啦！该起床了！"

豆豆躺床上纹丝不动。

梓晴坐在床边，耐心劝诱："一会儿我们要上外婆家去吃好吃的，外婆已经做了你最喜欢的肉圆蒸蛋了，就等着你去呢！赶紧起来吧！"

豆豆置若罔闻。

"豆豆，你听见我说话没有呀？"平时家里只要稍微有点风吹草动，豆豆就会竖起耳朵特别机灵地关注。

"听见了点点头，没听见摇摇头。"这句由戴穆天原创的笑话如今已经成为梓晴逗女儿的常用句式了。

豆豆依然不动，宛若石雕。

诸多劝说无效后，梓晴开始不客气起来："呐！你要是再一点动静没有，我可要挠你痒痒啦！"

戴穆天在门外听到梓晴的威胁，嘴角勾起一抹笑，婚后梓晴没从他身上学到点儿好的，一手恐吓的本事倒是练得青出于蓝而胜于蓝。

豆豆的身子终于在被子里蠕动了一下，梓晴趁热打铁，轻轻晃她："你听见妈妈说的话了是不是？妈妈去给你准备早点，你醒了就让爸爸给你穿

第十九记：甘于平庸

衣服，要赶紧的啊！"

豆豆往被子里缩了缩，眼睛依然闭得紧紧的。

梓晴怒意堆积，又舍不得对女儿下狠手，转眸向外，见戴穆天窝在椅子里玩手机，更加气不打一处来。

她走出豆豆的房间，冲戴穆天一努嘴："愣着干什么，去给豆豆穿衣服啊！"

"她醒了？"

"快了。"

"那等她醒了我再去。"

"你——快去！"

戴穆天一抬头，但见梓晴横眉立目站在面前俯视自己，只得叹气起身："你吧，在女儿那里受了欺负就转来欺负我，迁怒啊！迁怒！"

吃午饭时，俞妈妈提及打算和当年的老同事陈阿姨去谭村购农产品，豆豆立刻嚷着也要去，俞妈妈便征求梓晴他们的意见："那就让豆豆在这儿住一晚吧，明天下午我跟你爸爸把她送回来。"

梓晴乐得轻松一下，但当着女儿的面还不能表露出来，一副不情不愿的样子。

豆豆紧张地盯着妈妈，梓晴问她："那你的画画课怎么办？"

"妈妈你打电话给林老师，帮我请假嘛！林老师说过的，有事可以不用去，但必须要提前请假！"

"那你在这儿会不会乖的？"

"会！"

"饭要自己吃，不让外婆喂，知道吗？"

豆豆把头点得像鸡啄米，然后还加一句："我平时也想自己吃的，可是外婆一定要喂我。"

俞妈妈有点尴尬，笑得一脸花："这孩子！"

饭后，戴穆天和俞爸爸负责洗碗，梓晴在客厅辅助妈妈裁布制衣，俞妈妈要给豆豆做一条小花裙，以前是给女儿做衣服，现在轮到给外孙女做衣服了。

豆豆则频繁穿梭于厨房和客厅之间，对大人的劳动评头品足，她永远都无法安静地待在一个地方。

乘豆豆在厨房，俞妈妈向梓晴旧话重提："想要第二个的话可以要起来了，再过几年生，老二和豆豆年龄差太大，说不到一块儿去。"

梓晴烦恼："我生了又要您帮忙照顾，您还嫌不够累啊！"

"生两个热闹嘛！"

"可是麻烦也一堆呢！想想都怕。"

没生育之前，梓晴别说生两个了，哪怕让她生三个，只要政策允许也不在话下。但经历过生育之后，尝够了期间的辛劳，一想到还要再重新来一遍，忍不住就对生第二个望而却步。

俞妈妈摇头："你们呀，就是懒！"

梓晴嘻嘻笑："对我们来说，一个已经够热闹的了。还有妈，豆豆也不想要个小弟弟或者小妹妹呢！"

俞妈妈不以为然："小孩子懂什么！"

"您别说她不懂，有一回我去幼儿园接她，她还指给我看呢，有个妈妈生了俩孩子，一个抱手里，一个满地跑，那妈妈追得上气不接下气，你猜豆豆跟我说什么？"

"什么？"

"她说：妈妈你看看，生两个小孩子多麻烦。"

俞妈妈也差点笑出泪花："这小丫头呀，就是心思多。"

"唉，我也犯愁，她那肚子里的九曲回肠哟，有时候我都被搞得一愣一愣的，一点都不像我！"

"像小天也蛮好，脑子聪明，将来有出息。"

第十九记：甘于平庸

豆豆举着风车从厨房里冲出来："妈妈，外婆，你们在说什么？"

"外婆给你做小花裙呢！"

"不对，我听见你们提到我啦！"

梓晴嗔道："说你乖呢，行了吧！"

晚上，夫妇二人决定下馆子享受一番。坐在车里，梓晴提到妈妈敲边鼓的事儿，戴穆天一副不寒而栗的样子："饶了我吧，这一个我都嫌多。要不咱们把豆豆送你妈妈得了。"

"我呸！"

"你不觉得咱们两个在一起就挺好，豆豆完全像是多出来的？"

"这话你可别让她听见，会生你气的。"

"我随便说说的嘛！哎，你得承认在这个家里还是我最喜欢你吧？"

梓晴想了想，笑："算吧。"

"但你肯定不是最喜欢我。"

梓晴又笑。

戴穆天哀怨："我原本以为我妈最喜欢的人是我，可自从她把那仅剩的一块牛轧糖硬从我手里夺下来塞给豆豆之后，我就明白我弄错了。我现在活脱脱就是个悲剧！"

回家路上，戴穆天看似随意地说："有件事和你商量一下，上礼拜有家猎头找过我，说有个不错的职位挺适合我的，问我有没有兴趣。"

梓晴来了精神："什么职位，条件怎么样？"

"工艺总监，和我现在的岗位描述差不多，但级别高了，薪水也能翻一倍。"

梓晴眼睛更亮了："不错啊！那还有什么好犹豫的，去呗！"

"可公司在俪城，如果去的话，以后我就得去俪城上班了。"

"啊？这样啊！"梓晴有些失望，但心有不甘，"可是薪水能翻一倍呢！

等于是一年挣两年的钱。"

戴穆天看看她："别的也没什么，我主要是舍不得你，现在这样多好，每天下了班吃过晚饭还能手牵手出门散个步，这要两地分居了，咱们最多只能做做周末夫妻。"

梓晴笑起来："想不到你这么黏人！"

"英雄难过美人关啊！"戴穆天叹，"还有啊，我要是不在家，你一个人能搞得定豆豆么？"

梓晴一想也是头疼，平时如果没有戴穆天夹在两人当中做缓冲，自己真的就深陷水深火热了，即便像现在这样，她还是时不时会为了小丫头抓狂，她性子急，偏偏生的女儿干什么都慢悠悠的。

"那，那就这么算了？"梓晴有些肉疼，"你回绝猎头了吗？"

"没有，后天去面试。"

梓晴不明白了："这是为什么？你不是没打算要去吗？"

"但也没说肯定不去啊！而且，"戴穆天神秘一笑，"我还想去衡量一下自己最新的价值。"

这就是两人最不同的地方，梓晴的思维都是线性的，想去就去，不想去就直接回绝，也难怪她平日里没少笑话戴穆天心思深沉。"狡猾得像只狐狸！"

"唉，你倒是三天两头有猎头问候，我工作年数和你一样，头两年还有人来问问，现在一点动静都没有了，如果你是英镑的话，我就只能是那个什么津巴布韦币了，一天比一天不值钱。"

一谈工作，梓晴总是同一个腔调，唉声叹气，自从生育之后，她就被调去了一个边缘部门，这个部门在公司里地位不高，所以向来不受重视，她的升迁就成了问题，已经连着在老位子上待了三年了，上司每年都拿升职当胡萝卜诱惑他们，但胡萝卜永远看得见吃不着。

戴穆天劝她："真要觉得做不下去，就换个公司吧。"

第十九记：甘于平庸

"那也得有地方可去啊！而且我们部门虽然没什么花头，稳定还是蛮稳定的，每天都能准时下班，我还可以照顾得到豆豆。我又不想当女强人。"

"那你还有什么可抱怨的，就这么待着呗！"

梓晴白他一眼："你说得轻巧，你隔上几年工作就能换一换，还能呼吸到一点儿新鲜空气，我都快腻歪死了。"

戴穆天仰头长叹："俞梓晴同学，你究竟想怎么样呢？"

"我吧……其实我想干点儿别的。"

"具体点儿。"

梓晴扭捏："比如说开个小店，干点买卖什么的。"

戴穆天笑："你妈知道了会怎么想？辛辛苦苦供你上了大学，你居然想去做个小货郎。"

"可我现在不开心呀！"

"那你想卖什么？"

"还没想好。婴幼儿用品？咖啡店？书店？反正就是这一类的。"

梓晴说着说着忽然就认真起来："喂，你不会是不支持我吧？"

"支持！我不支持你还有谁会支持你呀！你开心了我才会开心嘛！"

诺贝尔奖获得者纳丁·戈迪默曾在书中这样写道："所谓爱情，就是一种承诺，帮助自己所爱的人圆梦。"

戴穆天虽然没有读过纳丁的书，却也能深切领会这一道理。

梓晴眨巴眼睛："你就会甜言蜜语，我对你有这么重要吗？"

"Of course！"

梓晴也说不清楚是希望戴穆天被录用还是被拒绝，这种矛盾的心情一直延续到戴穆天面试完回家。

"情况怎么样？"梓晴一脸紧张。

戴穆天倒是格外淡定："和一个美国人聊了两小时，挺开心的，连

Fox River都聊到了。"

"那结果呢？"

"还要和这个美国人的上司再聊一次，大概在一周后吧。"

"怎么这样啊！最讨厌被吊着了。"

戴穆天笑："那你就忘了这事呗。"

但这对梓晴来说是完全不可能的，她又沉不住气，不仅向俞妈妈透露了戴穆天跳槽的可能性，不久连戴妈妈那里也不慎说漏了嘴。两位妈妈的态度则截然不同。

俞妈妈说："薪水高当然不错，但夫妻两地分居总不是好事，就不能在本地找个差不多待遇的？"

戴妈妈则喜形于色："总监啊！每年三十多万哪！当然得去啦！好男儿志在四方嘛！"

经过两周的煎熬，结果终于出来了，戴穆天接到了对方的聘用通知，他的价值算是得到了证实，而这个消息对全家来说不亚于一个烫手的山芋，梓晴为此失眠了两天，一会儿鼓励戴穆天放心大胆去，后方就交给自己了，一会儿又忽然对戴穆天恋恋不舍。

戴穆天还有心情调侃她："唉，忽见陌头杨柳色，悔叫夫婿觅封侯啊！"

梓晴都快为伊消得人憔悴了："你别油腔滑调，这是你的事，你自己必须拿个主意！"

"啧啧，悍妇嘴脸又出来了。"

"快说！"

戴穆天沉吟半晌，说："我决定——"

梓晴紧张地瞪着他，既希望他说去，又希望他说不去，纠结成了一团乱麻。

"不去了。"

梓晴提着一口气，半晌才松了口气，什么事都是做决定的时候难受，

第十九记：甘于平庸

一旦尘埃落定也就能坦然面对了。

"是不是觉得我很没出息？"

梓晴温柔地靠过去："没有啊！其实，我也不想你去，虽然能挣不少钱，但总有种把你给典当出去的感觉，而且钱虽然是个好东西，但多了也是烦恼，够花就行了。"

"想不到你居然有这么高的觉悟。"戴穆天搂住梓晴，"不过我的想法和你不一样，钱当然是越多越好啦，有了钱才能买我想要的东西，比如电子产品，各种好吃的零食，还有给你买漂亮衣服。"

梓晴撇嘴："那你为什么不去？"

"一个原因当然是不想和你两地分居，另一个原因，我仔细考虑过了，目前的工作环境还是不错的，至少三五年内仍有上升空间，俗话说做生不如做熟啊！"

这个生活的小插曲让梓晴明白了一个道理：你想要得到一点什么，就必须要舍弃另外的什么，就像梓晴，她承认自己是没什么野心的，即便对丈夫也是如此，她选择了一家人团团圆圆相守在一起，就得有一颗甘于平庸的心，静静地过平凡的日子。

俞妈妈得知结果后当然心满意足，戴妈妈也不好过多干涉，只能跟老伴嘀咕："前两天碰见老陈，她说的一句话还真在理。"

"老陈能说出什么至理名言来啊？"

"她说，咱们这儿的孩子都是小富即安，出息不大！"

戴穆天的高中同学组织了一个聚会，去贡湖边烧烤，他问梓晴愿不愿意去，梓晴想到可以让豆豆认识一些新朋友，便欣然答应。

梓晴和戴穆天的高中同学没什么交集，不过她天性开朗，跟谁都能聊几句，而且大家都带了家属，几家孩子互相打闹一番，彼此不熟悉也熟悉了，要不怎么说孩子是成人间最好的调和剂呢。

风和日丽，湖上舟子翩然，成群白鹭飞向天边，如此惬意的时光，戴穆天躺着由衷感慨："要是能被人包养起来，天天这么享受该多好！"

梓晴哼道："我包养你，好不好？"

戴穆天眯缝着笑眼："没看出来么，我一直在等你发大财呢！"

梓晴白他一眼，继续往竹签上串肉，她的任务是做"骨肉相连"串。

有个姓王的男同学过来和戴穆天说话："你们单位有没有条件不错的适婚女孩啊？我弟弟马上就三十了，还没找着女朋友呢！家里都快急死了！"

"巧了，我还真认识几个不错的姑娘。"

王同学顿时两眼放光："那你给介绍介绍呢！具体都什么样儿？"

"一个是管人事的，今年31，能力很强，长相也过得去。"

"年纪比我弟弟都大，不合适啊！"

戴穆天不以为然："这有什么！女大三，抱金砖呀！"

"不行，我妈肯定不乐意，那另一个呢？"

"还有个销售，二十七八的样子，也还单着呢！"

"哟，干销售的啊，那不是经常不着家？哎，还有吗？你不是说有好几个呢嘛！"

戴穆天笑笑："还有一个我想给自己留着。"

王同学一脸惊悚，瞅瞅近旁的梓晴，压低嗓门："你胆子不小啊，嫂夫人可就在旁边。"

梓晴听得一清二楚，心知戴穆天在开玩笑，也不过来计较，等王同学走了，才回身审问。

"老实交代，刚才怎么回事？"

"什么意思？"戴穆天装傻。

"你不是给自己留着个姑娘的么。"

"哦，你说那个呀！"戴穆天一脸满不在乎的表情。

第十九记：甘于平庸

"多大了?"

"31。"

"干什么的?"

"助理经理。"

"长得怎么样?"

"挺漂亮，眼睛大大的。"

"都31了，怎么还单身呀?"

"哦，不，是32岁，属鸡的。"

"属鸡的那不是和我同年？应该33啦！"梓晴说着说着，忽然醒悟过来，"你不是在说我吧?"

戴穆天歪着嘴乐，可不就是在说她嘛！

梓晴咬牙："好哇！你又耍我！"

也是机缘巧合，戴穆天这干同学里就有人的家属是开店的，梓晴无意中得知后，立刻凑过去打听，和对方聊得不亦乐乎。

那姑娘开了家花店，目前经营得不错，也不是那种心眼小的人，尽心尽力向梓晴传授心得。

"开店你别指望发大财，大富翁是有，但实在太少，得家里祖坟上冒青烟才有那好命！我们这样的，即使干再好，也就抵他们在福利不错的公司里干一年的那个量，但自己做老板自由啊！你想怎么干就怎么干，不用看上司脸色，早点儿上班晚点儿上班都由自己做主。"

梓晴频频点头，心向往之："我吧，老早就有这念头了，就是不知道开个什么店好。你说什么样的行业比较容易赚钱呢?"

"干得好，哪个行业都赚钱，干不好，哪个行业都赔，所以你不用纠结这个，关键问题是，你喜欢开什么样的店，只有你自己喜欢了，你才能花心思去经营好你说对不对——说了半天，你比较喜欢什么来着?"

梓晴笑得颇不好意思："吃的。"

这次聚会梓晴最大的收益是把开店范围缩小到了食品这一领域，但对于究竟开个什么样的店还是有点大海捞针式的茫然，毕竟食品的种类也是很广泛的呀！

戴穆天还是建议她开馄饨店："你不是从小喜欢吃馄饨吗？卖不光还可以自己吃。"

梓晴一想到那油腻腻的店堂，油腻腻的桌椅，立刻就没兴趣了，再说馄饨虽好吃，天天吃也会犯恶心啊！

晚上，梓晴对着电脑做完一套健身操，顿感一阵饥饿，去冰箱搜罗了一块面包来吃，边吃边忏悔："哎呀，刚做完运动就吃，不等于白运动了吗？"

戴穆天打着游戏安慰她："没关系，你都瘦得像只小猪了，尽管吃。"

梓晴啐他："像猪还瘦啊！"

"像你这把年纪，应该胖得像只大母猪才对嘛！"

话音刚落，梓晴已经杀了过来。

打闹过后，面包还是照吃，梓晴边啃边点头："我决定了。"

"什么？"

"以后走短圆暖软路线。"

"我说实话你别生气啊！"

梓晴冷冷地："你是不是想说，我已经是了？"

"嘿嘿，你真是越来越聪明了。"

面包越吃越好吃，梓晴忽然茅塞顿开："我想到啦！"

"想到什么啦？"

梓晴两眼放光："我可以开一家面包房嘛！"

"你手艺行吗？"

梓晴大言不惭："我可以请人啊！"

第十九记：甘于平庸

"嚯嚯！财大气粗啊你，再说，人家要是有好手艺还给你打工，完全可以自己开店呀！"

"也是哦，看来还是得我自己先学起来。"

说干就干，还得从基础做起。

星期六一早，梓晴就上超市买了面粉和豆沙，又在家忙了一上午，从发面到包馅儿，再到上笼蒸熟，做了一锅子豆沙馅包子出来，随即喜滋滋地打包了一半上娘家去给老爹老妈品鉴。

俞妈妈一捏包子皮的硬度就直皱眉："怎么硬邦邦的？"

"可能是风干了吧。"梓晴心虚，她在家已经吃过一个了，刚出笼的口感也不怎么样。

俞爸爸说："我来给蒸一蒸。"

中午大家就着包子喝稀粥，只见每个人的嘴都在努力嚼动，俞爸爸忍不住嘀咕："嚼到嘴都酸。"

俞妈妈问梓晴："你这面是不是没发开？"

梓晴抓耳挠腮："我都按说明书上做的呀！"

戴穆天给她解围："妈，包子虽然做得硬，但绝不添加任何不明材料，完全是纯天然无公害食品。"

俞妈妈忙点头笑道："就是嚼得累。"

豆豆说："外婆我不累！这是妈妈做的包子。"

"对呀，你看你的小牙齿多好，外婆老啦，牙齿没你的结实了。"

梓晴赧然："妈，您要觉得硬就把皮扔了把馅儿吃了吧，豆沙是超市买的现成的，"又低声嘀咕，"早知道这样，我费那劲儿干吗呢？"

第二十记：幸福花絮（番外篇）

2015年，豆豆7岁，小学二年级在读，戴穆天35岁，还在原公司工作，职位当然又有了新的提升，而最值得一提的是34岁的梓晴，因为她终于如愿以偿，开了一家烘焙店。

连俞妈妈都认为自己女儿人笨手拙，梓晴当然不可能亲自挂帅了，她请了个师傅，但这位师傅来头不小，原是某家高级酒店的西点师，退休后一直赋闲在家享清福，因为和戴爸爸是老朋友了，戴爸爸为了儿媳的事业，主动请缨上门游说，凭着舌灿莲花的本事，终于说服大师傅再次出山，来帮梓晴主持大局。

因为梓晴信奉诚信原则，所有原材料都从正规渠道购入，且经过严格的检审程序，再加上大师傅高超的技艺，她的店每天都是食客盈门，且多是回头客。

梓晴对尹畅说："知道现在什么场景让我最陶醉么？"

尹畅笑："当然是顾客在收银台前排长队啦！"

"只说对了一半！"梓晴双手托腮，闭起眼睛，"还有就是，每天下午店里比较空闲的时候，我就靠在烘焙房的窗边，闻着里面飘出来的浓郁的烘

第二十记：幸福花絮（番外篇）

烤香味儿，哇！真是满满幸福的味道！"

"果然是不改吃货本色啊！"

有句话说得好："幸福的家庭都是类似的。"因为幸福就隐藏在平凡日子的点点滴滴之中。

小晴和小天的故事快要结束了，不舍得这么快就跟他们告别，那么，就再记一章，写写他们平凡而幸福的生活琐事吧————

草莓

梓晴单独去看妈妈。

俞妈妈："这是大姑妈家院子里结的草莓，纯天然无公害，还很甜，就是量太少，她特别摘了这一盒子给豆豆吃的。"

梓晴："哦，那我给带回去。"

俞妈妈："你不许偷吃啊！"

梓晴（郁闷）："你把我当什么人了！"

到家，豆豆还没放学。

梓晴把草莓放桌上，想起俞妈妈说草莓很甜，今年她还没吃到过质量好的草莓呢！

梓晴（拿起一颗）："我尝一颗总可以吧……哇！确实甜！好吃，再来一颗，真好吃……"

等豆豆放学，看见了桌上的空盒子，满腹狐疑。

豆豆："妈妈，外婆说给我留了好东西吃，是什么呀？"

梓晴："呃……草莓。"

豆豆："草莓呢？"

梓晴："我，那个，一不小心……吃光了。你别急，等你写完作业妈妈带你去超市……"

话音未落，豆豆放声大哭！

星期六，豆豆去外婆家，俞妈妈又给了她一小盒草莓，和上回那盒被梓晴吃掉的一样。

俞妈妈："上回的让你妈妈吃了，我就去大姑婆家又采了这么点儿，你赶紧吃吧。"

豆豆连连点头。

过了一会儿。

俞妈妈："豆豆你躲在房间干什么，出来吃呀！"

豆豆（眼泪汪汪）："外婆我不敢出去，一出去又要被妈妈抢光的！"

变身

梓晴给豆豆讲故事。

梓晴："亚历山大抽出一把刀，'咔嚓'一剑下去，就把那个结给劈成了两半……"

戴穆天："好家伙！刀子砍下去居然就变成了剑！太厉害！不愧是压力山大！"

梓晴："呃……口误了好不好……"

豆豆："爸爸，这有什么好奇怪的，说明妈妈的武器会变身啊！"

待遇升级

公司午餐时间，戴穆天和几位同事一起坐在餐厅一隅用餐。

同事甲："Jason够狠，把对方那位女副总训得都哭鼻子了！"

同事乙："那家供应商是不像话，差点害我们停产。不过对方也坏，派个女的出来应付咱们，以为我们一帮老爷们能怜香惜玉呢！"

同事甲："我们是不会怜香惜玉，但Jason脾气一直挺好的，想不到开起炮来一点不含糊！"

第二十记：幸福花絮（番外篇）

戴穆天："上了战场还分什么男女啊！"

同事丙："在你眼里大概只有你老婆是女的吧？"

同事乙："哎Jason，最近在家待遇如何，还在兢兢业业烧每个星期的菜呢？"

戴穆天："嗯呐！"

同事甲："Jason真是新一代好男人！"

戴穆天："主要是我老婆水平太差，我嘴又刁，吃不惯她烧的玩意儿。"

同事丙："我们家都是我老婆煮饭，晚上她还给我泡好蜂蜜水，把苹果削了皮递到我手里，否则我就不吃。"

一众人呆若木鸡。

两天后，同一拨人再聚餐。

戴穆天（得意地）："自从我回家把Tim享受的待遇跟我老婆说了之后，我老婆现在每天早晨都给我烤小蛋糕吃啦！"

同事甲："你老婆不是开烘焙店的么……那小蛋糕不会是她顺手从店里带回来的吧？"

戴穆天："……"

腰酸

梓晴给豆豆洗澡，豆豆怕痒，左躲右闪。

梓晴（怒）："别闹！快把胳膊给我，老这么弯着腰给你洗，我的腰酸得都快断掉了！"

豆豆："妈妈，你看上去挺好的呀！"

梓晴："你个没良心的！我说的是我的腰！你能看见我腰吗？"

豆豆："能啊！"

梓晴："你……气死我了！"

豆豆（委屈）："爸爸说现在都看不见你的腰了，你就生他的气，为什

么我说能看见你的腰你还是生气呢?"

梓晴:"……"

减肥

梓晴翻箱倒柜整理旧物,发现一条戴穆天的旧裤子。

梓晴:"哎,你试试看能不能套得上去。"

戴穆天:"我看悬!"

梓晴:"试试嘛!你不是最近一直在减肥,说不定瘦一点了呢!"

戴穆天接过来一试,居然能穿,顿时喜形于色。

梓晴:"呀!看来你减肥卓有成效啊!"

戴穆天(得意):"为了庆祝,周末你请我吃饭怎么样?"

脑筋急转弯

梓晴:"最近老是腰酸背痛的,上医院查也没查出什么毛病。"

戴穆天:"看来得去看中医,用中药调理一下。"

梓晴:"去过了,开了点药给我,吃吃也没什么效果嘛!"

戴穆天:"我想起一个人来,我爷爷的弟弟不就是老中医吗?据说水平神得很,要不我们找时间去看看?"

梓晴:"咦,你不是说你小爷爷得老年痴呆症了吗?"

戴穆天:"不是一直痴呆着,有时也会清醒过来。"

梓晴:"那我怎么搞得清他什么时候清醒什么时候糊涂啊?"

戴穆天:"那还不简单,让他诊断前,先给他做几道脑筋急转弯的题目,做得出来就表示他没问题!"

棒棒糖

戴穆天:"两根棒棒糖,一人一根不许抢哦!"

第二十记：幸福花絮（番外篇）

豆豆："妈妈你先挑好了。"

梓晴："豆豆越来越乖啦！"

两人吃了会儿，梓晴眼睛不住地往豆豆手上瞟。

梓晴："我上次吃的不是这个味儿，这个太浓腻了，豆豆，你那个什么味儿的？"

豆豆："给你尝尝！"

梓晴（尝过之后）："你这个不错，味道很清淡。"

豆豆："那妈妈我和你换好了，我两个口味都喜欢。"

戴穆天："唉，我常有种错觉，自己养了俩闺女，俞梓晴，你还是小的那个……"

干粮

豆豆把饼干袋子打一个结，往手腕上一套，得意地往前走。

豆豆："妈妈你看，我像不像一只自带干粮的小老鼠？"

梓晴："嗯，真像！"

豆豆："如果我是小老鼠，那妈妈是什么呢？"

梓晴："我就是带了只自带干粮的小老鼠的老老鼠啰。豆豆，如果这时候忽然蹦出只大野猫来，恶狠狠地要你把干粮交出去，你怎么办？"

豆豆："那我只好可怜兮兮地把干粮交给它了。"

梓晴："你对你的干粮好无情哟！"

豆豆："我又不傻，如果我不把干粮交出去，那我就成大野猫的干粮了……"

一条杠

豆豆："妈妈你看，那个小孩子在门口哭，他肯定是不想上学！"

梓晴："你小时候也这样！还记不记得你丢一条杠的事儿了？"

豆豆："妈妈你给我讲讲嘛！"

梓晴："你刚入一年级的时候老师不是选你当小组长来着，发你一条红杠杠，让每天别在胳膊上的。那天早上找不着你的杠了，你就闹着不肯去上学，我和你爸爸怎么劝都没用！后来跟你讲好到了学校问老师买一条新的你才肯去。"

豆豆："可是你们没有买到。"

梓晴："是没买到，老师也没有。可你在教室里哭的时候我和你爸爸就在冷风里吹着等老师。哎，现在想起来还心酸，真是可怜天下父母心。"

豆豆："我也想起来了，我坐在位子上一边哭一边看着你和爸爸，一群同学还围在我旁边嘻嘻笑！"

梓晴："丢死人了！你当时到底怎么想的？一条杠有那么重要吗？你其实是不想上学吧？"

豆豆（不好意思）："是的呀！我就是想看看，我那么用力地哭，你们会不会心一软就把我带回家去。"

梓晴："你呀！"

爸爸的狗牌

豆豆手上把玩着戴穆天遗落在家的工作牌。

豆豆："妈妈，你上次为什么说爸爸的这个牌子像狗牌？"

梓晴："狗脖子上不都爱挂个牌牌的？"

豆豆："那为什么我们这儿的狗不挂？"

梓晴："得上档次的狗才有，土狗哪有这待遇！"

豆豆："如果爸爸是在一个狗圈里的话，他一定是只高级狗，妈妈你说对不对？"

梓晴："……"

第二十记：幸福花絮（番外篇）

记忆力

豆豆："糟了妈妈，我忘记把科学书带回来了！"

梓晴："有作业吗？"

豆豆："有的。"

梓晴："那要不要回去拿？"

豆豆："不用了，我可以把答案写在白纸上。"

梓晴（奇怪）："你居然能记住要做的题目？"

豆豆（得意）："我能记住每一道书上的题目，就是不记得把书带回来！"

苍蝇

梓晴在厨房练习做小点心。豆豆过来旁观。

豆豆："妈妈，你看我像不像一只苍蝇？"

梓晴："哪儿像了？"

豆豆："苍蝇就是像我这样，一会儿左脚搓搓右脚，一会儿右手搓搓左手。"

梓晴（笑）："你比苍蝇还忙。"

敲门

豆豆躺在床上，不住地用手指甲叩门牙模拟敲门声。

梓晴："该睡觉了，赶紧关好门，别敲了！"

豆豆（诧异）："门就是关着的呀！不然怎么敲？！"

留长发

豆豆："我要留长发！"

梓晴："长发有什么好！洗起来一大盆子，麻烦死了！如果是我，我就留短发！"

豆豆："无语，短发是留出来的吗？"

手机

豆豆（羡慕）："妈妈，你看你的手机里有好多漂亮照片。"

梓晴："等爸爸的新手机到手，我用他的旧手机，我的这只手机就可以给你用了。"

豆豆："呜呜呜呜呜，为什么孩子总是处于淘汰品的最底层？都说儿童是祖国的希望……"

垃圾食品

豆豆："我是吃薯条呢，还是吃冰激凌呢？"

梓晴："薯条是垃圾食品，要少吃，当然了，冰激凌也是。"

豆豆："……那我吃哪种垃圾好呢？"

梓晴："……"

斗兽棋

豆豆："给我五个不陪我玩斗兽棋的理由。"

梓晴："1.我不喜欢。2.很多其他选择……"

豆豆："我们现在讨论的是'给我五个不陪我玩斗兽棋的理由'，你别扯到别的上去。"

梓晴："戴穆天！你评评理看！"

戴穆天："豆豆说得挺有道理啊。"

梓晴："你！"

豆豆："妈妈，咱们还是最好最好的朋友吗？"

梓晴（气色和缓）："当然。"

豆豆："好朋友就该一起玩斗兽棋。"

第二十记：幸福花絮（番外篇）

梓晴："我……"

戴穆天："豆豆，逗我老婆很开心是不是？"

豆豆："……"

笔的尊严

梓晴看见豆豆正在整理用剩下的铅笔头，文具盒里排得满满的。

梓晴："这些东西还要来干吗？都扔掉算了！"

豆豆："我要把它们存着，都是我战斗时用过的武器。"

梓晴："你想开博物馆啊？"

豆豆："嗯！"

梓晴："你留着就留着吧，干吗还要把每一支都重新削一遍啊？你又不会再用它们了。"

豆豆："即使不能再用的笔也要削得尖尖的放进文具盒，就像穿着整洁的衣服进博物馆——妈妈，笔也是有尊严的。"

梓晴肃然起敬。

背诗

豆豆："妈妈，今天我们老师抽背唐诗了。"

梓晴："有没有抽到你？"

豆豆："抽到啦！我背得一字不差！"

梓晴："真乖。"

豆豆："可是王正意是这样背的：两只黄鹂鸣翠柳，一行白鹭上西天。"

梓晴："嗯？有什么问题吗？"

豆豆（汗）："妈妈！不是'西天'，是'青天'！"

梓晴："哦——对。"

豆豆："那些白鹭真可怜，还没弄明白怎么回事就被我同学送上西天了！"

算术

放学了,豆豆一见到梓晴就喊饿。

梓晴:"那我带你去买俩包子吃吧。"

豆豆:"好!"

买包子时,梓晴一边给钱一边随口问豆豆。

梓晴:"两个包子,一个一块五,一个一块二,你算算我得付多少钱?"

豆豆(心不在焉):"四块吧。"

梓晴:"什么?"

豆豆:"那三块,三块足够了!"

梓晴(皱眉):"到底是多少?算清楚点儿!"

豆豆(接过包子,用力咬一口,嘟哝):"与其回答你的问题,不如先吃口包子,我都快饿死了!"

梓晴:"你!"

写作文

梓晴检查豆豆的作文。

梓晴:"豆豆,你这作文写得有问题啊!"

豆豆(不安):"什么问题呀?"

梓晴:"一篇好的文章,要尽量少用'的'字,否则读上去累累赘赘的,一点美感都没有。你再看看你这篇作文里,我刚给你统计了一下,三百个字,居然用了五十几个'的'!"

豆豆(一脸知音难觅的怨色):"妈妈!你根本就不懂——我用这么多'的'是为了凑字数!"

绝对小孩

豆豆最喜欢的漫画是朱德庸先生的《绝对小孩》。

第二十记：幸福花絮（番外篇）

豆豆："妈妈，你想变回小孩吗？"

梓晴："不想。"

豆豆："那你不能看这本书。"

梓晴："为什么？"

豆豆（振振有词地念）："这本书是给那些不想成为大人的小孩以及那些想成为小孩的大人看的。（念毕，郑重加一句）我可以看的。"

散步

星期天下午，阳光很好，梓晴带豆豆出门散步，戴穆天在家睡午觉。

梓晴："看，天多蓝！草多绿！花多美！豆豆，爸爸醒过来会不会拍手跺脚埋怨：'为什么不叫上我呀？'"

豆豆："不会的，爸爸只会拍手跺脚说：'为什么要叫醒我呀！'"

回家后，梓晴把这段对话复述给戴穆天听。

戴穆天："唉，还是女儿比较了解我。"

管教

梓晴："戴穆天！你女儿跟着你学坏啦！最近老喜欢涮我！"

戴穆天："这还了得！我找她妈算账去！"

梓晴："啊？"

戴穆天（变脸瞪梓晴）："俞梓晴，你怎么管你女儿的？她居然敢涮我老婆玩！"

梓晴："……"